集英社文庫

時代小説傑作選

江戸の満腹力

細谷正充 編

江戸の満腹力——目次

時代小説傑作選

江戸の満腹力

金太郎蕎麦

池波正太郎

池波《いけなみ》 正太郎《しょうたろう》（一九二三～一九九〇）

大正十二年、東京浅草に生まれる。下谷の西町小学校を卒業後、株屋の店員など、さまざまな職業につく。戦後は東京都職員のかたわら、戯曲を執筆し、長谷川伸に師事する。その後、舞台やラジオ・テレビドラマの脚本を書きながら、小説にも手を染めて、昭和三十五年「錯乱」で、第四十三回直木賞を受賞。昭和四十年代から「鬼平犯科帳」「剣客商売」「必殺仕掛人」の三大シリーズを始め、絶大な人気を博した。なお、現在、当たり前の言葉として使われている〈仕掛人〉は、この作者の造語である。昭和五十二年『鬼平犯科帳』他で第十一回吉川英治文学賞、六十三年に第三十六回菊池寛賞を受賞。昭和六十一年には、紫綬褒章を受章した。

「金太郎蕎麦」は「小説現代」（昭38・5）に掲載された。

一

その男の躰《からだ》は、何本もの筋金《すじがね》をはめこんだようにかたく、ひきしまっていた。

見たところは四十がらみだが、胸のあたりの肉づきもがっしりともりあがり、それだけに遊びかたもしつっこくて、お竹もしまいには悲鳴をあげてしまった。

「ごめんよ、ごめんよ、ねえちゃん。そのかわり、今度は私がお前さんに御奉公だ」

男は、あぶらぎったふとい鼻を小指でかいてから、もじゃもじゃ眉毛をよせ、

「さ、うつ伏せにおなり」

やさしくいった。

「どうなさるんです、旦那……」

「ま、いいから、うつ伏せにおなりというに……」

「あい……」

と答えはしたものの、この上にもてあそばれてはとてもたまらないと、お竹は思った。

(でも、仕方がない。この旦那は、私に一両もはずんで下すったんだもの)

観念をして、お竹はふとんの上にうつ伏せになった。

顔のほうは、目も斜視《すがめ》だし鼻すじもいびつだし、誰が見ても美人だとはいえないが、躰だけは、お竹自身が自慢のものであった。

越後うまれのお竹の肌はぬけるように白くて、男の肌をこちらの肌にとかしこんでしまうほど肌理《きめ》がこまかい。

十九歳の若さが躰のどこにも充実していた。

「ほめるわけじゃないが、お前さん、その肌だけは大切におしよ」

男は、お竹の背中から腰へ長じゅばんをかけてやりながら、そういった。

と思うまもなく、男の手が、お竹の腰を押えた。

「あ……ああ……」

思わず、お竹は嘆声をもらした。

「いい心もちだろう。さ、ゆっくりとお眠りよ。私はこう見えても、あんまがうまい。さんざたのしませてくれたお礼に、すっかりもみほごしてあげるからね」

男の指は、たくみに動きまわった。

障子の外は明るかった。

晩春の陽射しが部屋の中の空気を、とろりとゆるませている。

ここは、下谷池ノ端仲町にある〔すずき〕という水茶屋だ。女主人のおろくというのは六十にもなるのに茶屋商売兼業で金貸しをやり、そのほかにも手をひろげ、金もうけになることならなんでもやろうという婆さんなのだ。

客をとる女に、そっと場所を提供するのも、なんでもやろうのうちの一つに入っているわけであった。

享和三年のそのころ、江戸市中には公娼のほかに、種々雑多な私娼が諸方にむらがり、奉行所の手にあまるほどの盛況をしめしていた。女あそびをするのなら公認を得ている新吉原をはじめ、いくつかの廓《くるわ》へ行けばよいのだが、もっと安直に遊ぼうというためには、私娼のいる岡場所へ出かけて行かねばならない。

そのほかに、お竹のような女が客をとる仕組みもあった。

つまり、客商売で肌を荒らしてはいない素人《しろうと》女が、生計のために、ときたま客をとる。客もまたこれをよろこぶのである。したがって金もかかるが、客は、水仕事に荒れた手をしているくせに肌身は新鮮な女にひかれて後を絶たない。

私娼に対する奉行所の監視はきびしいものだし、捕《つか》まったら最後ただではすまない。

しかし、誰にも知られず気のむいたときに出て行って、客をとる自由さが、それを必要とする女たちにはなによりのことで、病気の亭主をかかえた女房が、昼間にそっと春を売ることもあった。

お竹は、浅草阿部川町の飯屋〔ふきぬけや〕の主人の世話で、客をとるようになった。〔ふきぬけや〕と〔すずき〕の婆さんとは密接な連絡がたもたれていて、お竹は飯屋の主人の呼び出しをうけ、気がむいたなら、そっと仲町の水茶屋へ出かけて客を待つという仕組みなのである。

お竹が客をとるようになったのは、去年の十二月からであった。

ふだんは、手伝いのかたちで〔ふきぬけや〕の女中をしているのである。飯屋の女中でも生きて行けないことはないのだが、お竹には別にのぞみがあった。

人なみに嫁入りをするということなどは、すでにあきらめてしまっているお竹だ。

それには、あきらめざるをえないような事がらが彼女の身の上に起きたからである。

それにしても、こんな客は、はじめてであった。

武州・川越の大きな商家の旦那で、ときどき江戸へ出てくるのだというが、昼遊びで二分というきまりを一両も出して遊んだあとで女をあんましようという変った旦那なのである。

「若いうちはいいなあ。どうだい、躰中のどこもかしこも、こりこりしているじゃないか」

川越の旦那は、そんなことをつぶやきながら、あきることなくあんまをつづけるのだ。

「もう、けっこうです。それじゃ、あたしが困ります」

お竹がたまりかねて起きあがろうとすると、

「いいさ。こんなに見事な躰をもませてもらうのもこれが最後かもしれない」

「え……？」

「なに、こっちのことだよ」

「もう来ては下さらないんですか？」

いい客だと思うから、お竹も精いっぱいの愛嬌《あいきょう》を見せてきくと、

「たぶんねえ」

川越の旦那は、ためいきをついて、

「どうも商売が急に忙しくなりそうなので、しばらくは江戸へも来られないよ」という。

もまれているうちに、お竹は睡《ねむ》くなった。

肩から背すじへ、そして腰へと、旦那の指にもみほぐされると、あんまなどに一度もかかったことのないお竹の若い躰もくたくたにこころよくなり、ついつい眠りこんでしまったのだ。

はっと目がさめた。

川越の旦那はいなかった。

夕暮れの気配が、灰色に沈んだ障子の色に、はっきりと見てとれる。

「あら……」

あわてて躰を起しかけ、お竹は「あ」といった。

はちきれそうな乳房の谷間へ手ぬぐいに包んだ小判が差しこまれていたのである。

二十両あった。

川越の旦那がくれたものに違いないと、お竹は思った。小判を包んだ手ぬぐいに見おぼえがあったからである。

「まあ……」

そのとき、お竹は身ぶるいをした。

(これで、私も、商売ができる……)

水茶屋を出るとき、「すずき」の婆さんはお竹の取り分として一両のうち二分しかよこさなかったが、お竹にとって、そんなことは、もう問題ではなかったといえよう。

二

お竹は、越後の津川にうまれた。

うまれたとき、すでに父親は死んでいたという不幸な生いたちである。母親は津川の実家へもどって来てお竹をうんだのだ。

津川は、新潟と会津若松の中間にあって往来交易のさかんな宿駅だが、お竹の母親の実家は小さな商人であった。

お竹が六歳の夏に母親が病死をすると、子だくさんの伯父夫婦はお竹を邪魔にしはじめた。

江戸からやって来る旅商人の口ぞえで、お竹が江戸へ連れて行かれ、本所元町の醤油酢問屋・金屋伊右衛門方へ下女奉公に出たのは彼女が九歳の春であったという。

主人の伊右衛門は養子で、帳場でそろばんをはじくよりも書画や雑俳《ざっぱい》に凝《こ》るといった人がらだものだから、商売は一手に女房のおこうが切りまわしていた。

よいあんばいに、お竹は、この男まさりのお上《かみ》さんから可愛がられ、

「行先のことを心配おしでない。私がいいようにしてあげるからね」

と、おこうはお竹を手もとにおいて使ってくれ、ひまがあれば手習いや針仕事、そろばんのあつかい方までおぼえるように、念を入れてくれたものだ。

(こんなに、私はしあわせでいいのかしら……)

越後の伯父の家での陰々《いんいん》とした幼女のころの暮しを思うにつけ、お竹は今の自分が享受《きょうじゅ》

しているものを、むしろ、そらおそろしく思った。

十四か五の彼女が、行手の不幸をおぼろげながらにも感じていたのは、やはりうまれ落ちたときからの苦労が身にしみついていたからであろう。

（このままではなんだかすまないような気がする。このまま、私が、しあわせになって行けるほど世の中はうまくできちゃあいない……）

そのとおりになった。

寛政十年の夏のさかりに、お上さんのおこうが急死をしてしまったのである。

いまでいう脳溢血《のういっけつ》であったようだ。

お竹は、このとき十四歳であった。

以後、金屋の商売は、まったくふるわなくなった。

お上さんでもっていた店であるだけに、おとろえ方も早く、主人の伊右衛門は女房に死なれて、ただもう、おろおろと何事にも番頭まかせにしておいたものだから、店を閉めなくてはならぬようになるまで一年とはかからなかった。

伊右衛門は、一人息子の伊太郎と下女のお竹と老僕の善助をつれ、深川亀嶋町の裏長屋へ引き移ることになった。

半年もして、本所の店が商売をはじめたと思ったら、なんと大番頭の久五郎が主人におさまっているのだ。

くやしがったが、どうにもならない。久五郎は、法的にも遺漏《いろう》のないように店を乗っ取ったのである。

とにかく、なんとかしなくてはならない。

伊右衛門は五十にもならないくせに愚痴《ぐち》ばかりこぼしていて、朝からふとんをかぶり、夜もかぶりつづけているといった工合だから、十五になる伊太郎にのぞみをかけ、老僕の善助とお竹が働くことになった。

二人は、子供のおもちゃにする巻藁《まきわら》人形を売って歩きはじめた。雨がふらぬかぎりは諸方の盛り場や縁日をまわって、はじめのうちは五十文そこその売りあげであったが、そのうちに二人あわせて日に四、五百文のもうけを得ることができたのである。

三年たった。

お竹は十七歳、伊太郎は十八歳である。

伊太郎は、父親の伊右衛門が病死をした十六の春から堀留町の醬油酢問屋・横田屋五郎吉方で働いていた。

横田屋は同業の関係もあり、かねてから金屋の零落《れいらく》ぶりに同情をよせていたものである。

伊太郎は亡母ゆずりの才気と愛嬌があって、これを横田屋の主人に見こまれた。

「どうだね、伊太郎。お前もいずれは一本立ちになるつもりなのだろうが……いっそのこと、酒屋をやってみないか。ちょうどいい売り据《す》えの店があるのだがね」

と、横田屋五郎吉がいったのは享和二年二月のことであった。

その酒屋の売り店は横田屋のすぐ近くで、売り値は三十両だという。

「とんでもございません。私も十五のときから世の中へ放り出されまして、一時《いっとき》は子供のおもちゃを売り流して稼いだものです。そのとき、ためました金が十両ほどございますが、それでは、とても、とても……」

と、伊太郎は首をふってみせた。

横田屋は、伊太郎がもってきて見せた十両余の金を見て、いよいよ感服したものだ。

「えらいものだ。お前は亡くなったおっ母さんそっくりだよ。それにしても、子供のときから、しがない商いをして、よくこれだけのものをためたものじゃないか」

「へえ……おそれいります」

うつむいて、伊太郎は、そっと指で目がしらを押えたものだ。

十九の若者にしては、まことに隙《すき》のないやつではある。

伊太郎がもっていた金十両は、みんなお竹が稼いだものだ。

「一日も早く、小さな店でもいいから持つようにと、私は、そればかり祈っているんです」

と、お竹は白粉《おしろい》も買わずに伊太郎へ差し出しつづけてきたのだ。

亡くなったお上さんへの〔忠義〕ばかりではない。

すでに、お竹は伊太郎と只ならぬ関係にあったのだ。

一年も前からである。

横田屋に対して、伊太郎は、お竹のことをおくびにも出さなかった。

当然であろう。

少し前に、伊太郎は早くも横田屋の娘で十八になるおりよにも手をつけていたのだ。すばしこいやつではある。

そのことを知らずに、横田屋五郎吉が、

「どうだい。その十両のほかの足りない分は、私が出そうじゃないか。そのかわり、お前にきいてもらいたいことがある。いいえね……実は、お前がよく働いてくれもするし、行く先ひとかどの商人《あきんど》にもなれよう見こみもついたことだし、女房とも相談の上で、ひとつ、うちのおりよをお前にもらってもらいたい、と、こう思うんだが、どうだろうね」

待ってましたと手をたたきたいのをじっと我慢して、伊太郎はあくまでも殊勝《しゅしょう》げに、

「もったいない」

と、いった。

これで万事きまった。

お竹は、のけものにされた。

「女房にする」

と伊太郎もいわなかったのだが、お竹は、そのつもりでいた。

老僕の善助でさえ、そう思っていたのだから、二人がむつみあうありさまは、ごく自然の成行《なりゆき》であったといえよう。

もちろん、そのときは伊太郎もお竹を捨てるつもりではなかったかもしれない。

ところが横田屋のおりよというものを見てから、次第に伊太郎の野望が本物になっていっ

たのであろう。

おりよとの婚礼をすましてしまってから、伊太郎が亀嶋町へやって来て、

「私は、お前を女房にするといったつもりはないよ」

と、お竹に釘《くぎ》をさした。

「小さな店だが働くつもりがあるんなら、お前も来てくれていいんだが……」

「けっこうです」

お竹は、表情も変えずに答えた。

そして（ああ……やっぱり、こんなことになってしまった……）と思った。

少し前から、お竹は女らしい直感で、伊太郎の心が自分から離れて行くのを予知していたようなところもある。老僕の善助は、

「これから、お竹ちゃんはどうするのだ、どうするのだ」

と心配をしながらも、伊太郎の店へ行ってしまった。

お竹は、唇をかみしめて耐《た》えた。

阿部川町の居酒屋兼飯屋の「ふきぬけや」へ住み込み女中に入ったのは、伊太郎と別れて三日後のことである。

三

「ふきぬけや」の主人に、

「いやならと無理にすすめないがねえ、お前ほどの躰をしていれば、いい儲けになるのだが……」

こうもちかけられたとき、それまでは虚脱状態にあったお竹の脳裡《のうり》に、

(どっちみち身より一つないんだもの。なんとか女ひとりで食べて行けるようにならなけりゃ……)

と、この考えがぱっと浮かんだ。

むかし、金屋のお上さんが女手ひとつに店を切りまわしていたように、

(私だって、できないことはない)

金をためて、どんな小さな商売でもいいからやってみたい。それができたなら、大手をふって世の中を渡れよう。

また、ぱっとひらめいたものがある。

(私、蕎麦屋《そばや》をやってみたい)

前に、巻藁人形を売って歩いていたころ、お竹には只ひとつのたのしみがあった。

お竹は主人父子を養うために差し出す稼ぎのうちから、少しずつためこんでおいて、三月に一度だけ上野の仁王門前にある〔無極庵《むきょくあん》〕という蕎麦屋で、鴨南ばんか天ぷらそばをおごるのが唯一の生きがいであった。

天ぷらそばは、このころから蕎麦屋であつかうようになったもので、貝柱のかきあげがぎらぎらとあぶらを熱い汁にうかせているのをすすりこむとき、お竹は、まるで天国へでもの

ぼったような心地がしたものである。

十五か六の少女が、ひどい貧乏ぐらしに耐えて主人父子につくしているといった境涯《きょうがい》だったのだから、無理もない。

伊太郎の愛？　をうけるようになってから、二人して〔無極庵〕に出かけたこともある。

あぶらっこい天ぷらもよかったが、そのあぶらっこさの中からすすりこむ蕎麦の清らかな香りが、お竹はこよなく好きであったのだ。

蕎麦屋の売り据え店なぞは、探せばいくらでもあった。ひろい江戸の町なのである。

（やってみよう）

お竹は、決心をした。

はじめての客は、浅草の〔ちゃり文《もん》〕とよばれた有名な彫物師《ほりものし》で、三十そこそこのいなせな男だった。

「お竹ちゃんの、この白い肌に牡丹の花を彫ってみてえな」

と、ちゃり文は口ぐせのようにいった。

ちゃり文はあっさりとした遊び方をして、水茶屋の婆さんへわたす金のほかに、かならず、お竹へいくらかのものをおいていってくれた。

「お前の肌てえものは、こりゃ大へんなものだぜ。こんな肌をしている女には、なかなかぶつからねえもんだ。大切にしなくちゃいけねえ」

ちゃり文が、そういうと、お竹は、

「でも、もうお嫁さんになれるわけのもんでもなし……だって、私の顔見てごらんなさいな。どうみたって……」

「どうみたって？　なんだ」

「お、た、ふ、く」

「ばかをいえ。好きな男ができたら、そいつの前で素っ裸になってみねえ。少しましな男なら見のがすはずはねえ、とびついてくらあな。おれだって、八人の子もちで二人の女房をもっているのでなかったら、まっさきに名乗りをあげるぜ」

とにかく、ちゃり文の親方は、お竹にとってはいい客であった。

このほかに二人ほどお竹でなければならぬという客がある。

みんなやさしい連中ばかりであったから、お竹の心も躰も客をとるわりには荒れなかった。

もっとも、客をとるのは月のうち四、五度ほどで、それ以上はつつしんだ。〔ふきぬけや〕で働くほかの女中の手前もある。

客をとりはじめて、まだ半年にもならないのだから、お竹のためた金は三両そこそこであった。

蕎麦屋の売り店を買うためには、どうしても二十両から三十両はかかる。

いいかげんにためいきも出ていたところへ、毛むくじゃらで、あんまの上手な川越の旦那が、躰をもみほごしてくれたあげく、ぽんと二十両もおいて行ってくれたのだ。

それからもう、お竹は客をとらなかった。

四

浅草駒形の唐がらし横町に住む彫物師ちゃり文《もん》の家を、お竹がおとずれたのは、翌文化元年春のことであった。

およそ一年ぶりで、お竹の顔を見たのだが、なつかしさよりも先にちゃり文は大あわてになった。

「い、いけねえよ、お竹ちゃん。こんなところへ来ちゃ、いけねえ」

家に女房がいたので、ちゃり文は狼狽《ろうばい》しきっている。よほど女房には頭が上がらないことをしつづけてきたに違いなかった。

「親方。そうじゃあないんです」

「な、なにがよ」

「お、親方にお願いがあるんです」

「なんだ？」

その願いというものをきいたとき、さすがのちゃり文もびっくりしたが、

「そこまで決心をしたのなら……ま、やってみねえ」

こころよく引きうけてくれた。

その日から三か月、お竹は一日おきほどに、ちゃり文の家へかよいつめた。

夏がきた。

そろそろ、梅雨もあがろうかという或る日に、お竹は、上野仁王門前の蕎麦屋〔無極庵〕をおとずれ、主人の瀬平に相談をもちかけた。

瀬平は、お竹が巻藁人形を売っていたころに蕎麦を食べにきたこともよくおぼえているし、このところしばらく見えなかったので、

「あの働きものの娘《こ》はどうしたんだろう」

気にもかけていたところであった。

「もう一年も前に、その春木町の蕎麦屋の売り据えを買って、商売をはじめてみたんですけど、場所も悪いし、前にいたのをそのまま雇《やと》った職人の腕もまずいんです。いえ、人がらは実直な男なんですが、そばつくりの修業が足りていません。でも、私はなんとしてもやってみたいんです、やりぬいてみたいんです」

お竹は必死であった。

〔無極庵〕の職人を貸してもらえないかというのである。

うじうじと思案をかさねる前に、このごろのお竹は行動をはじめるというくせがついた。

いいか、いいか、そるかというとき、思いつめた人間が逆境をはねのけようとする懸命さのあらわれである。

「私も、これからは自分で出前持ちをやろうと思うんです、旦那……馬鹿な女だとお思いかもしれませんが、まあ、見て下さいまし」

地味な、もめんの単衣《ひとえ》の肌を、お竹がぱっとぬいだ。

そこは店先ではなく、主人夫婦の居間の中であったが、主人の瀬平も女房のおりきも、思わず「あっ……」と声をあげたものである。

帯から下は見るべくもないが、むっちりと張った左の乳房に鉞《まさかり》をかついだ金太郎のまっ赤な顔が彫りこめられ、金太郎の無邪気につきだした口が、いまや、お竹の乳くびを吸おうとしている図柄であった。

おそらく金太郎の全身は、お竹の下腹から背中にかけて彫りつけられているものと見えた。つまり、お竹の左半身に彫ものの金太郎がだきついているという趣向《しゅこう》なのである。

「うーむ……」

うなり声をあげたきり、瀬平夫婦は目を白黒させている。

さすがに、江戸でも名うての彫師とうたわれた〔ちゃり文〕の仕事であった。筋彫《すじぼり》という手のこんだ技巧を要するやり方で朱入り、金入りという見るからに燦然《さんぜん》たるものだ。

「お、お前さん、若い身そらで、肌をよごして、どうなさるおつもりなのだ」

しまいには、瀬平もがたがたとふるえはじめた。

気のつよい男でも、これだけの彫ものをするための痛みには耐えられない。しかも女の胸と腹のやわらかい肌身が、よくもこらえぬいたものである。

二十《はたち》そこそこのお竹が、このような躰をしていると知って、主人夫婦は、なにか、とんでもない言いがかりをつけられるのではないかと恐れたのである。

「ごめん下さいまし」

と、すぐにお竹は肌を入れた。

「これは客よせの彫ものなんでございます」

「なんだって……」

「もろ肌をぬいで、私は店でも働き、外へ出前にも出るつもりなんでございます」

あっけにとられている瀬平に、お竹は、

「まず、おききなすって下さいまし」

うまれてからこの方の身の上を少しも包みかくさず、淡々と、しかも誠意を面《おもて》にあらわしつつ、お竹は語った。

「なんと申しましても場所が悪く、いずれは表通りへ出たいと思っていますけれど、いまの私には、これで精いっぱいのところなんです。なんとかしてお客を寄せなくちゃあいけない、ここでくじけてしまっては、張りつめてきた心がぽっきり折れて、もう自分がどうにもならない女になってしまう、そんな気がするんでございます」

そのころの江戸は、まさに爛熟《らんじゅく》の頂点にあった。

天明、寛政、享和、文化……とつづいた十一代将軍・家斉《いえなり》の時代である。

物資が江戸に集中し、経済の動きもこれにしたがって派手一方になる。

江戸市民の衣食住から娯楽にいたるまで、とおりいっぺんのものでは満足できないといったぜいたくさが、たとえば商家の女中にまで及んでいたのだ。

こういう世の中であるから、営業不振で店じまいをした蕎麦屋をお竹のような若い女が買いとっても、どうにもなるものではない。

覚悟はしていたことだが、お竹の若さがそれを押しきろうとしたまでである。

仕込んだ材料が残り余る日々がつづいて、出前の小僧も逃げ出し、由松という蕎麦職人と二人きりになったとき、

（そうだ……）

きらりと、お竹の脳裡にひらめいたのは、前に客をとっていたときのなじみの〔ちゃり文〕のことであった。

「お竹ちゃんの肌に、思いきり彫ってみてえ」

ともらした、その言葉を、お竹は突然に思いうかべたのである。

それがいいことか悪いことかを考えるよりも先に、お竹は浅草のちゃり文の家へ駈け出したのだ。

「私がこんな大それたことをして、たとえお客がきてくれても、いちばん大切なのは蕎麦の味なんです。いま私のところにいる由松というのは、不器用ですが教えこめばおぼえられるだけの、まじめさをもっている男なんです。それで、あつかましいとは存じながら、こうして……」

「わかりました」

と、〔無極庵〕の主人がいった。

「けれど、お前さん。肌の彫ものを客寄せにつかうことは、いつまでもやっていちゃあいけない。客が来て、味をおぼえて、また来てくれる。それが食べものやの本道だ。店の中も口に入れるものも、小ぎれいで、おいしくて、その上に、店をやるものの親切が、つまりまごころてえものが食べるものにも、もてなしにも、こもっていなくちゃあ、客は来ないよ」

「はい」

「よござんす。腕のいい職人を一人、貸してあげましょう。ただし、三月《みつき》をかぎってだよ。その三月の間に、お前さん、お客をつかんで離さないようにするのだ。そして三月たったら肌の彫ものも見せちゃあいけない。これだけのことを約束してくれるなら、相談にのってあげましょう」

「あ、ありがとうございます」

といったとたんに、お竹は、のめるように伏し倒れた。永い間の緊張の持続が一度にゆるんだからであろう。

五

お竹の捨て身の所業《わざ》は、見事に効を奏した。〔無極庵〕が貸してくれた職人は中年の男で房次郎といったが、無口のくせにすることは親切であり、由松を教えこみつつ、客に出す蕎麦の味を一変せしめた。

しかし、なによりも春木町かいわいで大評判になったのは、もろ肌をぬぎ、金太郎の彫ものを躍動させつつ、蕎麦を運ぶお竹の異様な姿である。

白粉もぬらず紅もささず、雪白の肌に汗をにじませ、ひっつめ髪に鉢巻きまでして懸命にはたらく彼女には、なにか一種の威厳さえもにじみでていた。

外へ、肌ぬぎのまま出前に出ても、警吏に捕まるようなことがなかったという。

後年の天保改革が行われるまでの江戸市中は、こうした所業に寛大であったし、ことに、お竹のすることを見ていると、まるで女だか男だか、一種異様な生きものの、すさまじいばかりの意気ごみを感ずるのが先で、いささかの猥褻《わいせつ》さも人々はおぼえなかった。

本郷の無頼漢どもでさえ、道で、出前のお竹に出会うと、こそこそと姿をかくしたということだ。

たちまち、お竹の店は割れ返るような盛況となった。三か月で、お竹はぴたりと肌をおさめた。

しかし、客足は絶えなかった。

それから約一年たった。

すなわち文化二年六月二十七日である。

この日……。

かねてから江戸市中でも大評判になっていた大泥棒、鬼坊主清吉の処刑がおこなわれた。

鬼坊主は乾分《こぶん》の入墨吉五郎と左官条《くめ》次郎の二人とともに伝馬町の牢獄から引き出され、市中を引きまわしの上、品川の刑場で磔《はりつけ》になるのである。

泥棒三人は、そろいの縞《しま》の単衣《ひとえ》の仕立ておろしを身につけ、これもそろいの白地へ矢絣《やがすり》の三尺をしめ、本縄をかけられたまま馬にのせられ、江戸市中目ぬきの場所をえらんで引きまわされた。

三人の罪状をしるした紙幟《かみのぼり》と捨て札を非人二人が高々とかかげ、警固の捕吏や役人が三十人ほど列をつくった。

なにしろ、はりつけになるというのに、鬼坊主の清吉は辞世までよんだやつだ。筋肉たくましい躰を悠々と馬の背におき、にたりにたりと不敵な笑いをもらしつつ引きまわされて行く。

「なるほど、さすがは音にきこえた大泥棒よなあ」

「てえしたもんだ、目の色も変らねえ」

などと、沿道にむらがる野次馬どもは大へんな騒ぎである。

引きまわしの途中で、何度か休止があった。

このときは泥棒三人も馬からおろされ、水なり食べものなり、ほしいものをあたえてもらえる。

この休止のたびに、鬼坊主は辞世の歌を高らかに叫ぶ。

武蔵野に名ははびこりし鬼あざみ

今日の暑さに少し萎《しお》れる

というのが、辞世であった。

しゃれた泥棒もいたものだが、このため、群集が鬼坊主へかける熱狂は、すさまじいばかりのものとなった。

いよいよ、これが品川刑場へ向う最後の休みというときに、鬼坊主清吉は乾分の二人に向い、

「いよいよ、もうおしめえだな」

にやりといった。

「へえ」

左官条も入墨吉も度胸はいい。いや、少なくともいいところを見せて、

「人の一生というものなあ、短けえもんでござんすね」

いっぱしのことをいう。

「ふむ。お前たち、この期《ご》におよんで、いちばん先に頭へうかぶのはなんだ？」

「そりゃあ親分、女でさあ」

乾分二人、口をそろえていった。

「そうか」

鬼坊主もうなずき、

「みっともねえが、実は、おれもそうなのさ。ほれ、いつか話したことのある……」

「あ、池ノ端の水茶屋で買った肌の白い女のことで？」

「うむ。あれだけの肌をもった女は、おれもはじめてだった。あんな味のする肌をしゃぶったことはねえ。あんまり男みょうりにつきる思いをさせてもらったので、おれはな、財布の中の二十両をぽんとくれてやったものだ」

「しかも、あんままでしてやったとか……」

と左官粂がいうと、入墨吉も、

「これで親分も存外あめえところもあったのだなあ」

三人、声をそろえて笑った。

死ぬことへの恐怖をなんとかしてその直前まで忘れていようという必死の努力だったともいえよう。

そのころ、本郷春木町のお竹の店では、

「なにしろ大へんなにぎわいだといいますよ、お上さん。そりゃそうだ。鬼坊主がやった悪さの数は、とても数えきれないといいますからね」

〔無極庵〕ゆずりの天ぷらをあげながら、由松がお竹にいった。

お竹は、ふふんと鼻で笑った。

「くだらない泥棒のお仕置きなんぞを見物しているひまが私たちにあるものかね」

「そりゃあ、そうですね」

由松は甲州石和《いさわ》のうまれで二十二歳になる。

前の店では三人いた職人のうち、いちばん下ではたらいていたものだ。

〔無極庵〕の房次郎に仕込まれて、いまの由松は見ちがえるばかりの蕎麦職人となっている。

若い職人一人と出前の小僧を一人、店でつかう小女を一人と合せて三人をやとい入れたが、むろんお竹は出前にも出るし、店でもはたらく。

肌をおさめても、お竹の懸命な経営ぶりに、もうすっかり客足がかたまっているのだ。

麻の夏のれんに〔金太郎蕎麦〕と紺で染めたのを店先にかかげ、お竹は、汗みずくになって昼も夜もはたらきつづけている。

注文を通す小女の声がつづけざまにきこえた。

それに返事をあたえながら、お竹が由松にいった。

「それにしても、川越の旦那に一目会いたい。あれから二度、川越へ出かけてたずねてみたんだが、かいもく見当もつきゃあしないんだもの」

「お察しします」

「なにしろ、私がここまでたどりつけたのも、元はといえば、みんな川越の旦那のおかげなんだものねえ」

「由さん」

しんみりといって、お竹は、うどん粉をといた鉢へ貝柱と三ツ葉をいれてかきまぜながら、

「へえ」

「お前さん。私が好きかえ?　好いてくれているらしいねえ」

由松は、まっ赤になり、あわてて蕎麦を切り出したが、その拍子に親指へ包丁をあててしまい、

「痛い!」

と叫んだ。

小田原鰹

乙川優三郎

乙川優三郎《おとかわゆうざぶろう》（一九五三〜）

昭和二十八年、東京都に生まれる。千葉県立国府台高校卒。平成八年「藪燕」で第七十六回オール讀物新人賞、『霧の橋』で第七回時代小説大賞を、それぞれ受賞する。デビュー当初は、第二の藤沢周平のようにいわれたが、その後の作品で、独自の境地を示した。平成十三年『五年の梅』で第十四回山本周五郎賞、翌十四年には『生きる』で第百二十七回直木賞を、十六年には『武家用心集』で第十回中山義秀文学賞を受賞。その他の作品に『冬の標』『芥火』『むこうだんばら亭』などがある。寡作だが、新作を待ち望むファンは多い。

「小田原鰹」は「小説新潮」（平成11・2）に掲載された。

女房のつくる飯も、隣へ越してきた男の稼ぎも、春になると決まって軒下に溜《た》まる白い花弁も鹿蔵《しかぞう》は気に入らなかった。

（散々ひとを扱《こ》き使っておきながら御礼奉公が聞いて呆《あき》れる、だいいち、いまさらどうしておれが頭を下げなきゃならねえ……）

七歳のときに身売り同然にして奉公に上がった雑穀屋を十年の年季明けと同時に辞めたのにはじまり、荒物屋、笠屋《かさや》、古着屋と職を転々としたのも、その後ようやく落ち着いた瀬戸物屋から暇をもらい再び古着屋へ移ったのも、またそこを離れ、果ては隠居と称して内職をはじめたのも、何もかもがうっとうしくてならなかったからである。しかも、しばらくすると内職をしている自分も気に入らなくなり、それもやめてしまった。

「提灯《ちょうちん》張りなんぞしてもいくらにもなりゃしねえ、だいいちこんな材料でろくなものができるわけがねえ」

理由はそれだけで、そう言ったきりぶらぶらと暮らした。だが当然のことながら、やがてどうにも暮らしが立たなくなって再び内職をはじめたときには四十も半ばを過ぎていて、なぜ自分だけがこうも不運なのかと苛立《いらだ》ちは募る一方だった。

「けっ、この串《くし》に刺した鰻《うなぎ》を食う奴《やつ》の顔が見てえや、こっちは何百、何千削ったって匂《にお》いも嗅《か》げやしねえ」

「おまえさんはどうしてそう腹を立ててばかりいるんです、鰻を食べるために竹串の内職をいただいたわけではないでしょう？　おまえさんの削った串で少しでもおいしい鰻が焼ければそれでいいじゃないですか」

おつねはたまりかねてそう言ったことがあるが、鹿蔵は耳を貸すどころか恐ろしく陰険な眼を向けてきた。

「利《き》いた風なことを言うんじゃねえ」

それが口癖であり、毛嫌いする世間からその身を守るための方便でもあった。そうしたときのおつねはもう黙り込むしかなく、それ以上何かを言おうものなら鹿蔵は口だけでは済まなかった。あるいは、そうして自分の女房からも身を守っていたのかも知れない。

「おめえに何が分かる」

事あるごとに、鹿蔵はそう言った。

一

鹿蔵とおつねは二十五歳と十七歳で夫婦となった。当時、鹿蔵が働いていた荒物屋の主人の世話によるもので、傍目《はため》には似合いに見えたのだろうが、育ちも考え方も違う二人ははじめから反りの合わない夫婦だった。

鹿蔵は武州八王子の貧農の家に四人兄弟の次男として生まれ、食うや食わずの暮らしの中で育った。江戸へ奉公に出されたのも代わりに手に入るまとまった金と口減らしのためで、それまで米はおろか魚すら食したことがなかったという。

（世の中にはこんなにうまいものがあるのか……）

　奉公に上がった当初は飯が食えるだけで幸せだったし、親元を離れた淋《さみ》しさなどは微塵《みじん》も感じなかった。それというのも父母というのが喧嘩《けんか》に明け暮れ、子を慈《いつく》しむことなど忘れてしまったような親であったから、鹿蔵は身売りされて密《ひそ》かに喜んだほどである。それから六年後に長兄が病没し、二人いた妹たちもどこかへ身売りされて一家は離散した。むろん消息を絶った親から知らせがあるはずもなく、鹿蔵がそうと知ったのはさらに四年後のことで、たまさか深川常盤町《ときわちょう》の岡場所で買った同郷の娼妓《しょうぎ》の口から洩《も》れ聞いたにすぎない。

　だがそのときも父母を哀れには思わなかった。それどころか、これで一切の縁が切れると安堵《あんど》し、天涯孤独となったことを喜びもした。二人の妹に対しても、いずれはそうなると分かっていたからか、却《かえ》って吹っ切れた気がしただけで僅《わず》かな哀憫《あいびん》の情すら湧《わ》かずじまいだった。そんなふうだから、その後も家族のことは誰ひとりとして思い出さなかった。

　おつねが鹿蔵を知ったのは、向島《むこうじま》にあった実家の料理屋が潰《つぶ》れて母親が姿を晦《くら》まし、ほどなく父の千次郎が女と心中してから二月ほどしたころだった。頼る人もなく、藁《わら》にもすがる思いで店の上客だった旦那衆を訪ね歩くと、

（妾《めかけ》になるなら……）

　と誰もがそういう眼で見る。これがあと五つも歳《とし》を重ねていたなら首を縦にも振っただろうが、そうした男女の終焉《しゅうえん》を見てきたばかりの娘が父よりも年嵩《としかさ》の男の世話になれるはず

がなかった。

「嫁ぐ気があるなら世話をしよう」

ただひとりそう言ってくれたのが霊巌嶋《れいがんじま》の荒物屋・久兵衛《きゆうべえ》で、当時のおつねにすればあとはただただありがたく承知するよりほかなかったのである。

そうしてともに親に捨てられた二人が夫婦になったのだから、少しは互いの痛みも分かろうというものだが、そこがこの夫婦の反りの合わぬところで、所帯を構えて二年もすると、

「今日限り店には出ねえ」

いつ鹿蔵が言い出すかと、おつねは始終びくびくしていたし、鹿蔵は鹿蔵でそうしたおつねを見るにつけ陰鬱《いんうつ》な思いに襲われ、積もり積もった鬱憤の捌《は》け口を求めた。その捌け口が女房というのも情けないが、知らず識《し》らずのうちに何事も薄情で頑陋《がんろう》だった父親に倣《なら》う鹿蔵には、女房とは、家族とはそういうものだった。いまにして思えば、当時の鹿蔵は赤子の政吉《まさきち》にも腹を立てていたような気がする。ただ手間がかかるだけで暮らしの役に立たない子供を嘘《うそ》でもかわいがるようになったのは、それから六、七年もして政吉が外で小銭を稼いでくるようになってからだった。

手習いを嫌い、子は親のために働くものと決めつける鹿蔵に対し、曲がりなりにも父母の情愛を知っているおつねは、貧しいからこそ子の行く末を考え、政吉にはできるだけのことをしてやりたかった。けれどもそれも思うようにはならず、やがて物心がつくと政吉は鹿蔵が自分の親を嫌ったように、鹿蔵を嫌ってある日突然、自分から家を出ていってしまった。

むろん鹿蔵は激怒したが、その怒りの原因は子が親を養う義務を放棄したこと、つまりは政吉がもたらすはずであった金と安穏な暮らしが消えてしまったためであった。

自身も捨てられたとはいえ、おつねには政吉の気持ちがよく分かった。それほど鹿蔵は情というものに無知であったし、他人の同情を嫌う分、人の心を察することもしない男だった。いまでも政吉のことを考えることがあるとすれば、それは政吉を恨んでいるだけのことで、決して子の消息を案ずるといった親心からではないだろう。

（もうこの人にはついていけない……）

おつねは幾度そう思ったことか。子供がいなければ逃げていたかも知れない。あるいは政吉が逃げなければ、いつかは二人で逃げていたかも知れないと思う。けれども結果として父母に捨てられ子にも見捨てられたおつねは、以来、因果な運命を嘆くだけで鹿蔵を捨てる気力も失《う》せてしまったのである。

そんなこととも知らずに、鹿蔵は未《いま》だにおつねを女中のように扱っている。夫婦とは名ばかりで、鹿蔵にとっては女房も女中もたいして変わりはない。主人である自分のために働かせ、怒鳴りたくなれば怒鳴り、殴りたくなれば殴る、それでも給金を払わずに済むのが女房とでも思っているのだろう。世の中の常識とは無縁の境遇に育った彼は、自分を崇《あが》め、誰にも劣らぬ人間と思い込むことによって恐れに近い劣等感からその身を守っているのかも知れない。だがそれは、少しでも道理の分かる人間から見れば、やはり浅はかとしか言えなかった。

二

日盛りの道を歩いていてもあまり汗をかかなくなったのは、それだけ足が遅くなったせいだろうか、それにしては木陰で休むとどっと汗が出てくる。若いころは木陰へ入ればほっとして汗が引いたものだが、いまはおいそれと安心もできない。とりわけ人を訪ねるときは、近くまできて一息入れてからでないと、十中八九会った直後に余分な大汗をかくことになる。

上野不忍池《しのばずのいけ》のほとりでいっとき涼を取りながら、おつねは目の前の料理屋へ入ってゆく人々を自分とは身分も暮らしも違う幸福な人々として眺めていた。池之端仲町《いけのはたなかちょう》には蓮飯《はすめし》を名物にする出合茶屋や料理屋が軒を並べていて、人出の割にはどこかしっとりとした風情《ふぜい》がある。水を打った料理屋の店先からは蒸した蓮の葉の芳《こう》ばしい香りが漂ってくるし、店から出てくる人々の顔も心なしか涼しげである。

江差屋《えさしや》というその店にはたしか十二、三のときに父の千次郎に連れられて一度入ったことがあるが、そのときは見たこともない女が父を待っていて、おつねはひとりで蓮飯を食べ、夕暮れに父が戻るまですることもなく池の蓮見《はちすみ》をしていた。なんとなく千次郎が好色だと分かったのもそのころだったが、父母の諍《いさか》いが見たくなくて、おつねはその日もひとりで過ごしたことを母親には黙っていた。

当時は自分の家も向島の一隅で小さな料理屋をしていて、店を切り盛りする母のほうが父よりも忙しいくらいだった。千次郎は腕のいい板前だったが、自分の店を持ち人を使うようになってからは滅多に包丁も握らなくなり、かわりに店の金を使うことを覚えたらしい。夫婦喧嘩の原因も金か女のいずれかで、おつねには概して母の言い分が正しいように聞こえていたが、男女のことはまるで分からず、仲裁に入ることもならなかった。もっとも一夜明ければ二人はまた仲のよい夫婦に戻っていることが多く、そんな朝は千次郎が拵《こしら》えた美しいほどの朝餉《あさげ》を三人で食べる幸福が待っていた。

だが、その後も千次郎の浪費癖《ろうひへき》はなおらず、おつねが十七のときに店が潰れると、母は店の板前だった男と出奔《しゅっぽん》、その一月後には千次郎が船宿で女と心中し、おつねはひとり世間に放り出されたのだった。父の心中よりも意外だったのは優しかった母が自分を捨てたことで、それから二十五年を経たいまもその消息は知れない。生きていれば六十を過ぎているが、おつねはもう生きていないような気がしている。仮に生きているとしても、もう会いたいとは思わない。

（それにしても……）

おつねはいま自分がむかし父と来た江差屋の前に立っていることに奇妙な因縁を感じている。この二十五年の間に結婚して子も儲《もう》けたおつねだが、ひとり息子の政吉は十四歳のときに家出したきり、つい一月ほど前まで行方が分からなかった。たまたまおつねと鹿蔵が梅雨の大雨で浸水し住めなくなった深川の裏店《うらだな》から下谷車坂町《したやくるまざかちょう》へ越してこなければ、未だに分からなかっただろう。十年振りに広小路の人込みでその姿を見かけたとき、おつねは驚いたこともあるが、すぐには声をかけずに政吉の跡をつけた。そして江差屋の勝手口へ入りかけたところで呼び止めたのである。

「政ちゃん……」

そう呼ぶと、政吉は空耳だろうという顔で振り返ったが、おつねを見るとおっかさんと言ったきり口が利けなくなった。

「ここで働いてるの」

「……」

「元気そうね」

「ああ」

政吉が江差屋の板前になり、店の女中と結婚し、二歳になる娘がいることを聞き出すまで、おつねはゆっくりと回り道をした。政吉がいまも恐れているのは父の鹿蔵に居所を知られることだと分かっていたから、おつねは言ったりしないからと話の途中で幾度も繰り返した。政吉はおつねには何の恨みもないらしく、母親の慎重な態度に少しずつだが口を開いた。もっとも、そのときは政吉のほうにあまり暇がなく、二人はもう一度会う約束をして別れたのである。

それにしても政吉が板前になったのは千次郎の血を受け継いだとしか思えなかった。しかも江差屋で働いているというのだから、どうしても因縁を感じてしまう。

「今度は女房と娘にも会ってもらうから……」

「楽しみにしてるわ」

「くどいようだが……」

「大丈夫、心配しないで」

　おつねは約束通りひとことも鹿蔵には言わなかったが、政吉が店をやめて姿を消してしまうのではないかと、もう一度その顔を見るまでは不安だった。もしも政吉がいなかったらと思うと、江差屋へ訪ねるのが恐い気もしている。政吉はもう一人前のように見えたし、腕さえ確かなら働き口を見つけるのはそれほどむずかしくはないだろう。

　汗が引き少し落ち着いたところで、おつねは木陰から出て通りを横切り、江差屋の脇《わき》の細い路地を勝手口のほうへ歩いていった。抱えている風呂敷《ふろしき》包みの中には、二歳になるという政吉の娘のために仕立てた浴衣《ゆかた》が入っているが、袖丈《そでたけ》が合うかどうか心配だった。しかも本当は仕立て直しで、親が子にやるにしても気が引けるような品物だった。自分が帰ったあとで嫁がどんな顔をするかが目に見えるようで、おつねは息子夫婦に会える喜びとは別に、少し気が重かった。

　江差屋の勝手口は奉公人や出入りの商人の通用口になっていて、昼の間はほとんど猿を外《はず》してある。人が来れば台所からも見えるし、裏庭では下働きの男が薪《まき》を割ったり、女が洗い物をしたりと人がいないことはない。おつねが開き戸を押して入ったときも、下働きらしい老人が目笊《めざる》に小魚を並べて日に干しているところだった。

「すいません、息子を呼んでいただきたいのですが……」

「息子さん？」

「はい、こちらの板前で政吉といいます」

おつねは政吉がいないときのことも頭の隅において遠慮がちに言ったが、

「ああ、政吉さんね」

老人は優しく破顔してすぐに呼びにいってくれた。おつねがほっとしていると、政吉は台所にいたらしく、ほどなく老人とともに裏庭へ出てきた。

「ごめんよ、忙しいところ……」

「いや、ちょうど切りのいいところだ、親方にも言ってきたから心配いらねえ」

政吉はそう言うと、茶を淹《い》れるから住み込みの部屋へちょっと来ないかとすすめた。思っていたよりも明るい表情だった。

「おみのもじきに顔を見せるから」

「おみのさんていうの？」

おつねはそのときはじめて聞いた嫁の名を繰り返した。

「こんな恰好《かっこう》でかまわないかねえ」

「心配いらねえよ、気を使うような女じゃねえんだ、会えば分かるさ」

おつねはまた少しほっとした気分で、政吉に案内されて広い台所の端を通り母屋《おもや》の裏手にあるという夫婦の住まいへ向かった。肩が壁にぶつかるほど狭く暗い廊下を二度曲がったさきにいくつか部屋があって、そのひとつが政吉夫婦の住まいだった。政吉が襖《ふすま》を開けると六畳一間の部屋の奥には明かり窓があって、中は思ったよりも明るかった。あるのは一目で安物と分かる簞笥《たんす》と茶簞笥、それに行灯《あんどん》と長火鉢だけだが、おつねが鹿蔵と暮らしている長屋よりも清潔で掃除も行き届いている。

（でも……）

おつねは咄嗟《とっさ》に子供はどうしているのだろうかと思った。それに三度の食事はどこで作るのだろうか。

「ま、座りなよ、いま茶でも淹れるから」

茶簞笥を覗《のぞ》いて客用の湯吞《ゆのみ》を探しているらしい政吉へ、

「政ちゃん、子供はどうしてるの」

おつねは不安になって訊《たず》ねた。

「おみのさんも働いているんでしょ」

「ああ、いまのうちに稼がねえと店は持てねえからな、子供はいまおみのが迎えに行ってる、昼間はすぐそこの作り花屋のご隠居夫婦に預かってもらってるんだ」

「そう、だったらいいけど……」

おつねはそのとき政吉が店を持つと言ったことが、板前なら誰もが一度は抱くであろう当然の夢であるのに、つい千次郎のことを思い出して軽い胸騒ぎを覚えた。政吉は千次郎のことは何も知らないが、歩んでいる道はいまのところまったく同じように思われた。

「政ちゃんはもう一人前ね」

とおつねは言った。

「家にいたらこうはなれなかったわね」

「たぶんな……」

政吉はようやく湯呑を見つけて、おつねの前に腰を下ろすと、痩《や》せて艶《つや》のない顔をまっすぐに見つめて言った。

「だが、おっかさんには済まねえことをしたと思ってる」

三

予《あらかじ》め沸かしておいたらしい薬罐《やかん》の湯で茶を淹れながら、政吉は、あのころの自分はそう思う余裕すらなかったと話した。家は出たもののしばらくは食うや食わずで、一度はおつねに助けを求めようかとも思ったが、万が一鹿蔵に見つかったときのことを考えるとそれもできなかったという。やっとのことで浅草の一膳《いちぜん》飯屋の下働きに雇われ、そこで働くうちに包丁の使い方を覚えると、きちんとした修業がしたくなってあちこちの料理屋をあたり、どうにか雇ってくれたのが江差屋であった。それからは脇目も振らずに修業し、素質も手伝ってくれたのだろう、いまでは親方の片腕と言われているらしい。

「このまえ会ったときは、なにしろびっくりしちまったが、いまじゃこうして会えてよかったと思ってる」

政吉はおつねに茶をすすめて笑った。

「子供ができて親の気持ちが分かるようになったのかも知れねえ、もっともおとっつぁんにはいまでも会いたくねえが……」

「そうね、あの人は変わらないから」

「やっぱりひでえのかい」

おつねは小さくうなずいた。

「相変わらず、変わらないわね……」

「いっそのこと別れちまえばいい、おれの親はおっかさんひとりで十分だ」

「でもねえ……」

おつねは政吉の淹れた茶をすすって口を濁した。たしかに政吉の言う通りだが、いまさら鹿蔵と別れたところで素晴らしい暮らしが待っているわけではなかった。いまでも暮らしは自分の腕ひとつで支えているようなものだが、四十二歳にもなって一人暮しをはじめるにはそれなりに勇気がいる。だいいち鹿蔵が離縁してくれるかどうか。未だに妻子のことを金蔓《かねづる》のように思っているのだから、と思った。

（それに……）

十七のときに突然天涯孤独となったおつねを、事情《わけ》はどうあれ拾ってくれたのも鹿蔵であった。あのとき、たとえ久兵衛への義理であれ鹿蔵が娶《めと》ってくれなければ、どうなっていただろうかと思う。鹿蔵は怠けものだが、それでも何年かはおつねを養ってくれた。政吉が生まれ、育つにつれて世の親とは逆にますます怠けものになったが、どうにか一家の主としての面目は保っていた。その面目も仕事も捨てたのは、おつねが内職の仕立物でそこそこ稼ぐようになってからで、おつねはある意味では自分が鹿蔵を駄目にしたような気もしている。

「おいしいお茶ね、久し振りだわ」

彼女は言って、指先でこめかみに浮き出た汗を拭《ぬぐ》った。

「茶ぐれえ贅沢《ぜいたく》しねえとな、飯は店で食えるし、この奥に小さな台所があるにはあるんだが、滅多に使わねえ」

「そうなの……」

それじゃお金も貯まるわねと言ってから、おつねは持ってきた風呂敷包みを開いた。

「こんなもので悪いけど、よかったら着せてあげて」

「いいのかい、こんなことしてくれて」

「……」

「暮らしのほうは……」

「ええ、これくらい大丈夫、買ってもいくらもしないものだし……ただ袖丈が分からなかったから見当で縫ってみたの、合わなかったらすぐに直してあげる」

「いや、ちょうどいいくらいだ、ありがたくもらっとくよ」

「おみのさん、気を悪くしないかしら」

「どうして」

「だって、こんなものだから……」

おつねが力なくうつむいたとき、廊下を近付いてくる足音が聞こえて政吉がさっと腰を上げた。

「来たらしいな」

そう言って襖を開けると、果たして母子が入ろうとしていたところで、政吉は軽々と娘を抱き上げておつねの前へ連れてきた。

「おせいっていうんだ」

「そう、かわいいわねえ」

一瞬、おつねは何もかも忘れて娘の顔に見入った。娘は目がくるりとして本当にかわいらしく、ふっくらとした体付きもとても健康そうだった。おみのは静かに襖を閉めてそこに座ると、両手をついて名を名乗り、不束者《ふつつかもの》だがよろしくお願いしますと言った。

「こちらこそ、よろしくお願いします」

とおつねも頭を下げた。

「政吉にもあなたにも何もしてあげられなくて申しわけありません」

「とんでもない、こうしてお会いできただけで十分です」

おみのはやや丸顔だが目鼻立ちのすっきりとした佳人《かじん》で、政吉が言った通り気性も穏やかそうであった。

「上総《かずさ》の生まれで江戸には身寄りがいねえんだ、ここには八つのときから奉公してもう年季も明けてる」

政吉が手短かにおみのの素性を語り、おつねはいちいちうなずいた。

「それで親御さんは？」

「ええ、達者でいるようです、もう何年も会っていませんが……」

「そう、でも上総ならそう遠くはないから、その気になれば会えるわね」

「はい、七日もあれば行って帰ってこられます」

「それでも二人一緒となると、なかなか暇がもらえねえんだ」

政吉はおせいを膝《ひざ》の上で遊ばせながら、三人かと呟《つぶや》いた。その仕草や光景をかつて見たことがあるような気がして、おつねは不思議な気がした。だがすぐに、あることに思い当たった。おせいが自分で、政吉が遠いむかしの千次郎のように見えたのである。

「盆暮れの休みじゃ行って来られねえしな」

「そうねえ、料理屋は一日休むと上がりやら仕入れに響くから、よほどのことがないと奉公人も長くは休めないわねえ」

「へえ、よく知ってるじゃねえか」

「これでけっこういろんな人と会うから」

聞きかじりだけど、とおつねは自分が料理屋の娘だったとは言い出せなかった。言えば父母のことも、なぜ鹿蔵と結婚したのかも言わなければならない。これ以上政吉に不幸を打ち明けたところで何の役にも立たないし、それなら黙って幸せそうな親子を見ているほうがいいと思った。

打ち明けることによってその不幸が政吉の記憶に残り、知らず識らずのうちに繰り返されるような気もした。親と子が、あるいは祖父母と孫が似てしまうのは顔貌《かおかたち》ばかりではなく、一生のありようまでが似てしまうことが多い。それが幸福な一生であればよいが、つまらぬことで似てもらいたくはなかった。

もっとも政吉はどちらかというと、痩身《そうしん》で優男《やさおとこ》だった千次郎よりも骨太の鹿蔵に似ている。しかも仕事好きで辛抱強い気性はどちらにも似ていなかった。おつねはこんなときに杞《き》憂《ゆう》はやめようと思い、

「ちょっと抱いてもいいかしら」

と言った。政吉がおばあちゃんのところへ行きなと言うと、おせいは人見知りもせずに歩み寄ってきた。

「まあ、重いこと、おせいちゃんはきっと背も大きくなるわね」

「そうでしょうか」

おみのは微笑《ほほえ》みながら見ていたが、おつねの湯呑が空になっているのに気付くと、

「あら、いま冷たい麦湯をお持ちします」

と言って立っていった。仕事を抜けてきたので仲居の着物を着ているが、平素から立ち居はきちんとしているらしい。つい料理屋の姑《しゅうとめ》のような眼で見ていることに気付いて、おつねは自嘲《じちょう》した。

おせいをあやしていると、じきにおみのが麦湯を運んで来て、入れ替わりに政吉がちょっと板場《いたば》を見てくると言って立っていった。

「忙しいときに、ごめんなさいね」

「いいえ、あの人はお店が休みにならない限り、いつだって板場が気になるんです、朝だって誰よりも早く仕事をはじめて、まるで板前になるために生まれてきたような人です」

「小さいときはそれほど器用じゃなかったのに、人は分からないものね」

「自分でもそう言ってました」

「お店を持ちたいって言ってたけど……」

「ええ、それがあの人の夢なんです、あたしの夢でもありますけど」

「いいわねえ、若い人は夢があって」

おつねは笑ったが、自分はこのまま干からびて一生を終えるように思われ、密かに溜息《ためいき》をついた。せめて息子夫婦とひとつ屋根の下で暮らせたらどんなに楽しいだろうかとも思ったが、鹿蔵がいる限り、それも叶《かな》わぬ夢で終わるだろう。そう考えると自分の一生はもう終わったも同然だった。

しばらくして政吉は料理を詰めた折り箱を二つ持って戻ってきた。浴衣を入れてきた風呂敷に包んでゆくといいと言って、土産に持たせてくれたのである。

「たいしたものは入ってねえが、今日の夕飯に食べてみてくれ」

「本当にいいの」

「もちろんだ、魚も入れておいたから、おとっつぁんも気に入るだろう」

「そんなことまで気を使わせて……」

ありがとうと言いかけて、おつねは不意に涙が込み上げてきたのに気付いた。息子に気を使い、気を使わせ、それでも何もできずにいる自分がどうしようもなく惨《みじ》めで情けない人間に思われた。政吉にしろ大手を振って家に帰れるほど立派になったというのに、鹿蔵ひとりのためにこそこそとしなければならない。本来なら自分が手料理のひとつも拵えておみのへ渡してやるべきなのに、そんなこともできない。目の前に置かれた折り箱を見るうち、おつねは人の親としても女房としてもとっくに成り立たなくなっている自分を鏡で見せられているような気がして唇を震わせた。

「何だかもったいなくて……」

濡《ぬ》れた目頭を拭おうとしておつねが手を放すと、おせいは勝手におみののほうへ歩いていった。

「おっかさん」

「ごめんよ、どうしたんだろうねえ」

おつねは笑みを拵えて言ったが、一度騒いだ気持ちは静めようがなく、胸の中は鹿蔵を呪《じゅ》詛《そ》する思いで溢《あふ》れていた。

四

一月も前なら日の暮れるころだったが、江差屋を出て再び池のほとりに佇《たたず》み、しばらくあたりを眺めていても、夏の日はまだ空を青く染めていた。池之端仲町の通りには、家路を急ぐ人とそろそろ夜遊びに向かう人が行き交っている。

おつねはいつの間にか屈《かが》んでいた自分に気付くと、立ち上がり、風呂敷包みを胸に抱いて広小路へ出た。三橋《みはし》を渡り、道なりに山下を行けば左手に車坂門があり、その向かいの道へ折れたさきが下谷車坂町である。

（あれから二十五年……）

あの人とは一度として心の通うことはなかったと思いながら、おつねは人込みの三橋を渡った。政吉が二十四歳になり、孫ができたというほかに、二十五年という歳月に意味はなかったような気がしている。途方もなく長い歳月を無益な骨折りに費やしてきた、ただそれだけのことで、いまさらどうでもよいことのようにも思われるし、それではいけないような気もする。擦れ違う人々がみな幸福そうに見えて、おつねの胸に何かを訴えかけてくるが、それが何であるのかははっきりとしない。

「二十五年……」

おつねは口の中で呟いてみた。果たして脳裡《のうり》に甦《よみがえ》るのは思い出したくもない光景ばかりで、風に吹き飛ばされても惜しくもない歳月だった。父母と暮らした歳月よりも長い歳月を鹿蔵と過ごしてきて、残ったのは貧しさと息苦しさだけである。貧しさは周りにも溢れているし我慢もなるが、世間を敵に回したような鹿蔵の独り善《よ》がりにはどうにも太刀打ちがならない。育ちが違うと言ってしまえばそれまでだが、あまりにも物を見る眼が違いすぎる。喜びや怒りの対象が違うから、夫婦で同じ感懐を味わうこともなかった。

自分がどう工夫し、どう歩み寄ったところで、鹿蔵は変わらないだろう。早い話が、人並みに花を見て美しいと思うおつねと、何の役にも立たないと思う鹿蔵とでは、自《おの》ずと見るものが違ってしまう。鹿蔵にとって大切なのは金と自分に金を運んでくる人間だけで、それ以外のものはたとえ肉親でも屑《くず》に等しい。まともに働きもしないくせに身の不遇を託《かこ》ち、貧しさは人のせいにする。そういう男とおつねは二十五年も暮らしてきたのだった。

政吉が十四年で鹿蔵に見切りをつけたのは賢明だったかも知れないと思う。いまの政吉を見れば、それが正しい選択であったかどうかは疑う余地もない。さっきはつい千次郎のことを思い出して不安に思ったが、政吉は鹿蔵を見ているだけに却ってきちんと生きてゆくのではなかろうか。自分はその邪魔をしなければいい。

山下へ差しかかると、床見世《とこみせ》の立ち並ぶ広い道は珍しく閑散としていた。日に幾度かこういうときがあって、いまは夕餉《ゆうげ》が近いせいかも知れない。行く手には左手に寺院が、右手にはしばらく武家の組屋敷が続いている。おつねは折り箱を抱え直し、山側の堀割に沿って歩いた。奥行き三尺ほどの庇床《ひさしどこ》の間から水が見えるだけでもいくらかは涼しい感じがするのと、そちら側が薄い日陰になっていた。

(それで、どうするの……)

おつねは自問した。二十五年が過ぎたからといって何かが変わるわけではないが、変えてみたいとは思う。政吉だって自力で変えてきたではないか。しかし十四と四十二では物に立ち向かう気力にも差があり、何ができるのかは分からない。分かっているのはもう人生の大半を生きてしまったこと、あとは日増しに老いるばかりであること、なのにあてどなく生きていることだけだった。

今日も家に帰れば鹿蔵がいて、待っていたとばかりに嫌みを並べ立てるだろう。折詰を見たらいっとき機嫌を直すかも知れないが、明日になればまた同じ一日がはじまる。鹿蔵が何かひとこと言う度に身を縮ませ、何か言われるのではないかと息を潜めて暮らす。それでも夫婦だろうか。

家に近付くにつれ、おつねは政吉が心を込めて作ってくれたものを鹿蔵の愚にも付かない話を聞きながら食べたくはないと思った。気が付くと、すぐ先に車坂町へ切れ込む道が見えていて、彼女はその道を折れたが、途中で正宝寺の参道へ入り、道端の松の木陰に腰を下ろした。左右を見るといくらか人影があったが、鹿蔵と向き合うことを思えばさほど気にはならなかった。

風呂敷を開き、折り箱をひとつ取り出し、蓋《ふた》を開けてみると、果たして彩《いろど》りも鮮やかな惣《そう》菜《ざい》が美しく盛られていた。そのひとつひとつに政吉の技と心が見えるようで、おつねはしばらく眺めてから割箸《わりばし》を取った。

(これでも料理屋の娘だったのだから……)

そう思いながら箸をつけると、どこか懐かしい味に頰が弛《ゆる》んだ。いまのおつねにはいくらか味付けが薄いように感じられたが、それは久し振りに玄人《くろうと》の拵えた料理を口にしたせいかも知れず、遠からず政吉が腕一本でやってゆけることはたしかなように思われた。

幸い、夏の日はゆっくりと暮れてゆき、おつねはきれいに食べ終えて手を合わせると、

（ありがとう、政ちゃん……）

久し振りに満たされた気持ちで立ち上がった。もうしばらくはそこで考え事をしていたかったが、そろそろ帰らなければ鹿蔵が腹を立てるだろう。これまでにも幾度となくそういうことがあって怒鳴られるのには馴《な》れているが、今日は政吉の料理が鹿蔵を宥《なだ》めてくれるかも知れない。

にわかに仄暗《ほのぐら》くなった参道を出ると、通りにはぽつぽつと灯が灯《とも》りはじめていた。家々の戸口からは子供たちの明るい声が洩《も》れてきたり、そこはかとなく団欒《だんらん》の匂いが漂ってくる。そうしたありふれた光景ですら、この二十五年、おつねの暮らしとは無縁だった。どこかで通りに向かい子供を呼ぶ母親の声を聞きながら、おつねは軒下に萎《しお》れかけた朝顔の並ぶ暗い路地へ入った。結局、何があっても鹿蔵のもとへ帰るしかないのだと思いながら、足取りは見えてきた家の冷たさに重くなる一方だった。

五

日が落ちかけて家の中は外よりも暗いはずが、路地の突き当たりにある家には灯も見えず、物音も聞こえなかった。おつねは鹿蔵が酒に酔って寝てしまったのかも知れないと思い、静かに表戸を開けたが、戸を閉めて振り向いた途端に全身の力が抜けて土間に倒れ込んでしまった。

「ばかやろう」

出迎えたのは鹿蔵の平手だった。五十の坂を迎えたとはいえ堂々とした体に備わった力は相当なもので、おつねは一瞬気を失いかけたが、大事に抱えてきた風呂敷包みが土間に転がっているのに気付くや、這《は》うようにして取りに行った。殴られた痛みよりも政吉の心尽くしが台無しになるのが心配で、そのときは鹿蔵が何を喚《わめ》いているのかも分からなかった。

それがまた鹿蔵には不満らしく、

「いったい何刻《なんどき》だと思ってやがる、ふざけやがって……」

足下へ唾《つば》を吐き捨てたのを見て、おつねは堪《たま》りかねて立ち上がった。

「これは、これは浅草の大野屋さんがおまえさんにって持たせてくれたのですよ、何てひどいことをするんです」

「ふん、そんなものが食えるか」

空腹を隠し、悪態を尽くす鹿蔵へ、おつねは珍しく牙《きば》を剝《む》いた。帰宅が遅くなることは鹿蔵も承知していたことだった。

「帰りが遅くなったのは悪いけど、出かけるときにそう言っておいたじゃないですか、灯もつけずにおまえさんはいつからそうやって待っていたんです、ほかにすることはなかったんですか」

いつもなら黙り込んでしまうおつねが暗がりに白い眼を光らせているのを見て、鹿蔵は少したじろいだようだったが、すぐに小馬鹿にしたような薄笑いを浮かべて言い返した。

「亭主が女房の帰りを待って何が悪い、ふざけるんじゃねえ」

鹿蔵が何を怒っているのか、筋道を立てて説明できるほどの理由がないことは、おつねにも分かっている。何をどう訊ねたところでまともな返事が返ってくることはない。そう分かっていながら、彼女は黙ってはいられなかった。

「いったい何が気に入らないんです、あたしが厭《いや》なら離縁してくれてもいいんですよ」

いざ口に出してみると、本当にそうなったらどんなにすっきりするだろうかと思ったが、鹿蔵はふんと言ったきり、しばらくは顔を歪《ゆが》めて笑っていた。

「減らず口をたたく前にきっちりやることをやりゃあいいんだ」

「やっているつもりです」

「亭主の飯もつくらねえでか」

「だから今日は遅くなるって言ったじゃありませんか、さきに晩酌でもしててくださいって……それとも仕立物を届けずに家にいればよかったんですか、それじゃお金もいただけないし、信用だってなくなるじゃありませんか」

「たかが仕立物じゃねえか」

「…………」

「信用が聞いて呆れる」

たかがと言われて、おつねは血の気が引くほど情けなくなった。それでどうにか二人が食べていることを、いったいこの男はどう考えているのだろう。

「おまえさんに大切なものなんてあるんですか」

それまで張りつめていた気持ちが鹿蔵のひとことで崩れてしまいそうだったが、おつねは勇気を出して踏みとどまると、あるなら教えてください、と言った。どうせもう殴られたのだと思った。

「言うまでもねえことだ」

そう吐き捨てると、鹿蔵は鼻先で笑いながらおつねを見た。

「お金ね？　それだけなの？」

「それだけで十分だ」

「そう、それで十分なの……」

おつねは冷めた眼で鹿蔵を見返した。暗い土間に憎悪《ぞうお》と諦《あきら》めが満ちてくるのが見えるようだった。

「おめえに金のありがたみは分からねえのよ、折ひとつでへらへらしやがって、安く使おうっていう向こうの魂胆が見えねえのか」

「………」

「商人はな、口と腹は繋《つな》がっちゃいねえ、その折にしろ、どうせ余りものだろう」

鹿蔵は商いの裏を知り尽くしたような口調で、まともにやる奴が馬鹿を見るだけだとも言った。

（それでおまえさんはまともに働かないの）

おつねはそう言ってやりたかったが、言えば言うだけそういう男の女房である自分が惨めになることも分かっていた。

「ろくにうどんの味付けもできねえから、何でもありがたく思いやがる」

やがて鹿蔵が言ったとき、おつねはもう言い返す気力もなくなっていた。うどんの味付け云々《うんぬん》は鹿蔵の十八番《おはこ》だが、そもそも彼の言う味付けとは醬油《しょうゆ》を惜しむがゆえに塩をたっぷりと入れたただの塩汁である。江戸の外れとはいえ料理屋で育ったおつねにすれば我慢のならぬ味であったし、それが世間で通用するとも思えなかった。しかも鹿蔵は気分しだいで意見を変えた。機嫌のよいときにはぶっかけをうまいうまいと言って食べたし、一事が万事、自分の作り上げた道理に逆らうものは、それが何であろうとも拒むくせに、それほど大事な道理とやらをあるとき突然に覆《くつがえ》すのも彼自身だった。

「分かりました」

おつねは力なく呟いた。

「すぐに支度をしますから……」

座敷へ上がり行灯に火を入れると、掌《てのひら》が土だらけであるのに気付いた。着物も風呂敷包みも汚れている。上がり框《がまち》に腰掛けて煙草《たばこ》を吸いはじめた鹿蔵の脇を通り、おつねは土間へ下りて流しの前に立ったが、井戸で洗おうと思い直し、手桶《ておけ》と少量の米を入れた笊を持って外へ出た。そのほうが思いきり溜息もつけるだろうと思った。

「あら、これからですか」

暗い井戸端には若い女がひとりいて、おつねを見ると声をかけてきた。

「ええ、ちょっと遅くなってしまって……」

おすみという錺職《かざりしょく》の女房へ、おつねは笑顔で応えたが、政吉夫婦と会って政吉の料理を食べたのが遠いむかしのことのように胸の中は寒々としていた。

慰めを見いだすそばから奪われてゆくときの落胆は、鹿蔵との暮らしの中では茶飯《さはん》に繰り返されてきたことで、おつねはもうその度に目を濡らすことはなかった。またかという諦めが吐息になるだけで、あとはもう忘れるしかない。

ところが、その日に限り、

（もう御免だ……）

とおつねは思った。いくら辛抱したところで、この人は変わりはしない。それほど人間が嫌いなら、ひとりで生きてゆけばいい、いくら女房でも道理も情も分からない男に付き合うことはないのだと思った。

無言の食事を終えて間もなく鹿蔵が床に就いてからも、おつねは部屋の片隅で黙々と仕立物をしていた。すぐには眠れそうにないのと、縫いかけの男物の羽織を仕上げてしまいたかったからで、鹿蔵の隣にいるよりは衝立《ついたて》のこちら側にいるほうが遥《はる》かに居心地もよかった。

羽織の仕立てを頼んだのは湯島の万屋《よろずや》という小間物屋の内儀《おかみ》で、約束の期限まではまだ数日あったが、出来上がりが待ち遠しいと言っていたので明日届ければさぞかし喜んでくれるだろう。高価な縮緬《ちりめん》の布地もたっぷりとくれたので、おつねは余った布で揃《そろ》いの巾着《きんちゃく》を拵えてあげるつもりだった。丁寧な仕事に加え、そうした小さな心遣いが次の注文を運んでくる。だが、丹念に針を動かしながら、おつねはその羽織を最後の仕事にしようと思っていた。

今日のことがあって、久しく枯れていた草木が露に濡れて芽吹くように、おつねの中に何かが甦ってきたことは確かだった。血が騒ぐとでもいうのか、体の中に妙な熱が起きたような気がするのは、立派になった政吉に会い、嫁や孫の顔も見ることができて、淀《よど》んでいた気持ちに区切りがついたせいかも知れない。鹿蔵が悪態をつきながらも離縁するつもりがないこともはっきりとした。理由はともかく離縁しないということは、どちらかが死ぬまでおつねが養うということである。

むろん働くのが厭なのではない。鹿蔵のように何もしないで生きていこうなどとは思わないし、働いているほうが気も紛れる。たいていの人間はそう思って働いているのではないだろうか。働くことによって手に入る金だけではなく、いい仕事をしたときの喜びや満足もあるだろう。ただそこへ、病でもない夫を養うために枷《かせ》という枷をはめられるのが厭なだけである。

（だいいち……）

もう十分に尽くしたと考えるのは身勝手だろうか。二十五年は決して短くはないし、取り返しのつく歳月でもない。その間に鹿蔵が与えてくれたのは孤独と苦痛だけであった。

とりとめのない物思いが徐々に形を成してくると、おつねはときおり手を休めて考え込んだ。このままでいいはずがないことも、生き方を変えるとすればいまの暮らしを続けるよりも遥かに大きな勇気がいることも明らかである。二十五年前に夫と子を捨てて出奔した母は、その勇気の半分を男に頼ったはずだが、自分にはそういう相手もいない。けれども母と同じ道を辿《たど》る自分を想像してみたとき、おつねは嫌悪を催すどころか、案外なくらい自由ですがすがしい気分になった。当時の母にもいまの自分と同じような思いがあったかも知れず、千次郎と一緒にいたら自分までが駄目になると思ったのではなかろうか。そう思うと、いまになり母の苦悩が少しは見えてきたような気がした。

物思いに気を取られたせいか、羽織を縫い上げたときには夜半を大分過ぎていた。おつねはいったん土間へ下りて、濡らした手拭《てぬぐ》いで顔と首筋を拭《ふ》いた。それだけでもひんやりとして生き返ったように感じるほど蒸し暑い夜だったが、もうひと踏ん張りして巾着も縫ってしまおうと思った。あれから鹿蔵は暑さに目を覚ますこともなく死んだように眠っている。さほど疲れてもいないのによく眠れるものだと思いながら、おつねはまた針仕事に戻った。

一息に巾着を仕上げて夜具に入ると、それを待っていたかのように、鹿蔵がむっくりと起き上がり厠《かわや》へ立っていった。一瞬自分が起こしたのだろうかとおつねは思ったが、そうではないらしく、鹿蔵は無言のままふらふらと出ていった。鹿蔵が戸を開けたので分かったが、外はいくらか白みかけていて家の中よりも明るいくらいだった。

鹿蔵は路地で用を足したらしく、すぐに戻ってくると流しで水を飲み、また眠りについた。

その寝息を確かめてから、おつねはゆっくりと瞼《まぶた》を開いた。

（そうだわ……）

不思議なほど眠気は遠ざかり、かわりに胸の中を掻《か》き立てるような熱い思いに襲われていた。日が経《た》てば、また気持ちが揺らぐかも知れない。自分がいなくとも政吉はきちんと生きてゆくだろうし、追いつめられた母の気持ちも察してくれるだろう。政吉さえ分かってくれればほかに心残りはない。

（そうしよう……）

おつねは胸の中で呟いた。するとこれから行こうとする道の先に強い光が差したように思われ、急に体までが軽くなったような気がした。何気なく寝返りを打つと、表戸の障子越しに仄白《ほのじろ》い朝の気配が感じられた。彼女は今日という日のはじまりに、その終わりを思い浮かべてみた。四十を越した女が、ひとりあてどもなく野辺をさまよい歩く姿はそれなりに心《こころ》許《もと》なく思えたが、暗い部屋で鹿蔵の機嫌を窺《うかが》いながら息を潜めているよりは生き生きとして見えた。


短い眠りから覚めると、おつねはいつものように飯を炊《た》き、味噌汁をつくり、振り売りから買った頰刺《ほおざ》しを焼いた。鹿蔵は魚であれば何でも好んだが、焼いて食べるときには焦《こ》げたものを好むので念入りに焼かなければならない。おつねは脂《あぶら》が抜けるほど焼いてやった。最も好きな鰹《かつお》が手に入れば、鹿蔵は毎日でも食べるだろうが、もう何年もそんな余裕はなかった。

鹿蔵はしかし、焦げた鰯《いわし》に満足そうで三膳《ぜん》もお代わりをした。

朝餉《あさげ》を済ませ、片付けを終えると、しぶしぶ竹串を削りはじめた鹿蔵へ、

「湯島の万屋さんへ仕立物を届けてきます」

とおつねは言った。

「ついでに神田の岩田屋さんに寄ってきますが、これから出れば遅くとも昼過ぎには戻れますから……」

「神田の岩田屋？」

鹿蔵はひどく不機嫌な声で言い、ええ、とおつねが答えると、じろりと鋭敏な視線を投げてきた。

「下の娘さんの袖留《そでとめ》があるそうで前から寄るように言われていたんです、内儀さんが気風《きっぷ》のいい人で手間賃を弾んでくれますから、直しといってもいいお金になるんですよ」

鹿蔵が見ている前でざっと支度をすると、おつねは、それじゃ、行ってきますと言って土間へ下りた。昨日の今日で鹿蔵に引き止められはしまいかと思ったが、金になると言ったせいか、鹿蔵は仏頂面《ぶっちょうづら》をして黙っていた。

「誰か訪ねてきたら名前だけ聞いておいてください、あとでわたしのほうから伺いますから」

「………」

「頼みましたよ」

うつむいて返事もしない鹿蔵をじっと見つめながら、おつねは静かに表戸を閉めた。振り向くと、外は日の光に溢れて眩《まぶ》しいほどだった。炎天には陽を遮るものもなく、路地の薄汚れた水溜りまでが煌《きら》めいている。井戸端に長屋の女たちが四、五人、車座になって洗濯をしているのを見て、おつねは誰へともなく声をかけた。

「今日も暑くなりそうですね」

その声は土間へ下りてきたであろう鹿蔵にも聞こえているはずで、念には念を入れようと思った。

「届けものかえ」

「ええ、ちょっと……」

「暑いのにたいへんだねえ」

「ほんとうに汗っかきで困ってしまいますよ、でも湯島までですから」

「まあ、休み休み行くんだね」

「はい、そうします」

笑顔で女たちへ辞儀をして、おつねは努めてゆっくりと歩き出した。旅支度は何もできずにきたが、着物の襟には二十五年前に千次郎が残してくれた僅かな金の残りを小粒銀で縫い込んである。

長屋の路地を出ると、果たしてそこには暁闇《ぎょうあん》に夢見た新しい世界が広がっているような気がした。昨日ひとりで政吉の料理を食べた正宝寺の参道を通り過ぎ、大通りに出たところで、おつねは立ち止まり振り返ったが、町にはいつもの喧騒《けんそう》があるだけで心を引き止めるものは何も見当たらなかった。

（ひょっとして、おっかさんもこんな気持ちだったのだろうか……）

彼女は自分でも意外なほどあっさりと踵《きびす》を返した。二度と見ることもないであろう山下の広々とした景色を、それでも丹念に眺めながら歩いた。陽の降りそそぐ道は昨夕ほどの静けさはないが、さらに明るく広い道へと続いている。どこからともなく増してきた人出の中を、彼女はまっすぐに湯島の万屋へ向かった。

「思っていた通り、いい仕立ね……あとで旦那さまにも見ていただきますから、それまで休んでいきなさい」

「ありがとうございます、でも今日はこれから寄るところがありますので……」

およそ小半刻《こはんとき》後には約束の仕立物を届けて手間賃をもらい、今度はその足で神田へ向かった。けれども岩田屋へは行かずに、御成道《おなりみち》を旅籠町《はたごちょう》のあたりまで来たところで、おつねは乾物屋の近くで客を降ろした辻駕籠《つじかご》を見つけて歩み寄った。

「ちょっと遠いんですけど……」

「へえ、どちらです」

瘦せているが鋼《はがね》のような体付きをした駕籠舁《か》きが言い、

「品川宿まで」

おつねは答えた。どことい って行く当てはなかったが、江戸にいたらいずれは誰かに見つかるだろう。鹿蔵の影に怯《おび》えて暮らすくらいなら、いっそのこと野垂れ死にするほうがましだと思った。

「急いでください、行けるところまででいいんです」

あたりに自分を見張る眼のないことを確かめてから、おつねはさっと駕籠に乗った。

六

「ふざけやがって……」

鹿蔵はぽつりと呟いた。うつむいた顔には荒《すさ》んだ心の苛立ちをそのまま浮かべている。おつねがいなくなってからそろそろ半年が経つだろうか、いくら酒を飲んでも事実が変わらぬように、おつねは戻って来ない。だがおつねへの憎悪は増しこそすれ、自身の非を悟ることはなかった。

「とんでもねえ真似《まね》をしやがる」

鹿蔵にすればその身に降りかかるすべての不幸がおつねのせいであり、稼ぎを入れない政吉のせいであり、そして自分をないがしろにしてきた世間のせいであった。おつねと政吉が稼ぎを入れてりゃ、いまごろおれは左うちわだと、この半年近く彼は悔やみ続けてきた。

「まったく、ふざけやがって……」

歪めた口から出るのは怒りか愚痴のいずれかで、またしても裏切られたという意識しかなかったのである。けれども、それからの鹿蔵は徐々にだが人が違ったように内職に精を出した。酒も飲んだが、それを買う金は自分で捻《ひね》り出さなければならない。飯を炊き、後片付けをし、隣近所とも適当に付き合わなければならなかった。

ところが、意外にもその外面《そとづら》のよさは長屋の連中が目を見張るほどで、

「鹿蔵さん、今日はどんな具合だね」

「へえ、お蔭《かげ》さまで捗《はかど》っております」

と、毛嫌いしていた隣家の男にまで愛想がいい。

「そいつはいい、せいぜい気張ることだ」

「へえ、そうしますでございます」

だがそうしたときの鹿蔵は、

(てめえに言われる筋じゃねえ……)

腹の中では決まってそんなふうに思っていた。それでも少しは人とうまくやっていこうと考えたのは、先の見えない暮らしに不安を抱きはじめたからである。以前の鹿蔵であれば心の感じるままに言い返したことが、いまはどうしても言えない。それどころか愛想笑いまで浮かべる始末だった。しかも、それもこれも不安と孤独から身を守るためにしたことであるのに、人に媚《こ》びへつらうようになった自分に我慢がならず、その嫌悪はまっすぐにおつねへの恨みにすり替えられた。

(いまに見てるがいい……)

鬱憤《うっぷん》の捌け口を失った彼は、そう唱えることでかろうじて自尊心を繋ぎとめた。やがておつねの帰りを夢にまで見るようになったのも、むろん愛《いと》しさからではない。憎みながら鹿蔵はおつねの物を何ひとつとして捨てなかったが、金目のものはすべて金に替えている。男がいたとは思えないし、金もないとなればというのが鹿蔵の考えで、半年余り過ぎたいまも心のどこかでその日がくるのを信じていると言ってよかった。

ところが、さらに月日が過ぎて密かな期待も色褪《いろあ》せてしまうと、鹿蔵は突然ふぬけたようになり、仕事が手につかぬばかりか、まともな食事すらとらなくなってしまった。明けても暮れてもおつねや政吉のことが頭を離れず、やがて一日の大半を床で過ごすようになる。どこが痛いというわけでもないのに、食は細り、顔色は青白くなって、一気に老《ふ》け込んでしまった。

それはもう傍目にも哀れというしかないありさまで、

「もう駄目かも知れねえ」

日に日に気力も萎《な》えて、厠にもひとりで立てなくなると、長屋の差配で与兵衛《よへえ》という男が音頭取りとなって何くれとなく世話を焼いてくれた。

「なあ、鹿蔵さん、本当に身寄りは誰ひとりいねえのかい」

「いねえよ、兄さんはとうのむかしに死んじまったし、妹がいるにはいるが、どこでどうしてるのかさっぱり分からねえ」

「八王子に親戚《しんせき》がいるだろう」

「親戚？　知らねえな、そんなもん」

運のよいことに、家主が身寄りのない病人というだけでしばらく店賃《たなちん》の滞納を大目に見てくれ、あとはどうにか施物《せもつ》に頼って暮らすという日々が続いた。

そんな鹿蔵を政吉が訪ねたのは、それからさらに三月が過ぎた梅雨のころであった。風の便りにおつねが出奔したと聞いてから、鹿蔵の暮らし振りは気にかけていた政吉だが、これまでどうにも会う決心がつかず、延ばし延ばしにきたのである。ようやく腰をあげたのも、一向に鹿蔵が働き出すようすがなく、このままでは施しが絶えぬのをよいことに世間を欺《あざむ》き通すのではないかと危惧《きぐ》したからにほかならない。鹿蔵がどこでどう朽ち果てようが知ったことではなかったはずが、あまりの虫のよさに怒りを抑えきれなくなったもので、そこが鹿蔵の息子らしくなく、また息子であるからこそ許せなかった。

「おめえ……」

その朝、不意に現われた息子を見て、鹿蔵は幽霊にでも会ったようにぽかんと口を開けた。父親譲りのがっしりとした体もやや厳《いか》つい容貌《ようぼう》も、その眼にはむしろ気味悪く映っていた。そして政吉は政吉で、そういう鹿蔵を見た途端に、たしかに見違えるほど痩せはしたが、冷めて力のある視線は病人のものではないと思った。十年振りの再会であるから驚くのも無理はないが、それにしては眼光が鋭く、いやらしい。そのむかし酒が入ると酔いに任せて猫可愛《かわい》がりした裏で、稼ぎを強いた眼に似ているのである。もっとも、政吉にしろ病父を見るような優しい眼をしていたわけではなかった。

「久し振りです」

「う、うむ……ま、あがりねえ」

ゆっくりと起き上がる鹿蔵を、政吉は黙って土間から眺めた。詫《わ》びず咎《とが》めず、互いに出方を見ているような不自然な間合いだった。

「どうした、さあ……」

鹿蔵が促すのにも、

「それが、そうもしてられねえんで」

政吉は仕事があるから急ぐと言って、長居を避けた。

「おめえ、ずっと江戸にいたのか」

「ああ……」

「それでここが分かったんだな」

「………」

「まさか、おめえがおつねを……」

「とんでもねえ、おっかさんの行方を知っていたら、こうしてあんたのことも気にかけやしなかったろう、これは少ねえが当座の足しにしてくれ」

政吉は懐《ふところ》から巾着《きんちやく》を取り出し、上がり框へ置くと、

「また来るから」

と言って踵を返した。

そうとも知らず、鹿蔵は政吉が去るなり巾着を持ち上げて銭の重みにほくそ笑んだ。

「おめえ、いまどこに?」

「その話は今度ゆっくりと……」

そう言うが早いか逃げるように姿を消した。むろん再訪するつもりはなかった。

その朝、彼は鹿蔵に代わり、大家へ店賃の滞納分とこの先一年分を前渡しし、世話になった長屋の住人へは十分すぎるほどの礼物を届けている。鹿蔵へくれた三両近い金と合わせると、この十年の間に貯《たくわ》えた金子《きんす》を使い果たすほどの散財で、それ以上のことをもできなかったのである。

そうとも知らず、鹿蔵は政吉が去るなり巾着を持ち上げて銭の重みにほくそ笑んだ。

「へ、へへ……」

そして三日もすると起き上がり、ぶらぶらとしだした。

「なんだかんだ言っても、身内の顔を見るのが何よりの薬だったんだねえ」

長屋の連中が言うように、それからの鹿蔵は目に見えて顔色もよくなり、どこかへ病魔を捨ててきたかのように快復した。

ところが、

「できた息子さんじゃねえか、何で隠してたんだい」

「息子?」

その話になると、まるで痴呆《ちほう》と化してしまう。たしかに親が子の住まいも知らないというのはおかしい。けれどもそれについて言い開くよりは、失念したふりをすることで鹿蔵は煩《わずら》わしい世間の詮索《せんさく》から逃れたのである。鹿蔵はそれで何もかもがうまくゆくと思った。

政吉にすれば住み込みの板前という人目につかぬ職であったことが幸運だった。僅か数町先に暮らしていながら、鹿蔵がいくら目の色を変えたところで、その行方を突きとめるには偶然を頼る以外にないだろう。

だが鹿蔵はそうは思わなかった。

(これで借りを返したとは言わせねえ……)

どうやら一人前になったらしい息子が姿を見せたからには、これまでの不孝の償いはもちろん先々の面倒をみるのは当然で、そのためにだけ政吉は存在した。未だに出奔したおつねの気持ちが分からないように、人の苦痛も厚意も分からぬ鹿蔵が、ぼつぼつ働く素振りを見せたのは、ほかでもない政吉が現われたとなると施しも止《や》むだろうと考えたからであった。

七

その後の数ヶ月は政吉がくれた金でどうにか暮らしは立った。店賃の心配はなく、僅かながら内職の実入りもあった。が、それもしだいになくなると、鹿蔵は血相を変えて政吉を探しにかかった。

むろん目当ては金である。おつねのときもそうだったが、その身を案じて腰をあげたわけでもなければ淋しさからでもない。金のほかに鹿蔵を動かすものはなかったし、つまりは子に義理を果たさせることでしか親を自覚できない男だった。

だが、それから一月が過ぎ、二月が過ぎても政吉は見つからなかった。せめて職でも分かれば探しようもあるが、当てもなく歩き回るだけで見つかるものではなかった。まして、むかしから人付き合いの悪い鹿蔵には頼る伝《つて》もなかった。そうこうするうちに金は尽きてしまい、鹿蔵はいったん諦めて内職に戻ったものの、ときおり思い出したように市中を徘徊《はいかい》しては政吉の姿を追い求めた。

そうしたある日のこと、日溜まりの浅草寺《せんそうじ》門前をぶらついていると、

「もし、鹿蔵さんじゃないか」

と声をかけられた。振り向くと、年恰好は二十五、六の、目鼻立ちのすっきりとした男が立っている。

人違いだろうと思い、鹿蔵は一瞥《いちべつ》して素っ気なく踵を返したが、

「おい、おい、おれだよ、伊助だよ」

男に二の腕を摑《つか》まれて引き留められた。

「伊助？」

「ああ、十五年、いや、もっとむかしになるかな、あのころはよく叱《しか》られたっけ」

「おめえ、あの伊助か……」

鹿蔵が目を見張るのも当然で、男はそのむかし古着屋にいた小僧だった。当時は何かというと泣いてばかりいた弱虫で、顔もまずくはなかったが頬が赤くふっくらとしていたから、まさかこれほどすっきりした色男になろうとは思わなかったのである。

「懐《なつ》かしいね、どうです、そこらで一杯」

伊助が言って歩き出すのへ、鹿蔵はふらふらとついていった。見たところ金回りもよさそうだし、誘うからにはおごりに違いないと思った。二人は広小路から大川に沿って北へ歩き、山谷堀《さんやぼり》の手前で聖天町《しょうでんちょう》のとある小料理屋へ入った。

そこは伊助の馴染《なじ》みの店らしく、

「奥は空いてるか」

そう言っただけで女中が案内し、じきに座敷へ現われた女将《おかみ》も鹿蔵を見るなり、

「あら、珍しい」

と挨拶《あいさつ》も省いて言った。いつもは女連れなのだろう。垢抜《あかぬ》けた身なりといい、場所といい、羽振りのよさはすぐに知れ、鹿蔵は妙な予感に尻《しり》のあたりがむず痒《がゆ》くなった。

あとから思えばそれが運の尽きだったのだが、しばらく酒の肴《さかな》に昔話をしてから、伊助がここ五年やっているという反物《たんもの》の商いの集金を頼まれてくれないかと言い出したときには、しめたと思った。

「なあ、鹿蔵さん、ぜひとも頼まれてくれないか、一度につき一朱出そうじゃないか」

「一朱ねえ……」

鹿蔵は取り敢えず不満気に言ったが、むろん内心では飛び付いていた。四度で一分、人を頼むくらいだから月に一両はかたいだろうと思った。もっとも、そんなうまい話がそう転がっているはずがなく、

「ただし猫糞《ねこばば》はいけないよ、そんなことをしたら……」

上品な顔に似合わず刺《とげ》のような眼を向けて伊助が念を押したように、どことなく胡散臭《うさんくさ》い話ではあった。それでも鹿蔵には断わる理由がなかったし、政吉を探し回るのに疲れた目には大金がちらついて、すでに手に入れたような気分になっていた。

(ざまあみろ、つきが回ってきたんだ……)

彼は心の中で、おつねへ、そして世間へ言い放った。

「先日、お納めいたしました反物のお代を頂戴《ちょうだい》に……」

二日後、はじめて行った京橋の小間物問屋で主人から袱紗《ふくさ》包みを受け取り、くだんの小料理屋へ届けると、

「ごくろうさま」

と伊助は約束通り一朱をくれた。

二度目も三度目もきっちりとくれる。けれども店も持たぬ商いでそうそう売れるものだろうか、鹿蔵は不審に思い、あるとき袱紗包みを開けてみた。すると思った通り行商にしては多すぎる大金が包まれていた。以来、集金する度に確かめてみると、少ないときでも五両は下らない。

「一朱じゃ、安くねえかい」

伊助が何をしているのかはよく分からなかったが、鹿蔵は手間賃を吊《つ》り上げてみた。人を頼むにしては繁閑の差が激しく、月に一両と踏んだ思惑もはずれたのである。

しかし伊助は頑として聞き入れず、

「いずれこうなるとは思ってたが、とっつぁん、反物は仕入値が大半でな、おれのように買い取りとなると値の張る分だけ儲かるわけじゃねえんだ、分かるだろう」

そう言って脅すような眼をした。

「やめるなら、やめてもいいんだぜ」

鹿蔵もそうした交渉は苦手だったし、なにより竹串を削るよりは遥かにましであったから、従うよりほかはなかった。そして三月も続けただろうか、ある日突然、鹿蔵は町方《まちかた》に捕縛されたのだった。

麻布《あざぶ》の竜土《りゅうど》六本木《ろっぽんぎ》町《ちょう》の芋問屋へ出向いたときのことで、いつものように主人に反物の代金を請求した途端に潜んでいた捕り方に囲まれ、逃げようとしてその場に叩《たた》き伏せられたのである。気が付いたときには、自身番屋の中で朦朧《もうろう》とした頭に罵っ引きの罵声《ばせい》がこだましていた。

芋問屋の訴えによると、伊助は主に商家の娘をたらしこみ、金を貢《みつ》がせたうえで最後には親をゆする阿漕《あこぎ》な女荒《おんなあら》しで、鹿蔵はその仲間と見做《みな》されたのである。

「わたしはただの使い走りでございます」

もちろん鹿蔵は正直に伊助とのこと、聖天町の小料理屋でのことを白状したが、当の伊助は逸速《いちはや》く逃亡していたうえ、小料理屋の女将は伊助の行状と鹿蔵との関係を見たままに話したので処罰を免れる術《すべ》はなかった。

町奉行所へ移された鹿蔵は、半月後、入墨のうえ敲《たた》き放しとなった。どうにか重敲きをこらえた体でよろよろと長屋へ戻った彼を待ち受けていたのは、住人の白い眼と軒下に溜まった桜の花弁だった。

(伊助の野郎、いつか殺してやる……)

鹿蔵は花弁を蹴《け》散《ち》らしながら、ばたりと土間へ倒れ込んだ。そのまま眠りに落ちてゆく意識の底で、

「死んじまえ」

誰かが吐き捨てて、力任せにぴしゃりと表戸を閉める音が聞こえた。

(うるせえ、てめえに何が分かる……)

鹿蔵は夢中で言い返したが、少しも声にはならず、不思議なことに、はじめて何かを失ったような気がしていた。

八

失ったと思ったのは、どうでもよかったはずの世間との繋がりだった。何かを失ったというよりは、あるものが孤独でしかない。

それからの鹿蔵は町中にいながら牢屋《ろうや》で暮らしているかのように、目に見えぬ柵《さく》の内側で身を縮めて生きることを強いられた。長屋の住人の汚物を見るような視線と沈黙に押し込められて、何をするにも彼らの眼を避けてこっそりとした。誰に声をかけられるわけでもなく、

声をかけても返事はない。どうにか長屋に居続けられたのは、家主が町奉行所へ呼び出され、いずれ仲間が訪ねて来るだろうから、それまではしかと監視するようにと申し付けられたからであった。

放免となった日から鹿蔵はほとんど家に閉じ籠《こも》り、ときおり仕舞い湯を浴びに湯屋へ行くほかは外出もしなくなった。湯屋からの帰りには少量の酒を買い求め、帰宅するとちびちびと舐《な》めながら再び内職をはじめる。よほど疲れない限りはたやすく眠れないせいもあったが、どうしたことかいくら働いても疲れなかった。昼日中の外出は誰かにつけられている気がして落ち着かないし、そこまでして出かけるほどの用事もなかった。

ところが、そうした暮らしを続けるうちには内職もはかどり、店賃の滞納も少なくなると、漠然とだが暮らしというものを考えるようになった。むろん、そんなことで住人の態度は変わらなかったが、鹿蔵は自分の中に何かしら小さな変化が起きたような気がした。

その変化はやがて行動にも表われ、彼はある日、卒然と家の掃除をはじめた。狭い棟割長屋の一室とはいえ、おつねがいたときはもちろん、その後も自ら雑巾《ぞうきん》を手にしたことはなかった。ふと気付いたときには、座敷は言うに及ばず家中の有りと有らゆるものが汚れきっていて、町奉行所の仮牢のほうがましに思えたほどである。神棚に厚く積もった塵《ちり》を見て、これでは運も尽きると思った。

それからは毎日掃除をした。一度はじめるとあれもこれもと気になり出して、果ては叩《はた》きの柄にいたるまで磨き抜いた。終えると胸がすっきりとし、家の中が明るくなったような気がする。けれどもすっきりとするのは掃除を終えた後の一瞬で、すぐに寂寥感《せきりょうかん》に襲われた。重敲きなどという目にあって気が弱くなったものか、ひょっこり政吉が来はしまいかと、金のためにではなく考えるようになったのもそのころからである。

むろん政吉は現われなかった。鹿蔵が言葉を交わすのはせいぜい内職の竹串を受け取りに来る無愛想な男と物売りであり、それも一言二言、売り買いに必要な遣り取りをするにすぎない。そうした状態が二年も続くと、人は却って世間というものが恐ろしくなるらしく、鹿蔵は密かに塵穴《ちりあな》へ掃き落とされるような恐怖を覚えて震えることがあった。

しかも運の悪いことに、ある日、長屋を騒がす事件が起きた。鹿蔵がうっかり閉め忘れた僅かな戸の隙間《すきま》から、三、四歳になる子供が迷い込んで来たのである。

「坊は、どこの子だい」

気が付いたときには土間に立ち、きょとんとしていたその子へ、鹿蔵は微笑みながら言った。目が大きく、見るからに愛くるしい子で思わず声をかけたのである。

だが、そのあとがいけなかった。

「うちの子に何をしようっていうんだい」

血相を変えた母親が飛び込んで来るなり、大声をあげて鹿蔵を睨《にら》み付けた。それも、まるで鹿蔵がかどわかしたとでも言いたげな目付きだった。

「何って、何もそんなことは……」

「何もだと、何もしない奴にお上が入墨をするのかえ、冗談じゃない、今度この子に悪さをしたらただじゃおかないからね」

「おかみさん、おれはただ……」

「うるさいよ、とっとと死んでおしまい、この人でなし」

「……」

鹿蔵の受けた衝撃は大きかった。まだ二十歳そこそこの、娘か孫のような女に面と向かって死ねとまで言われたのである、世間に死ねと言われたも同然だった。以前の鹿蔵であれば、それこそ冗談じゃねえと喰ってかかっただろうが、このときばかりはいかに自分が疎《うと》まれているかを思い知らされて愕然《がくぜん》となった。しかも瞬《また》く間にその事件は長屋中に広まり、ことさら冷淡な視線を浴びる破目に陥ったのである。そのむかし世間を見下していた、あの憤《いきどお》りに近い感情とはまるで逆の、身の凍るような寒気が鹿蔵を包み込んだ。

（な、なんてこった……）

彼は心底から怯えた。とてつもなく重い岩を背負わされたうえで小石を投げつけられるような、身動きのとれぬ恐怖である。岩を下ろすことも逃げ去ることもできない、そんな日がこれからずっと続くのかと思うと、女が言ったように死んだほうがましかも知れなかった。

そのことがあってから、鹿蔵は以前にも増して息を殺して暮らした。いつまた不意に石を投げられるかも知れない、そう思うと油断はできなかった。ほかにすることもなく内職に没頭することで、いっとき恐怖から逃れられはしたものの、一日一日がひどく長く思われ、気の休まることがなかった。とりわけ夜は眠りにつくまでが苦労で、目を閉じれば過去の幻影がちらつき、かといって開けていれば鼠《ねずみ》に引かれそうになる。

（いっそ死んじまおうか……）

幾度か真剣にそう思ったが、その度にどこかでいい思いをしているに違いない、おつねや政吉、そして伊助の顔が思い浮かび、奴らより先にくたばってたまるかと、かろうじて死の誘惑から逃れた。もっとも、いざとなればそうたやすく死ねたかどうかは疑問で、それだけの潔《いさぎよ》さがあれば、ことさら世間を恨むこともなかっただろう。いずれにしてもいまは自分で自分を支えて生きるしかなく、おれは平気だ、世間などに負けやしねえ、と鹿蔵は気力を絞り出して言い聞かせた。

だがその気力も時とともに萎えて、苦しいだけの歳月を費やすうちに、鹿蔵は六十の声を聞いた。骨太の体もだいぶ細くなって、髪や髭《ひげ》はほとんど白くなった。目はどうにか持っているが、歯はいくつか抜けて残ったものも根がひどく弛《ゆる》んでいる。

（おれも、そろそろしまいかも知れねえ……）

その日も外は暖かな陽光に溢れているというのに、閉め切った土間の明かり取りの下で朝飯の支度をしながら、鹿蔵は無性に誰かに話しかけたい気持ちを抑えていた。

珍しく家主の清兵衛《せいべえ》が訪ねて来たのは、桜が散って間もない初夏のことであった。朝餉《あさげ》の片付けを済ませて内職にとりかかったところへ、

「ちょっと話があるんだが、いいかね」

と清兵衛は鹿蔵の顔色を窺いながら入ってきた。鹿蔵は視線を伏せたまま小さくうなずいた。朝方から騒がしい外の気配が気にかかっていたところへ家主が来たので、もう出ていけということかも知れないと思った。

ところが清兵衛は微笑みながら、

「これなんだが……」

と小さな切り紙を差し出した。恐る恐る手にとって見ると、手習いの手本のようにはっきりとした文字で、長屋のみなさまと召し上がれ、と書かれている。早朝、早馬で届いた荷に付いていた添え文だという。宛名《あてな》は間違いなく下谷車坂町、清兵衛店、鹿蔵さま、送り主はみちとあるが、鹿蔵には何のことかさっぱり見当がつかなかった。

「それで、お話というのは……」

鹿蔵が眼を上げると、やはり六十がらみの清兵衛はにっこりとして、

「悪く思わないでおくれ、実は荷を開けてしまってね、その、未だにお上のお指図もあることだし、早馬というのも尋常ではないように思えたものでね」

要するに荷の中身が初鰹《はつがつお》で、それは見事なものだから是非とも譲ってほしいと言うのだった。

「鰹……」

狐《きつね》につままれたような鹿蔵へ、

「正真正銘の初物《はつもの》ですよ、しかも二尾」

と清兵衛は嬉《うれ》しそうに言った。

「なにしろ例年より五日は早いし、おそらく江戸ではまだ誰も見てもいないでしょう」

「そんなものが、何であたしに……」

「それはわたしのほうが聞きたいよ、おみちさんてのはいったい誰なんだね」

「………」

鹿蔵は途方に暮れた。みちという名にも覚えがないし、ましてや一尾二両を下らない初鰹を贈られるほど貸しのある女もいなかった。

「たぶん親戚の者じゃねえかと……」

ほかに言いようもなくて、鹿蔵はそう言った。ひょっとしたら長屋ぐるみで笑い物にするつもりではないかという疑念が脳裡をかすめていた。

「どうだね、一尾二両と二分で？」

「と、とんでもねえ、どうぞ勝手に召し上がってください」

「え……」

「どの道、ひとりで食べ切れるものではございません」

それが思い付いた最も無難な返答で、そう言っておけば騙《だま》されたにしてもひどい仕打ちを受けずにすむような気がした。

ところが清兵衛はひどく驚いたようすで、

「おまえさん、変わったね」

と言った。じっと鹿蔵を見つめて感慨深げにうなずいてから、彼は破顔して、ついておいでと言った。

清兵衛に従って路地へ出ると、井戸のあたりに人だかりがしていた。男たちを仕事へ送り出したあとの女房子供らで、長屋中から出てきたのではないかと思われる人数で井戸を囲んでいる。賑《にぎ》やかな円居《まどい》に水をさすのを恐れながら、鹿蔵は清兵衛の後からおずおずと歩いていった。

「みんな、聞いておくれ」

清兵衛が人だかりを割ってすすむと、半台《はんだい》に姿といい色艶《いろつや》といい見事な初鰹が並んでいた。鰹には心葉《こころば》の松が飾られて、初夏の陽を跳ね返すように輝いている。清兵衛はためらう鹿蔵を側《そば》へ呼び寄せてから、おもむろに言葉を継いだ。

「この鰹だがね、ただで鹿蔵さんが分けてくださるそうだ、なんとも気持ちのいい話じゃないか、ええ、そうだろう、江戸一番の初鰹を食べられるなんてことは一生に一度あるかないかのことだ、それをこの人は当然のことのようにみなで食べてくれと言ってくれたんだ、ありがたくいただこうじゃないか」

清兵衛はよく徹《とお》る明るい声で話した。

「だけどね、いただくからには鹿蔵さんの昔もきれいさっぱり忘れてやっておくれでないか、みながこの長屋に住まうのもなにがしかの縁があってのことだろうし、その縁にそろそろ鹿蔵さんも戻してやろうじゃないか、なに、お上にはわたしからありのままに申し上げておくから心配はいらない、それにもう鹿蔵さんだって悪さなどしたりしないさ、そうだろう、鹿蔵さん」

「へ、へえ」

「いいよ、鰹に免じて忘れてやるよ」

とすかさず誰かが言った。

「すみません」

「よしとくれ、そんな情けない声を出されちゃ、鰹が腐っちまうじゃないか、それより誰か夕餉までにうまくさばいておくれな、うちの亭主はこれで一杯やるのが夢だったんだ」

鹿蔵は不意に胸に熱いものが込み上げてくるのを感じたが、女たちはかまわず大声をあげた。

「その前に伊勢屋（上方者）に見せてやろうじゃないか」

「どこの伊勢屋だい」

「江戸中の伊勢屋さ、いまごろは去年の鰹を食ってるころだろうから腰を抜かすに違いないよ、そうだろ、鹿蔵さん」

「へえ」

女たちの掌を返したような変わり身の早さに、鹿蔵はまだ大きな戸惑いと疑念を覚えていたが、やがてそれも消えてしまった。

「いいかね、亭主が帰ったら、鰹をいただく前にさっきわたしが言ったことをきっちり伝えておくれ、分かったね」

清兵衛が言うのへ、このときは誰もが真顔でうなずいたのである。

(世間とはこういうものか……)

真綿で殴られたような気分で、鹿蔵はそう思っていた。

その夜の鹿蔵は内職もそこそこに死んだようにぐっすりと眠った。目覚めたのも昼近くで、前日のことは夢ではないかと思い、恐る恐る路地へ出てみると、

「あれまあ、鰹の刺身で飲み過ぎたかえ」

出迎えたのは、いつぞや血相を変えて子を取り戻しに来た女の笑顔だった。

(鰹さまさまだ……)

鹿蔵は思ったが、送り主のみちという女については一夜を経ても思い出せずにいた。ただどこか耳馴れた名ではあり、もやもやとした気分で誰だろうかと首を捻《ひね》るばかりだった。覚えのない女からいきなり高価な鰹を贈られるというのも妙な気分だった。

(だいいち何のために……)

以来みちという名が脳裡から離れることはなかったが、いくら考えてもその顔は思い出せなかった。

だが鰹は翌年もその翌年も届いた。当然のことながら界隈《かいわい》でも評判となり、物好きな商人らが鹿蔵の鰹に対抗して入手の早さを競ったが、それでも鹿蔵のものより早く手にすることはなかった。

そうして三年が過ぎ、その年も初鰹は鹿蔵のものが一番手となり、鹿蔵はそれだけで人々から一目置かれるほどになっていたが、とりわけ浮かれるようなこともなく、むしろ地道に内職に励むようになっていた。商人の中には法外な値で買い取ろうと言う者まで現われたが、鹿蔵はまるで興味を示さず、例年通り長屋の連中と分け合って食べるほうを選んだ。

（いまさら金をもらったところで……）

そんなものは当てにならねえ、と思った。

「なんだか悪いねえ、毎年こんな贅沢《ぜいたく》させてもらってさ」

鹿蔵はそれでよかったのである。そう言われるだけで不思議と嬉しくなって、一年が気持ちよく過ごせた。それに、あと何年生きられるか分からぬような歳になって大金はいらないように思われた。

ただ、送り主への礼をどうしたものか、それが分からなかった。仮に身元が知れたとしても、高価な初鰹をくれるくらいだから僅かな金を返しても礼にはならぬだろう。

どんな人なのだろうかと鹿蔵は夏が来る度に考え込んだ。添え文には相変わらず、長屋のみなさまと召し上がれ、みち、とだけあった。

（それにしても……）

九

さらに数年が過ぎた初夏のこと、一足遅れて市中に初鰹が出回るころになって、鹿蔵は久し振りに大川を渡り、深川の富《とみ》ケ岡《おか》八幡宮《はちまんぐう》へ参拝した。

その後も長屋の住人の彼に対する態度は変わらず、誰に気兼ねすることもなく気軽に外出したもので、参拝後、彼は門前の茶店で何をするでもなく人の流れを眺めていた。

参道を挟んで正面に小高い塚があり、紋所の三蓋松《さんがいまつ》のような松と蘇鉄《そてつ》が数本、肩を並べている。

（妙な木だな……）

松に劣らぬ背丈からして、かなりむかしからあるのだろうが、はじめて見るような気がして飽きなかった。

若いころにはあたりの岡場所でよく遊んだものだが、いまはたとえ金があってもそんな気にもならない。こうして人込みに身を置くだけで、いまの鹿蔵はたいそうな贅沢を味わえる。言わば大きな日溜まりの中にいるようで、幸福そうな人々の姿に嫉妬《しっと》することもなかった。

（人間なんて何がきっかけで変わるか分かりゃしねえ、だが、おれみてえなのは助けてくれる人がいなけりゃ、どうにもならなかっただろうな……）

未だにみちという女のことは知れなかったが、鹿蔵は女のことを命の恩人のように思っている。それもこれも、あのとき鰹が届かなければどうなっていたかという成れの果てが、以来、よく見えるからである。

彼はもう、おつねや政吉を探すつもりもなかった。ただどこかで幸せに暮らしていてくればいいと思うだけで、そっとしておくほうがいまさら会って詫びるよりも遥かにましだと考えている。そして、もしもどこかでばったり出会うことがあったとしても、知らぬ振りをしようとも本気で考えていた。

「ねえさん、あの木は何て言うんだね」

しばらくして鹿蔵は茶店の小女に訊ねた。

「ああ、そてつですか」

と女は愛嬌《あいきよう》のある笑顔で応えた。

「そてつ？　花は咲くのかい」

「はい、滅多に見られませんけど、たしか夏にあのてっぺんのあたりに……」

「へえ、咲くのかい……一度、どんな花か見てみてえもんだな」

鹿蔵は心の底からそう思った。むかしは花を賞《め》でるどころか、おつねが花をもとめてくると、さんざん厭味《いやみ》を言って捨てさせた自分が恨めしかった。なぜそんな心無い真似をしたのか、おつねはどんな思いをしただろうかと思うと、それだけでやりきれない気持ちになる。いまならきっと二人で花を眺めることもできるだろうにと思いながら、彼は束《たば》ね髪のような蘇鉄を見上げた。

「お客さん、花がお好きなので？」

「ああ」

と鹿蔵は苦笑した。

「もっとも好きになるのに六十と五年もかかっちまったが……」

「え？」

「もったいねえことをしたって話さ、そろそろお迎えが来るころになって、ねえさんのような生きのいい女に惚《ほ》れちまった、そんなところでな、どうにもならねえやね」

「やですよ、ご冗談ばっかり」

女がさも可笑《おか》しげにくすくす笑うので、鹿蔵もつい声をあげて笑った。それで悔恨が消えるわけではないが、少しふっきれたような気分だった。自分が言ったことに人が笑ってくれる、そんなことでも胸が軽くなるような気がした。

ところが、ちょうどそのとき茶店の前を通りかかった一組の男女が目にとまり、鹿蔵は真顔になった。八幡宮から出てきたときには小女の陰に隠れて見えなかったが、横顔を一瞥《いちべつ》した途端に血の気が引いたのである。

女は十七、八の娘で見も知らぬが、男は伊助だった。伊助も彼なりに歳をとり、おそらくは裏道を生きてきたであろう男の年輪を感じさせたが、それだけに連れの娘は女房にも子供にも見えなかった。

「お客さん！」

茶店の小女が叫んだときには、鹿蔵は伊助に摑みかかり、逆上した眼でその顔を睨んでいた。

「て、てめえ……」

伊助はぎょっとしたが、相手が鹿蔵と分かると、すぐにふてぶてしい薄笑いを浮かべて言った。

「久し振りだな、とっつぁん、元気そうじゃねえか」

「てめえ、まだこんなことをしてやがるのか」

鹿蔵は伊助の胸倉を摑んだ手に力を込めながら、傍らで呆然《ぼうぜん》としている娘を見た。娘はむしろ鹿蔵のほうが怖いという眼をして伊助の袖にしがみついている。

「娘さん、こんな奴に関っちゃいけねえ、早く帰りなせえ」

「伊助さん……」

「分からねえのか、こいつは女たらしだ、おれが自身番へ突き出してやるから二度と会うんじゃねえ」

鹿蔵が言って二人を引き離そうとしたときである、

「いい加減にしねえか」

急に牙を剝いた伊助に突き飛ばされて、鹿蔵は転倒し、呻《うめ》き声をあげた。ともに歳を重ねたとはいえ、まだ姿付きのすっきりとした男と老いて肉の削《そ》げ落ちた男との力の差は歴然としていた。

「こいつはむかしから頭がおかしいんだ、さあ、行こう」

そう聞いた瞬間、鹿蔵はしかし、すっくと立ち上がった。そして娘の手を引いて歩き出した伊助の背後から、その後頭部へ下駄《げた》を打ち付けた。あとはもう、うずくまった伊助へ気が違ったように殴打を加えた。恨みもあるにはあったが、なぜか世間のためにそうしなければいけないような気がしたのである。

「やめて！　誰かとめて！」

娘の泣き声に我に返ると、伊助はぐったりとしていた。見ると人垣ができていて、恐怖に凍り付いた顔を並べている。

鹿蔵は魂が蛻《もぬ》けたように、ふらふらと立ち上がった。

「こ、こいつは悪党なんだ、娘さんを騙したうえに親をゆするやくざ者だ、だ、誰かお役人を呼んでくれ」

やっとのことでそう言うと、男がひとり走り去ったが、人垣は無言だった。血の滴《したた》る下駄を握ったままの鹿蔵をこわごわと見つめている。それがまるで汚物を見るような視線に思われ、鹿蔵は震える足で後退《あとずさ》りした。急に人垣が恐ろしくなり、そのとき伊助が起きかけていたのにも全く気付かなかった。

「危ねえ、逃げろ」

そのとき誰かが叫んだが、鹿蔵は声のしたほうを見て首を横に振った。自分は危険な人間ではないと言いたかったが声にならず、人垣に向かって微笑みかけたのである。

「はっ……」

伊助の匕首《あいくち》が脇腹《わきばら》を突いたのは、その直後だった。鹿蔵はぐらりと傾いたが、突いたまま腰にしがみついている伊助の髷《まげ》を鷲摑《わしづか》みにして踏みとどまると、震えている娘のほうを見た。

「ほら、見ねえ、まっとうな男がこんなもん持ってるわけがねえじゃねえか」

「………」

「分かったかい」

そう言って微笑みかけると、娘は微《かす》かにうなずいたようだった。鹿蔵はそのまま伊助の首を巻き込むようにして倒れ込んだ。その途端に恐ろしく静かな暗闇《くらやみ》が訪れ、いったい何がどうなったのか、いままで考えもしなかったことが脳裡に浮かんできた。

(ひょっとして……)

急速に薄れてゆく意識を掻き集めながら、鹿蔵はおみちってのはおつねじゃねえかと思った。するとそれまで一度として考えなかったことが不思議なくらい、それは間違いないように思われた。みちは、そのむかし聞いたおつねの母親の名のような気がする、おつねなら自分の居所も好物も知っているではないか。

(そうに違えねえ……)

だとしたら人さまに鰹を贈れるほど幸せになったのだろう……案外やるじゃねえか。そう思ったのを最後に何も考えられなくなったが、鹿蔵は生まれてはじめて深く満たされたように感じていた。

十

二、三日、降り続いた雨が上がり、朝から空も海も青々として、遠い岬までがくっきりと輝いて見える日だった。小田原浦の沖には白帆をかけた漁船が走り、浜では半裸の男たちが二度目の地引網を引いている。鰹の群れが相模湾《さがみ》に入ると、人手は浜へ沖へと散ってゆき、浜辺に寄り合う漁舎にはほとんど人がいなくなってしまう。水揚げが多いと女たちも駆り出され、廻船《かいせん》や魚座《うおざ》屋敷（魚市）へ運ぶ手伝いをするのである。

こうした日には町中が活気に溢れ、汗や人いきれが幸福な匂いにさえ感じられる。夕暮れを前にざっと体の汗を拭うと、みちは半櫃《はんびつ》に小さな鏡掛けを載せただけの鏡台に向かった。これから女将の顔を作り、店に出る支度をするのである。日中は代官町の魚問屋・柏屋で働き、夜は千度小路《せんどこうじ》の家に建て増しした店で漁師や水夫《かこ》に酒と料理を売る。それが、ここ十年ほど続けてきた暮らしだった。

箱根越えを諦めて小田原宿に落ち着いたのは、幸運にも古着屋で仕立て直しの働き口が見つかり、どうにか暮らしてゆけそうだったからである。箱根を越えればさらに安心だったが、その先に寄りすがるものがあるわけではなかった。目の前にある古着屋の仕事を逃せば、それこそあとはないかも知れない。

すべてをかけて我武者《がむしゃ》らに働き、店に尽くした結果、数年後には腕を買われて仕立屋へ移り、さらにはそこから魚座名主の柏屋に招かれて布帆《ふはん》や漁網《ぎょもう》を仕立てる店借《たなが》り職人となった。そのころには土地にも馴染み、思いがけず縁談をすすめてくれる人まで現われたが、みちは丁重に断わっている。相手の事情や気持ちを考える以前に、許されることではないと思った。それよりも引きずっている過去を忘れることに夢中で、ひとりで生きることに夢中だった。

（土地《ここ》の人は、みんなあたしの恩人……）

みちはいまでもそう思っている。はじめて仕事をくれた古着屋の安兵衛《やすべえ》、一家の信用と団欒を分けてくれた仕立屋の好蔵《よしぞう》夫婦、そして柏屋の旦那の彦右衛門《ひこえもん》はもちろん、海士方《あまかた》役の吉兵衛《きちべえ》や漁師たちも、みんな恩人。彼らのひとりでも欠けていたら、きっといまの自分はなかっただろうと思う。江戸にはない無垢《むく》な親切がここにはあって、そのお蔭で女ひとりでも生きてこられた。

いつしか小金が貯まり、何となく小さな店を持ちたいと考えたとき、千度小路の家を世話してくれたのも柏屋彦右衛門だった。そこへ漁師のためになるならと三坪ほどの店を建て増ししてくれたのが吉兵衛で、以来縁起だからと言って、初夏になると大切な初鰹まで分けてくれるようにもなった。幸い宿駅の小田原には百疋《ぴき》に余る伝馬《てんま》がいたので、かかりの工面《くめん》さえつけば江戸への早馬にも困らなかった。

「そういえば、江戸のお人はいまでも鰹を鎌倉の魚だと思っているそうだね」

あるとき彦右衛門が言い、みちはそれなら鰹を贈っても鹿蔵に居所を知られる心配はないかも知れないと思った。そう言われてみれば、自分も江戸にいたころには鰹は鎌倉が本場だとばかり思っていた。鹿蔵だってそう信じているだろう。思い切って贈ってみようかと考えたのは、どうにか人並みの暮らしができるようになってみると、手に入れたものを守りたいと思う一方で捨ててきたものが無性に気になりはじめたからである。

（あんな男だったけど……）

ひょっとしたら、まだあたしを待っているかも知れない。何かの拍子にふと思い出すときの鹿蔵は五十歳のままの頑迷で独り善がりな男だったが、それでもなぜか済まないことをしたように思われてしまう。だがそれはそれで、だからといってようやく摑んだ自分の人生を手放すつもりはなかった。いまさら帰ったところで、またぞろ憎み合うだけだろう。苦心して贈った鰹だって、あっさり金に替えているかも知れない。むかしから厭というほど裏切られ、ひどい目に遭わされてきたではないか。

（でも、ひょっとしてお礼なんか言われたら……）

みちは化粧をする手を休めてじっと鏡を見た。鏡の中には髪が半白《はんぱく》で皺《しわ》の目立つ、老いた母親のような女がいる。

（おっかさんならどうするかしら……）

みちが呟くと、五十七にもなっておまえもよくよく業《ごう》が深いねえ、と女は嗄《しわが》れた声で言った。そういうおっかさんだって亭主と子供を捨てて逃げたじゃない。だからよく分かるのさ。あたしはおっかさんとは違うわ。

すると鏡の中の女は鼻の先でせせら笑ったようだった。

同じだよ、おまえにだって男がいるじゃないか。利八さんなら、ちゃんとした人よ、あたしの心の内だってそれはよく考えてくれるわ。だったら迷うことはないじゃないか、捨てた男のことなんかさっさと忘れておしまい、それとも鰹なんぞ贈って償っているつもりかい。

（そうじゃないけど……）

みちは、どうしようもなくまつわり付いてくる過去の重さに溜息をついた。自分がいなくとも政吉はきちんと生きてゆけるが、鹿蔵はそうはいかない。そういう男を捨てたことに悔いがないわけではなく、せめて少しは世間と付き合えるようにと考えてしたことだった。

どの道、引き返せやしないんだから、ここまで来たら自分の一生を取るしかないんだよ。そう言った母の声のうしろから漁師たちの力強い掛け声が聞こえてきた。

海は千度小路のすぐ東南にあって、灰色の砂浜が続いている。吹きつける潮風でそうなるのだろう、浜にはそこかしこに下がり松があり、その多くはてっぺんの枝が折れてしまっているが、見馴れるとそうして町を守ってくれる頼もしい木に見える。四、五年前から、みちには熱心にいっしょになろうと言ってくれる男がいる。男は船持ちの漁師で、女房に先立たれてから間もなく店の客となった。

「酒の力を借りて言うんじゃねえよ」

ある晩、二人きりになると、男は震える声で言った。

「おれはあんたが好きだ、今日は家を出る前に死んだ女房にもそう言ってきたんだ」

「……………」

「だから、あんたさえよかったら……」

「それで、おかみさんは何て？」

「好きなようにしろって、死ぬ前からそう言っていたから」

「そう」

みちは男へ、胸の高鳴りを隠して言った。

「でも、あたしは利八さんのおかみさんになれるような女じゃないの」

以来、自分の背負っている境涯とは別に男が二つ年下ということもあって固辞してきたが、男はいまでも毎晩のように店へきては黙って酒を飲んで帰る。そうこうするうちに男も自分も先の見えるところまできてしまったと、みちは鏡に映る自分の顔を眺めながら思った。

（そうね、たしかにもうあとはないわね……）

間遠く聞こえていた地引網を引く男たちの掛け声が止み、みちは急いで薄化粧を済ませた。あと半刻もしたら、店には腹を空《す》かせた男たちが詰めかけるだろう。その中には利八もいる。

（もう摑めるものを摑むしかないんだよ）

とまた母が言った。みちと名乗ったときから、知らず識らずそういう母の強さを欲していたのかも知れない。だが、割り切りが早く男へ逃げた母と、男から逃げてきた娘の求めるものは同じようでやはり違うと思う。忘れたくとも忘れられないものはあるし、摑めるものがそれしかないから摑むのではない。そのことを利八は分かってくれるだろうか。

店の土間へ下りて表戸を開けると、浜から強い風が吹き込んできたが、外はまだ日が残り明るかった。近付いた薄暮を感じさせながらも、空は青みの勝った色をしている。みちはきりりとたすきをかけた。そこから見える一本の松の木に向かって柏手《かしわで》を打ち、願い事を告げると、早々と暖簾《のれん》をかけて男たちを迎える支度にとりかかった。

宇田川小三郎

小泉　武夫

小泉《こいずみ》　武夫《たけお》（一九四三〜）

昭和十八年、福島県に生まれる。家は代々の酒造家。東京農業大学醸造学科卒。農学博士。東京農業大学教授。醸造学・発酵学・応用微生物学を専門とし、食物・微生物関係の特許は二十六件を数える。また、国立民族学博物館共同研究員やコピーライターなど、活動は多岐にわたっている。味覚人飛行物体、あるいは食の冒険家を自称し、全世界の食べ物を渉猟。『くさいはうまい』『アジア怪食紀行』『食の堕落と日本人』『納豆の快楽』『日本酒ルネッサンス』『人間はこんなものを食べてきた』など、著書は八十冊を超えた。テレビ・ラジオにも積極的に出演しており、その言動に接した人は多いだろう。

「宇田川小三郎」は『蟒之記』（講談社　平13刊）に書き下ろし収録された。

世は天明の年間、江戸は日本橋蠣殻《かきがら》町に宇田川小三郎《うだがわこさぶろう》という男がいた。何年か前までは江戸城出入りの御畳奉行河野嘉兵衛左衛門に抱えられ、わずかではあるが扶持米《ふちまい》を給されていた者であったが、酒好きの父からしっかりと受け継いだ遺伝のためか希代の大酒呑みであった。

小三郎二十八歳のとき、酒がもとの喧嘩で同僚に深傷《ふかで》を負わせ、河野嘉兵衛左衛門から絶縁された。そのとき妻にも逃げられて以来独り者を続けていた。その一件で気も滅入り、そのうちに宮仕えが厭になった小三郎は、侍に微塵の未練も持たずにあっさりとその身分を捨てて町人となった。

小三郎の選んだ仕事は、江戸八百八町にくまなく張り巡らされた水路を巡回して荷を届ける伝馬船の労務者で、荷の上げ下ろしのほかに櫓をも漕がなければならないきつい労働であった。

しかし、根っからの酒好きであったので、一日の仕事を終えて呑むわずかの酒のうまさが堪えられず、たとえきつい労務であっても不平不満ひとつ言わずに、ただ酒が呑みたい一心で黙々と働いていた。

大概の曰《いわ》くありの大酒呑みとか、酒で失敗したことのある者達は、いつも酒のことばかりが頭にこびりついて仕事に熱中できず、結局はまた酒に負けてボロボロに崩れていくというのが相場なのだが、小三郎は違っていた。いつも酒のことが頭から消えないのは同じだが、夜まで待てばその憧れの酒に会える、酒が呑めるという期待と嬉しさで、仕事の方にもいっそう力が入るといった、殊勝《しゆしよう》な酒呑みであった。

だから雇う側も、小三郎には好感を持って雇用していたため、双方の関係ははなはだ宜《よろ》しいものだった。

当時の江戸は八百八町といわれたほど町数が多く、百万もの人が住んでいたが、その大半は江戸市中、つまりいまの中央区、千代田区、台東区、墨田区、江東区に集中しており、新宿も渋谷もまだまだ近郊の村であった。現在の東京都内の十分の一ほどの範囲にそれだけの人が生活していたのであるから、当時は、ロンドンやパリよりも江戸の方が遥かに人口密度は高く、世界一であった。いまのように道路事情が良かったわけではないので、市民の生活物資を運び込むためには縦横に掘り巡らされた水路を伝《つた》って、そこを荷を積んだ伝馬船が行き交った。

例えば、日本橋界隈では、小網町、蠣殻町、箱崎町、茅場町といった町があり、そこには日本橋川、亀島川、京橋川、汐留川、三十間堀川、築地川などの運河があって、そこを行き来する伝馬船はそれぞれの町内にある小さな船着場から荷揚げしていた。

船は生活物資を運ぶだけでなく、各町内から出る糞尿《ふんによう》や生塵芥《なまごみ》なども肥樽《こえだる》に入れ、それを汚穢船《おわいぶね》に載せていったん隅田川へと運び出し、それを北に上って田畑の多かった千住の先や、あるいは下って品川、大森あたりの農家に運び、貴重な肥料とした。糞尿や生塵芥は、かつての現代人《びと》のように海洋投棄などという困ったことはしないで、すべて食糧生産に再利用するのがあたり前のことであり、そのためにも水路や船は、江戸市民の生活にとってじつに大切なものだったのである。

もちろんそれらの水路には、雨水も導いて流していたので、かなりの大雨でも洪水にならずに済んだ。

小三郎が武士の身分を捨てて最初に就いた仕事先は、木場の材木問屋であった。武士の時、いつも酒の席を一緒にしていた気のいい友人がその材木問屋をよく知っていて、その者の紹介で働くことになったのである。

当時の木場には仙台堀川、大島川、平久川、横十間川、汐浜川などが縦横に走っていて、木材を積んだ大型船が辰巳運河や汐見運河、晴海運河、豊洲運河などを上って行って、木場の貯木場で材木を降ろす。それを川と伝馬船を使って製材所や建築現場まで運んでいくのが小三郎の仕事であった。

小三郎にいきなりの力仕事は大変であったろうと思われるかもしれないが、その心配はご無用。小三郎は武士とはいえその身分は低く、やっとのことで河野家に奉公を命じられた最下級武士であった。だから薪割《まきわ》りは当たり前であり、屋敷内に普請があれば手伝うなど、とにかく力仕事や雑用は得意業だったのである。

その材木問屋で小三郎はじつによく働いた。酒が呑みたいから働いた。

働いている間、重い材木を何度も何度も担ぐ時などは疲れるし、肩が痛んで苦痛であったが、そういう時に小三郎は必ず酒のことを思うのであった。今夜も呑める。嬉しく飲《や》れる。キューッと一杯ひっかけた時に、酒が喉元《のどもと》を下って胃の腑に落ちて、そこがジィ〜ンと熱くなって、そして次第に頭が痺れてきて……。そんなことを思うと小三郎はもう胸がキュンとなって、荷の重さとか肩の痛みなどはいっぺんに吹っ飛んで行ってしまうのであった。

その小三郎が材木問屋に勤めて三年目の冬に、近所の子どもらの火遊びが原因で問屋は全焼してしまった。しかし、日頃から小三郎の勤勉さを見抜いていた天馬廻船問屋の主人が、蠣殻町にある豊島屋半次郎という酒問屋を紹介してくれた。

酒問屋とあって小三郎は、これはしめたり渡りに舟と歓喜し、その問屋で働かせてもらうことにした。

こうして、小三郎と酒の新たな関係がはじまった。

豊島屋における小三郎の仕事は、酒の本場の灘目や西宮から樽廻船でやって来た下り酒を船から降ろして倉庫まで運搬する作業や、倉庫から江戸市中に配達する酒樽を伝馬船に載せるなどの仕事であった。

小三郎は毎日毎日、そこで酒樽の荷下ろしや荷積みをしていたが、三年前までは下級ではあれ武士の端くれであったので、読み書きや計算はよく出来る。それが幸いして、樽入りや樽出しの帳簿書きはじつに几帳面で正確、そのうえ、在庫数の把握までしてくれるので帳場の方は大助かり。大番頭の静次郎からはとくに目をかけられた。

そして、豊島屋で働いて、そろそろ一年もたとうとする秋口に、静次郎からお呼びがかかった。はじめて帳場に顔を出した小三郎の前に主人の豊島屋半次郎が現れて、こう言うのだった。

「小三郎、日頃はたいそうよく働いてくれているそうな。評判は静次郎からよく聞いておる。礼を言うぞ。さて、いよいよ冬も近くなり、今年も江戸市中は酒、酒、酒の洪水じゃ。おおかたの予想だとかなり寒さの厳しい冬が到来するとのことゆえ、酒の出し入れはことさら怠ってはならない状況が予想される。そこで、静次郎とも相談した上でのことだが、おまえを蠣殻町と箱崎、そして新川の三つの倉庫の責任者といたすことに決めたのだ。さっそく明日にでもその任に就くよう命ずるぞ。なお、おまえの給金は今よりも三倍となるゆえ、心して働くように」

小三郎は突然の抜擢に半信半疑で答えた。

「ははっ、命を懸けてあたりまする」

「おおっ、命を懸けるとはさすがじゃ、まだまだ侍気質が抜けぬと見える。まあ、あまり張り切り過ぎぬよう、とにかくしっかり頼んだよ」

と、目を細めて半次郎は言うのであった。

翌日から、小三郎はそれまで働いていた蠣殻町の倉庫のみならず、歩いてそう遠くないところにある箱崎の倉庫、そして日本橋川にかかる橋を渡って新川の倉庫にも足を運ぶこととなった。

それぞれの倉庫には常時十四、五人の人夫がいて、小三郎の指示に従って働くことになったが、それまでいた倉庫責任者は五十七歳という高齢のためその日限りで年季明けし、御《お》暇《いとま》となった。

　小三郎が突然三つもの倉庫の責任者に就かされたのには理由《わけ》がある。豊島屋だけがそのような人事をしたというのではなく、当時、倉庫を持っている問屋は、いくつ倉庫を持っていようとも倉庫責任者は一人だけと決めていたからである。今日のように電話やファックスなどまったくなかった時代であったから、倉庫の酒の状況や在庫量、移出移入の数量などを迅速に取りまとめて管理するには、いちいちあちこちに分散している倉庫責任者を集めて状況把握するよりも、一人の者にまかせておいた方がはるかに早く対応できたのである。

　小三郎は、その日から力仕事はなくなったので肉体の疲れや肩の痛みなどとは決別したが、精神的な疲れはこれまで以上に激しくなった。しかし、そんな心の疲れも仕事が終われば酒がある。そう思うと、三つの倉庫を渡り歩いても苦にはならなかった。

　一日の仕事が終わると小三郎は豊島屋から北に少し歩いたところに借りている棟割り長屋に戻るのが常であった。居酒屋とか一膳飯屋といったところには見向きもせず、行きも帰りもただ鉄砲玉のようにまっすぐ豊島屋と長屋の間を往復するだけであった。

　長屋へ戻ると、まず火鉢に埋めておいた埋火《うずみび》を掘り起こしてその上に新しい炭を載せ、火を熾《おこ》してから酒を温める。そして年中変わることなく、夏は冷や奴、それ以外は湯豆腐を肴に熱燗で飲《や》るのが常であった。

　ただ、燗酒といっても小さなお猪口でチビリチビリ呑むのは性に合わないので、燗をして熱くなった酒を丼鉢にいれ、ガブリガブリと呑んだ。

　ことのほか豆腐が好きで、天秤棒《てんびんぼう》で担いで売りに来る豆腐屋をつかまえて、それを買って笊《ざる》に入れて持ち帰るのであった。

　飯《めし》は決まって押麦《おしむぎ》で、毎夜、嬉しく酒を飲んでいる間、これを鍋でコトコトと煮て、酒が終わった後、それを啜《すす》るようにして喰って寝た。

　酒は豊島屋から三日に一度の割合で一升を買って、それを呑んだ。当時は一升瓶などなかったから、酒屋が常連客に貧乏徳利《びんぼうどっくり》または通徳利《かよいどっくり》と呼ぶ一升入りの陶製の徳利を貸し出した。小三郎もそれを豊島屋から借り受け、その徳利で酒を長屋に持ち込んだ。

　一日三合くらいを目安に飲んでいたので、三日目には徳利は空になる。それを朝の出勤時に持って行き、夕方仕事が終わって帰る時に酒を買い、その徳利に入れて持ち帰った。

　小三郎の感心なところは、決して酒を失敬するとか誤魔化すなどということはせず、必ず酒代を豊島屋に払って、誰への気がねもせずに堂々と呑んでいたことであった。給金から天引きして貰えば楽なものを、それもしない。とにかく代金をきちんと払った酒でないと、威張って呑めないから旨くなくなる、というのが小三郎の考え方で、この辺りからも殊勝な心を持った大酒呑みということがわかる。

　こうして昼はとにかく一生懸命に働いて、夜は大好きな酒をじっくり味わって三年も過ぎた頃には、もうすっかり酒の味も、酒の善し悪しもわかるようになり、酒をただ呑んで楽しむだけでなく、じっくりと味わってその風味を唎《き》き分ける楽しみを覚えた。そして、独り者の夜長の暇潰しといえばそれまでだが、その喇酒で感じたことをその場で日記帳のようなものに記録するようにもなった。後年発見され、今日、国税文書資料館に収蔵されている小三郎のその『酒吟味之栞《しおり》』という日記には、そのあたりが次のように記されている。

「十月二十三日　西宮の剣正宗。辛口。色山吹《やまぶき》にして照宜《てりよろ》し。味甚だ奇麗なるも舌に辛味残る。切味宜《きれあじよろ》し。香り芳醇。酔速参度也」

「十月二十六日　甲斐国甲府の菊乃井。かなり甘。色琥珀なるが照悪し。口に甘味残る。過熟の香り在り。切味甚だ悪し。酔速参度也」

「十月二十九日　東灘の海山。うま口と辛口を合はせ持つ。香り高く色艶照り甚だ宜し。上品無比。喉越《のどご》し水の如し。切れ味抜群。酔速忽《たちまち》五度也」

「十一月二日　相模国小田原の義心。薄口。雨水の如く力無し。味ぼけて香り無し。世に謂ふ金魚酒とはこのことか。酔速壱度也」

「十一月五日　東灘旭山。味香色全て無難。特に個性見当たらず。酔速参度也」

「十一月八日　伊丹の松の雪。うま口。山吹色にして照り甚だ良し。味乗りてうまし。香り華やかにして品格在り。喉越し良く切れ味良し。酔速四度也」

「十一月十二日　魚崎の惣代。辛口。味に締まりありて男酒なり。色、照共甚だ宜し。香味一体。酔ひ速く生一本。酔速五度也」

　ざっとこんな風である。

　今日の喇酒の内容とほとんど違いはなく、当時の酒の良否の判定は今と同じく味と香りと色が中心であり、また喉越しなども吟味されていた点がおもしろい。

ただ、その唎酒記録の最後に「酔速度」という記載が見られるが、これについては今日の唎酒用語にはない。いったい何のことやらわからなかったが、その『酒吟味之栞』の最後の方に小さく次のようなことが記されていて、それがまったく驚くべきことを意味していたので、俄然注目されたのである。

「酔ふ速さは五つの段階に分けたり。すなはち巷《ちまた》で謂ふところの金魚酒の如き水多き水酒《みずざけ》を呑みし時には酔ひ心地《ここち》なかなか訪れず。之を酔速壱度とす。さらに、水酒よりはやや速く酔ひ心地到来するも、その味常に水酒の感持続し、致酔も中程で了《おわ》るものは酔速弐度也。薄くも非ずまた濃くも非ず、中庸で、酔ひじわりじわりと到来し、暫く後に快い陶酔感に達しえる酒は参度也。四度酒は致酔忽ち到来して辛味を伴ひ、その酔ひ心地長く持続する也。呑めば口中瞬《また》く間に酒が拡がりて、辛く、そして酔ひ心地甚だ迅速に到来、其の酔ひ加減長く持続する酒、之を酔速五度と致したり。全ての酒、この五段階の区分に入りしや。暫くの間、辛抱して毎日酒を口に含みて吟味続けたる暁には、必ずや正しく酒の良し悪しの見分け出来るもの也」

つまり、酔速度とは酒を飲んでから酔いが来るまでの速さを五段階に分けて区分した、じつに独創的な銘酊の尺度であったのだ。

おそらく、小三郎は大好きな酒を一人で毎日、チビリ、チビリと味わっているうちに、酒によって味や香りが違うことに気付き、酔いの速さや遅さ、致酔の深さや浅さ、酔い醒めの速さや遅さ、酩酊の具合などにも差異のあることに気付いて、その違いを記録に止《とど》めておいて、今後呑む酒、買う酒の参考にでもしようと思ったのだろう。

今の世であると、酒のアルコール含有度数は表示が義務付けられているから、小三郎が考えたような酔速度なる指標など必要ないが、当時は酒に対する科学的知識など全くなく、酩酊を引き起こすアルコールという物質の概念すらなかった。だから、町で売られている酒がいったいどれくらいのアルコール度数なのか皆目見当がつかず、消費者は大いに困ったものだったのだ。

水で薄められず、しっかりとアルコール分の入った上等の酒には「諸白」とか「上諸白」、「生一本」と書いた札を樽に貼って堂々と取り引きされていたのであったが、小三郎のような庶民が飲む酒はそのような高価なものではなかったので、何の表示もない。

そのため、買ってきて呑んでみなければ当たり外れはわからない、といったいい加減な酒も少なくなかった時代なのである。

例えば、当時の世情本によく登場する酒に「むらさめ」というのがある。この奇妙な酒の名を調べてみると、まことにもって面白いことが判った。おおかたの人は名刀「村正」のように切れ味の鋭い酒と解するだろうが、じつはそうではない。

当時の書物にはこの酒を誉めたものは見当たらず、逆に評判のよくない駄酒との記述が多く、例えば「駄酒の王なり」、「致酔に至らず」、「酔い廻り甚だ遅し」などとある。従って「むらさめ」という酒は苦情酒と見てよいが、実はある世情本の中に次なる箇所を見つけ、

「むらさめ」という酒の正体を摑むことができた。

「むらさめの名の如く、亀戸天神で多く居酒致し候へども、余、村に辿《たど》り着くまでに酔ひ心地は早醒めたり」

つまり、江戸は亀戸の天神さま前の居酒屋で酒を多く呑んだが、村に帰り着くまでに早くも醒めてしまったと、「むらさめ」という酒に対する苦情じみたことが書いてあったのだ。すなわちその正体とは、この記述の前段部にある「むらさめの名の如く」を後に続く文で読み解くと、実は「むらさめ」とは「村醒」、つまり村へ帰り着くまでに醒めてしまう酒ということになるのであった。

とにかく江戸時代、安価な大衆酒の中には、水で薄められて金魚もスイスイと泳げる金魚酒といった代物も実際にあったことは間違いない。

酒に水を加えて増量することを、当時は「玉を割る」といった。

つまりこの時代、致酔を直接導くアルコールの概念がなかったために、その濃度を図る計量器などもあり得るわけがなく、それをいいことに味の濃い、すなわち玉割りの利く酒を造り、それにできるだけ多くの水を加えて増量し、大いに儲けた者もいた。

「水増し」とはここから来た言葉で、ひどい場合には造り酒屋から出荷された樽酒は、運送の途中でまず玉を割られ、増えた分はどこかに消え、その酒が問屋に行くと、質《たち》の悪い問屋はそこでまた水を加えて玉を割る。さらに問屋から小売屋に渡ると、同じく良くない小売屋も少しぐらいならわかりはしないだろうとまた玉を割る。そして最後の居酒屋でも、みんなで割れば怖くないとばかりに割ることになると、四回も玉を割られたことになり、これではかなりアルコール分の薄い酒となってしまう。しかし、誰かが文句を言ったとしても、アルコールなどという知識がないので証拠が出てこないからどうにもならない。

なお「玉を割る」の「玉」の意味はいろいろ説があるようだが、その有力なものに「玉川の水」の「玉」ではなかろうかというのがある。当時玉川（今の多摩川）は清流の誉れ高い名水の川で、その水は広く茶人や料理人にも愛用され、そのような水で酒を割れば酒もそう傷《いた》まないだろうというので使われた、ということである。そのため「玉川の水」の「玉」が水で割る隠語になったというのである。

さて、江戸時代の酒造りは、今のように確立された微生物学などなかったので、酒の醸造工程の管理も思うようにはいかなかったこともしばしばで、結局は酸味の強い酒も出来上がった。

その上、当時は麹《こうじ》を多く使って甘味を残した甘口の酒が大半で、精米機がなかった時代なので原料米の精白状態も良くなく、雑味成分となるアミノ酸も多い。つまり、酸味と甘味と雑味成分が著しく多い、味の非常に濃い酒が出回っていたのだ。そのような酒に少々の水を加えても、アルコール分こそ弱まるけれども味の薄さはあまり感じられないのである。それらの成分を「ボディ」というが、今日の日本酒に水を少量加えたならば、それこそ水っぽくなって呑めたものではなくなるのは、「ボディ」となる成分が少ないからである。

ビールはなぜアルコール分が四パーセントでも水っぽさを感じさせないのかというと、炭酸ガスというボディがあるからであり、また、ワインが一〇〜一一パーセントのアルコール分でも水っぽさを感じさせないのは、酸味というボディが多量にあるからなのだ。だから、今日のボディのない日本酒に水を加えてアルコール分をビールのように四パーセントにしたり、ワインのように一一パーセントにしたりすれば、誰もが水っぽく感じ、不味《まず》くて呑めなくなるのである。

ところが今述べたように、江戸の酒はボディが大変に多かったので、少々の水で割っても見破られないというからくりがあり、悪質な連中の手にかかった酒は、アルコール分はたったの四〜五パーセントといったものも出回っていたと考えられる。

そのような状況であったので、小三郎考案の酔速度なる発想は、損をしない良質の酒を手に入れるのにはまことに理にかなったものであるといえよう。しかも、小三郎の仕事場は酒問屋で、酒の良否をいち早く知らなければならない商売であったので、この酔速度の判定は品質管理にとってじつに大切なものとなる。

こうして彼は長屋の片隅でじっくりと唎酒をしながら酒を楽しみ、そのときの酔い加減を酔速度として記録していたので、本場の酒や地廻りの酒が船や荷車に積まれて江戸に入ってきて、それが自分の管理している豊島屋の倉庫に入るときにはよくよく注意した。

酔速度が一とか二の銘柄の樽酒が搬入されると必ずその中の一樽を開けて酒を唎き、やはり記録通りに薄い酒であると知ると、すぐに大番頭の静次郎に通報した。はじめの頃は半信半疑でいた静次郎も、小三郎に言われるまま酒を唎いてみると確かに薄い。

そんなことが何回か続いていよいよ小三郎の唎酒が正しいことがわかったので、そのような酒は以後返品することにした。

すると、蔵元の方では「管理の不行き届きで不正な酒を送ってしまい、誠に申し訳なく、恥ずべき次第である。以後再びそのようなことが無きよう注意いたす所存であれば、平にご容赦願い度し」などと言って、酔速度四か五の酒を代わりに送ってくれるのであった。

そのようなことが四、五回続いたこともあって、小三郎の唎酒能力や酔速度のことが話題となり、そのうち豊島屋半次郎の耳にも入った。

ある日、小三郎は半次郎からお呼びがかかった。行ってみると、さすがに人使いの上手な半次郎、金一封を小三郎に渡しながら言った。

「小三郎、この頃の手柄は立派なものだ。ほら、これは手柄代だ。遠慮なく取っておきなさい。じつは今、日本橋界隈の酒問屋で一番問題になっているのは、玉を割りすぎた酒の対策なのだ。御上の方でもそのような酒の背景には大掛かりな脱税の疑いありとして、江戸に入ってくる酒の検査を厳重にせよとの御達示《おたっし》があったばかりなんだよ。しかし、いくら検査せよといっても玉を割った酒とそうでない酒との区別はなかなかつきにくい。まあ、お前のような特殊技能を持った者を抱えたうちのような問屋はいいが、他はそういうわけにはいかない。じつは一昨日《おととい》、御勘定所の役人から問屋組に召集状が回されてきたのだ。どうあっても不正な酒を江戸に入れてはならないので、行政指導をしたいというのが目的なのだが、その召集日が明日なのだよ。役人の奴め、対策については問屋組の間でいい考えを携えて持って来いなんて無理な注文を言ってきている。そこでなんだが、じつはこのわしにいい考えが浮かんだんだよ。きっと役人もそりゃあ名案だ、ぜひそうしてくれ、と言ってくるに決まっている。ただし、お前がやってくれるかどうかなのだがね……」

そこまで言うと、今度はかなり神妙な顔つきになり、声をぐっと小さく押し殺すようにして続けた。

「じつはな、お前を役人に仕立ててしまおうかとわしは思っているのだよ。役人といっても玉を割りすぎたいい加減な酒を取り締まる役人なんだがね。役人が酒を吟味するとなりゃ、造り酒屋の方もそう簡単にごまかしはできねえ。第一、そんなことをしようものなら御上に楯突くことになるんだから、そこはぐっと自粛するというものだよ。そこでだ、小三郎の仕事は与力の下で働く、酒改方《さけあらためがた》というものだ。つまり、江戸に入ってくる酒を酒改方が吟味し、おかしな酒は入れない。その吟味役がお前というわけだ。抜打ちに酒樽から酒を取り出し、それを吟味し酔速度を出すのだ。江戸に入津したり、陸送されたりする酒樽は年に百万樽を越すから、そりゃあお前一人で出来るはずはない。でもな、それでもいいんだよ。とにかく御上が目を光らせている、酒樽が抜打ちに検査されている、不正が見つかったら取り潰しだと、とにかくそういうことを思わせることが大事なんだ。効果があれば、酒改方という役人を増やしていけばいい。明日、御奉行と与力と酒問屋組とが番所に集まって評議が行われる。お前から引き受けてくれるという返事さえもらえばわしは御奉行様にこの考えを提案するつもりだ。突然のことで、まあ、返事にも困るだろうが、明日の朝までに考えてきてはくれまいか」

小三郎は主人の前に正座してじっくりと話を聞いていたが、

「旦那様の話はよくわかりました。私のような者で役立つのでしたら引き受けさせていただきます。ただし侍に戻るのはご勘弁ください。それさえ認めてもらえるのなら……」

「おお、そうか、小三郎、やってくれるか。いや、有り難い。よくぞ申した。大いに感謝する。早速明日わしから御奉行様に提案いたそう。役人になる、ならないは私に任せてもらいたい」

「いや、旦那様、お言葉を返すようですが、役人だけはご勘弁ください、一度でもう懲りましたゆえ……」

「しかし、小三郎、おまえは侍だったではないか。侍に戻るための千載一遇の機会だぞ。今回《いま》を逃したらもうおそらく来まい。それでも良いのか？」

「はい、侍で一度世間を騒がせた私です。なんでいまさら戻れましょうか」

「よし、しかと解った。それでは致し方ない。お前の身分はこのわしの店から問屋組に貸し出す形にいたそう。そして、奉行所から問屋組に委嘱状を出させて、奉行所が間接的にお前を任命した酒改方であるように話を持っていくことにしよう。なあに、お前が今見てくれている三つの倉庫は、静次郎や何人かの番頭にしばらくの間見てもらうことにするよ。とにかく、このところやたらと多くなってきた金魚も泳げるような酒は、われわれ問屋組も大いに困っている問題だからな。これが解決すれば、問屋組が玉を割っているなどという小売屋側からの疑いは晴れるし、お客様の酒への信用が回復してまたよく呑んでくれることにつながるんだ。頼んだよ」

それから数日後、品川に入津してきた大坂の樽廻船があり、今の竹芝桟橋近くの汐留川水門あたりで投錨《とうびょう》した。荷は酒樽、酢、油、醤油、素麵などで、瀬取船に移し替えられ、その瀬取船は隅田川を遡って永代橋をくぐり、すぐに左に折れて日本橋川に入った。そして茅場橋の近くにある船着き場に着くと、荷下ろしの作業が始まった。

するとそこに、帯刀した二人の侍と、手に丸めた筵《むしろ》となにやら道具のようなものを持った一人、計三人の男がつかつかと近寄り、廻船問屋の責任者を呼び出して、

「あいや、われは南町奉行所与力藤田市郎右衛門である。本日より、筆頭与力樋口嘉右衛門様からの仰書《おおせがき》により、江戸に入る酒を改めることにいたした」

と大きな声で言い、手に持っていた仰書を両手で広げて見せた。

いつもは平穏に荷物の数を荷揚帳に書き込んでいた廻船問屋の責任者は、突然の役人の立入り検査に驚き、その場に平伏した。

「よし、酒改役小三郎、始めよ！」

小三郎は山積みされていた酒樽の一つに近づいた。そして持ってきた竹釘《たけくぎ》を酒樽の蓋に打ちつけてある栓の脇に木槌で打ち込み、それを持ち上げるようにして上に引くと栓は音を立てて抜けた。小三郎は栓が取れて現れた穴の中に小さな竹柄杓《たけびしゃく》を入れて中から酒を汲み取り、懐から取り出した丼に入れた。そして、ふたたび樽から竹柄杓で酒を汲み取り、同じ丼に入

れる。これを三回繰り返すと、丼の中は酒で満たされた。

それから小三郎は、両手で酒の入った丼を持ち上げ、まず鼻の穴を拡げるようにしてクンクン、クンクンと匂《にお》いを嗅ぎ、そして、

「香りはなはだ良し。樽香良し。異臭無し」

と声を挙げると、脇にいた一人の侍がそれを記録帳に記すのであった。次に、その丼を少し離してしげしげと色調を観察、

「色良し。濁り無し。照り良し。浮遊物見当たらず」

記録係の侍はまたそれを記帳した。そして丼の酒をいよいよ呑んだ。最初はほんの少し口に含み、何やら口の中で酒をモグモグと転がしている。そして、その酒を地面にパッと吐くと、

「立ち上がり香良し、芳香良し、異臭無し。樽香正常」

と言ってから、次に丼の酒をじっくりと味わうようにしてグビリグビリと呑み始めた。

しばし静寂。

丼の酒を一滴残らず呑み干すと、小三郎、そこで何を考えたのか、丸めて持ってきた筵を その場に拡げてその上に横たわると、丸太棒を転がすように、体を筵の上でゴロリゴロリと回転させた。

しばらくそんなことをしてから、今度はじっと静かに横たわったままでいたが、そのうちムックリと起き上がって、筵の上に立ち、

「藤田市郎右衛門殿、この酒は酔速度五に近い上質のものであります。このまま陸揚げが許されましょう」

小三郎がそう言うと、与力藤田は、

「ん、しかと左様であるか。よし」

と言ってから、

「これこれ、廻船問屋山城屋の責任の者、聞き及びのとおり、この樽の酒に不正はあい無かった。よって引き続き荷下ろしを続けよ。ご苦労である」

と告げ、与力と記録係はさっさとその場を立ち去るのであった。

小三郎も酒の入った赤い顔をして筵を丸め、小道具を持って二人の後に付いて行った。

山城屋の荷揚責任者は、役人たちの行動がいったい何事だったのかよく理解できずに啞然としていたが、とにかく船荷の樽酒には問題なかったことがわかり、安心した。

責任者は、この奇妙な酒改役による酒の臨検の一件を、荷揚作業が終わると直ぐに主人の所にすっ飛んで行って報告した。それを聞いた山城屋は、すかさず番頭を走らせて取り引きのある江戸市中の酒問屋に情報を流した。

抜かりのない酒問屋は、早飛脚を立てて西宮や灘目といった本場の蔵元や三河、駿河、信州、甲州などの地廻り酒屋に、江戸へ入荷の際、役人による酒の抜打ち検査が始まったことを知らせたのであった。今のように電話やファックスといった通信手段が無かった時代とはいえ、このように、組織が絡んだ場合の江戸の情報というものの伝達網は実に緻密に張りめぐらされていたのである。そのため与力と小三郎によるその日の酒改めは、その夜にはもう江戸市中の酒流通の関係者の耳には入っていたし、数日後には、大坂の方にも伝わっていた。

与力たちと酒改めを行ったとき、酒を胃袋に入れた小三郎が、持参した筵の上でゴロゴロと転がっていたのには理由がある。小三郎は、仕事を終えて毎夜長屋で酒を吟味する時には、まず丼鉢に満々と酒を湛え、それを前にしてゴロリと横になってからグビグビと呷《あお》るようにして呑むのであったが、吟味する時には体を転がすのがいつしかクセになっていたのである。そうすることにより、酒が体の隅々まで早く回って、酔いの状態、すなわち酔速度がすぐに解るのだと彼は信じていたのであった。だから、その日の酒改めのときにも、いつも自分がやっている体を回転させる方法で酔いの度合いを知ろうとしたのである。

小三郎らはその日、酒改めを他にもう一件行っている。最初の現場からそう遠くないところに酒問屋の倉庫が多く並んでいる新川の船着場があり、そこで錨を下ろしていた遠州からの小型船への臨検であった。

三人は荷揚げしている船のところに行き、まず与力藤田市郎右衛門が責任者を呼んで酒改めの口上を述べ、先程と同じように小三郎が酒を啣いて、それを記録係の役人が書き留めた。ところが、今度はどうも酒質がよろしくなかったとみえて、小三郎は丼に汲み取った酒をゆっくりと見て、そして鼻で匂いを嗅ぐと、神妙な顔になって、

「香りに難あり。水苔《みずごけ》の臭みか。濁りありて照りも悪し」

などと言った。次に口に酒を含んで味をみて、

「酸味強し。味薄く、うま味も弱し、腰が無く水酒」

と言った。そして、先程と同じく丼に酒を満々と入れ、じっくりと呑んでから筵の上でゴロゴロと転がった。しばらくしてから筵の上に立つと、

「藤田市郎右衛門殿、この酒の酔速度は二ということに相成りまする」

「な、なに！　酔速度二とな？　しかと相違ないな。よし、これへ責任者を呼べ！」

半信半疑、驚いて頭を下げる廻船問屋の責任者に、与力は、

「この樽の酒は水で割り過ぎて買方を騙《だま》そうとする駄酒である。よって南町奉行所はこの酒を没収し、処分することにいたす。異議があれば奉行所まで出頭せよ」

そして、記録係の役人に樽酒を荷車で奉行所まで運ぶように指示した。

その有様も、その日の夜にはもう江戸市中の酒の流通業者に伝わっている。

これまでまったくこのような臨検がなかったのに、一挙に四斗樽が二十個も没収されたのであるから、関係者の衝撃はじつに大きかった。

酒改めの仕事が終わると、小三郎はその日も酒屋から酒を五合ほど買って長屋に戻り、今度はじっくりと自分の酒を味わってはそれを唎き定め、体をゴロゴロと転がした後に酔速度を記録帳に書き留めた。昼に酒改めの仕事で丼鉢に満々と盛った酒を二回も呑み、長屋に戻ると今度は自分の酒を五合も平らげるのであるから、根っからの酒豪なのであろう。

こうして毎日二、三回、抜打ちに船荷や荷車の酒を改め、一ヵ月が過ぎた。この間、合計十二回も酔速度二以下の金魚酒を摘発し、没収した。

そのため奉行所の役人や、豊島屋半次郎のような信用第一を鑑《かんが》みる問屋仲間の間からは、画期的な成果と評価されたが、中でもこの水際作戦の成功を南町奉行所から報告された幕府の御勘定所は、強い関心を示し、とくに小三郎演じる「酒改方」については大いに興味を抱いた。

幕府とすれば、水で酒を割って増量した分は税金が取れないのであるから、その脱税行為をできるだけ食い止めたかったのだ。そこで御勘定所は、さっそく発案者の豊島屋半次郎や、筆頭与力樋口嘉右衛門、担当与力藤田市郎右衛門、それに酒改方の小三郎らを呼び、酒改めの状況をつぶさに聞き出した。そして、不正酒の摘発にこの方法が顕著な効果を顕していることに注目し、今後は一奉行所にまかせるのではなく、幕府の御勘定所が直々に主導権を取って酒改めを施行することに決めたのであった。そこで御勘定所は、小三郎に命じてこれまでの経験を生かし、急いで酒改方を二十名、造り上げるよう指示した。小三郎は三日ほど考えてから、御勘定所に出向き、次のように申し入れた。

「ご命令、しかと受け止めましてござりまする。つきましては四、五日内に、江戸市中の奉行所等に奉職しておられまするお役人様の中から、とりわけ酒に強い方を二十名ほど選抜していただきたく存じまする。ただし、酒に強いというだけでは適《かな》いませんで、酒が滅法好きだというお役人様でなければなりませぬ。二十名お揃いになりましたら、畏れ多くも、ただちに手前の体験を伝授させていただきたく存じまする」

小三郎にとって、これからずっと一人で酒改めの役をするのであってはたまったものではないが、こうして新たに二十人もの助っ人が現れるとなれば大歓迎である。命令を即座に引き受け、意欲的に酒改役の育成に協力する理由《わけ》はそこにあったのだ。

そこで幕府御勘定所は、江戸市中の奉行所や関係役所へ大酒呑みでめっぽう酒好き、その上、性格温順なる酒豪を一名ないし二名選出して御勘定所へ出向させるよう命令書を出した。同時に幕府は、その酒改方の詰所を当面、発祥の地であり、酒問屋の多い南町奉行所へ置くことを決めている。

命を受けたそれぞれの部署ではさっそく我と思わん者をまず公募し、その中から人選に当たろうとした。ところが意外なことにいずれの部署でも応募者が殺到し、人選に苦慮する始末であった。

当時の江戸では大量の酒が呑まれており、ことさら役人の酒席は頻繁であったので、自称酒豪が多かったのであろう。その上、毎日毎日息苦しい役所に詰めているよりは、出向の身とはいえ、給金をいただいて真昼間から堂々と酒が呑めるのであるから、応募しない手はないと思ったに違いない。

こうして各署で人選に苦労している間も、小三郎らは品川沖へ入津してくる船や荷車で江戸に入ってくる荷の中から樽酒の臨検を続けていた。酒造家や廻船問屋、酒問屋の間にはすでに酒改めの情報が確実に伝わっているとみえて、抜打ちの検査でも荷主側もそう慌《あわ》てるふうはなく、おおかた応じていたのであった。

ところで、当時出回っていた金魚酒が江戸入荷の前、いったいどこで玉を割られていたのかというと、まず酒造蔵が出荷前の酒に水を少し加えて割った。これは今日でも酒税法上正式に認められている「割水《わりみず》」というもので、原酒のままで出荷するとアルコール度数や味が濃すぎてなかなか呑みにくいので、一定量の水で割ってアルコール分を一五〜一六パーセントまで下げる行為である。これは不正ではなく、問題はそれ以後、つまり酒造蔵から樽で出荷された後の加水である。まず、造り酒屋から樽を預かり、それを回漕する廻船問屋の中には悪質な玉割りをする者が少なくなかった。彼らは船積みする前に倉庫に保管しておいた酒樽から一割ぐらいの酒を抜き取り、その代わりに水を一割加えて涼しい顔をしていた。

こうすることにより十樽仕入れる毎に一樽増えることになるが、この量は馬鹿にならない。例えば運搬量の多い廻船問屋が年間一万樽扱うとすれば、なんと千樽の酒が自分らのものになるのだから、もうこれは単なる水増しでは済まされず、立派な詐欺行為となる。大きな酒樽であれば四斗入りであったから一升ビンに換算して四十本、それが千樽といえば四万本である。

さらに、その樽酒が船に積み込まれてしまえば、そこはもう船上人《びと》たちしか知らない隔離された世界で、海上で堂々と玉が割られ、抜いた分だけ船乗りたちのものとなる。その酒の一部は彼らの胃袋に納まるほかに、そのまま帰りまで船に積まれて、途中あらかじめ決めておいた港で売り渡されるか、そのまま出発した港に戻って、密かに悪質な酒問屋あたりに売りさばかれるのであった。

そういうからくりがあったので、南町奉行所が突然行った酒改めは、質の悪い樽廻船問屋や、航海をまかされた鉄火な船乗りたちにとっては大きな痛手となった。

そんなわけで役人による酒改めの情報が酒の生産地に急報されると、水増人《みずましにん》たちはなにしろ初めてのことであり大いに戸惑った。とにかくここは自重が肝心とばかりに、しばし静観の構えでいたが、心の中では、

「なに、そのうちにお上の熱《ほとぼり》も冷めらあな。ここは少しの辛抱よ」

といった具合で反省の色は微塵もない。

それから数日後、江戸市中のいくつかの役所から酒改役志願者として選ばれた二十人の侍が詰所の置かれた南町奉行所に集まった。巳の四ツ、今でいう午前十時からの講習では、まず南町筆頭与力樋口嘉右衛門が酒改めの趣意を語り、担当与力藤田市郎右衛門が酒改役の心得を話し、次に二人の同心がこれからしばらくの間の勤務日程や、取り締まりの地域などについて説明を行い、午前の部を終えた。

午後の部は未の八ツ、午後二時からで、ここには小三郎が登場して、酒の吟味法を伝授した。その日の午前中、小三郎はすでに二件の酒改めをこなしてからこの南町奉行所に駆けつけたのだった。

彼はまず、めいめいに茶飲み茶碗を二つ持たせ、一方には酔速度五の正統な酒、他方には酔速度一ないし二の不正な酒を入れ、その双方を交互に飲み比べさせて色の濃淡や香りの強弱、味の強さなどから酒の違いをじっくりと教えた。

酒改方を志す二十名の武士たちは、いずれも酒豪で酒好きときているから、小三郎の説明

はすぐに理解できるらしく、「なるほど、なるほど」といちいち頭を振ってうなずく者ばかりだった。

次はその二種の酒を茶碗に満々と注ぎ足すと、まず正統酒を一気に呑ませて酒が体に沁《し》み入る具合を記憶させ、すかさず次に不正酒を呑ませて、その感覚の違いを認識させた。これを二度繰り返してから、与力と三人の同心が同道のもと、全員を引き連れて奉行所を出た。

小三郎はいつものように長い竹柄杓と丸めた筵を持ち、懐には丼鉢を入れていた。

茅場町の角を左に折れ、霊岸橋を渡って今度はすぐ右に折れて亀島川に出た。この川に沿った一帯は酒問屋や廻船問屋が所有する倉庫の密集地で、その近くには伝馬船から酒樽を荷揚げする船着場がいくつもあった。樽廻船のような大型の輸送船は亀島川に入れないので、いったん隅田川と亀島川の合流地点に錨を下ろし、そこで伝馬船、または瀬取船とも言うのであるが、それに酒樽を移す。荷を載せた伝馬船は亀島川に入ってきて、目的の酒問屋の倉庫に一番近い船着場で酒樽を陸揚げするのである。

小三郎はじつはその日、西宮の廻船問屋上念仁右衛門の樽廻船が未の八ツ半（午後三時）ごろ隅田川に入津し、伝馬船に樽を移してその酒が豊島屋の倉庫に陸揚げされることを知っていた。そこで二十人の酒改方志願侍を引き連れてこの倉庫前にやって来たのである。

倉庫の前の船着場ではすでに酒樽の荷揚げの最中で、大番頭の静次郎が指揮をとっていた。そこに突然、ドカドカと刀を差した侍が二十数人も踏み込んできたのであるから、いくら理由を知っている静次郎といえどもびっくりして跳び上がらんばかりであった。

与力藤田市郎右衛門はいつもの調子で、

「あいや、われは南町奉行所藤田市郎右衛門である。これより筆頭与力樋口嘉右衛門様からの仰書により、江戸に入る酒を改めることにいたす」

すると、静次郎は、

「はは、お役目ご苦労さまでございます。ささ、どうぞ、樽の中の酒を改めてくださいまし」

と言って低頭する。すかさず小三郎は、すでに陸揚げされて積まれていた酒樽に近づき、その中の一樽を指さして、ドスのきいた声で命じた。

「この樽の栓を開けい！」

このあたりは少し前まで侍であった片鱗がチラリと見える。

静次郎は恐縮の体《てい》で恐る恐る樽の上蓋に付いている栓を抜きにかかった。スポッ！　という音がして栓が樽から外れると、小三郎はさっと樽の上部に身をかがめて、その栓穴の中に柄の長い竹柄杓を差し込み、酒を汲み出しては、懐から取り出した丼鉢に入れていった。

この間、酒改方志願侍たちは一言も発せず、ただ生唾を呑み込みながら喰い入るようにして小三郎に見入っていた。

小三郎は満々と酒の入った丼鉢を両手で支えて静かに持ち上げると、まず鼻の先に近づけ、いかにも匂いを嗅いでるぞ、というように丼鉢の上で鼻をしきりに左右に動かして、クンクンクン、クンクンとやっている。そして、声を高くして、った。

「香り高く、異臭なし。樽香はなはだ宜し」

と皆に聞こえるように言うと、記録係の侍が帳簿に筆でスラスラと書き込んでいくのであった。

次に丼鉢をやや顔から離してから、目でしきりに観察し、

「山吹の色鮮やかなり、濁りなし、異物の混在なし、照り宜し」

と言うと、それをまた侍が記録する。そして、いつもと同じくまず丼鉢の酒を少し口に含んでそれを呑み込まず、口の中でゴロゴロゴロジュルジュルと転がすのであった。それから、その酒を一度土の上に吐き出し、

「味宜し、腰あり、味に幅あり、甘辛の具合宜し」

と言い、一度体勢を整え直してから、丼鉢の酒をゴクリ、ゴクリと呑み干した。志願侍一同、息を詰めて見入っている。

次に、丸めてあった筵を素早くその場に敷くと、やはりいつもの酒改めの時と同じように、ゴロンゴロンと転がるのであった。志願侍一同、今度は目を丸くして、その奇態を凝視した。

しばし静寂の後、小三郎は筵の上に起き上がるや、藤田市郎右衛門に向かって自信満々の体《てい》を見せて、ゆっくりと、

「酔速度五でございまする」

と報告、それを聞いた市郎右衛門は、

「しかとな、しかと酔速度五か。よし、豊島屋の倉庫責任者、これへ参れ！」

と静次郎を呼びつけ、

「豊島屋買い上げの酒に不正は見当たらなかった。

「引き続き作業を続行いたせい！」

と言い渡すと、一同を見回し、

「次は小網町に直行じゃ、急げ！」

と命じて、足早にその場を立ち去った。

一行は走りながら次の臨検の場所に移動したが、その一番後ろには、たったいま丼鉢に満々と湛えた酔速度五という良質の酒を一気に呑んで、体をゴロゴロと回転させた小三郎が、小道具の竹柄杓と丸めた筵を抱えて必死に追いかけていく姿があった。

夕方長屋に戻ると、小三郎は何もなかったように今度は自分の酒をじっくりと三合ほど吟味するのであった。そしてその夜、このところ酔速度一または二といった金魚酒に出会うことがなくなったことにふと気付き、これはきっと酒改めの効果が出始めてきたからだろうと思った。

そう考えると、自分がいま行なっていることが、とてつもなく大きな意味を持っていると判り、心の中に熱い思いが込み上げてくるのであった。

小三郎は、その日丼鉢四杯で約一升、長屋に帰って三合の合計一升三合も呑んで平然としていた。

翌日もまったく同じ行動を取った。辰の五ツ半（午前九時）には奉行所に行き、酒吟味法の訓練をした後、酒改役志願侍二十人や与力同心と共に新川の倉庫周辺で酒改めを二件行い、午後には小網町と八丁堀で二件行った。

小三郎はその日の夕方、現地研修を終えて奉行所に戻ってきた二十人に、あらかじめ奉行所に頼んで買っておいてもらった丼鉢を二個ずつ配り、一方には酔速度四の酒を、他方には酔速度二の酒を入れて各々に吟味させ、その区別が出来た者には丼鉢を与えた。区別が出来ない者には丼鉢は与えず、翌夕、また同じような吟味試験を行って識別出来た者には丼鉢を自分のものにさせた。

このように酒の吟味の講習と現地での酒改めを毎日のように繰り返し、十日後には二十人全員がすっかり一人前になったので、それぞれの奉行所に戻した。新たに酒改方を抱えた奉行所では、その酒改方一人に対して与力一人と同心二人を付け、取り締まりを開始した。

こうして、江戸市中の二十ヵ所近くの奉行所や番所に酒改役を配置することが出来て、海路を輸送されてきた酒樽はもちろん、荷車や馬の背に振り分けられて江戸に入ってくる樽酒まで、厳しい臨検が徹底された。そして以後もずっと「酒改方」という役職が江戸幕府御勘定所に定着した。何せアルコールという概念がまったくなく、実際に酒を呑んで体に入れてみないとその濃淡もわからない時代であったので、酒税を徴収する役所からみれば、この「人間アルコール測定器」、あるいは「歩く酒精計」の出現は、水増し酒の取り締まりにとって画期的なものとなった。

その効果が著しかったために、以後、後継する酒改役の育成は宇田川小三郎の手を離れて、二十人の酒改役が各々の番所でつとめるようになった。

小三郎はその後しばらくのあいだ酒改方をしていたが、自らの使命は十分に果したとして、やがて豊島屋の倉庫責任者に戻ったのであった。そして一日の仕事が終わると、相も変わらず豆腐と雑魚《ざこ》の煮付けを肴に自前の酒を丼鉢に盛ってじっくりと味わいながら、煎餅《せんべい》蒲団の上をゴロゴロと転げ回っては酔速度を記録するのであった。

蜜柑庄屋・金十郎

澤田ふじ子

澤田《さわだ》ふじ子《こ》（一九四六〜）

昭和二十一年、愛知県に生まれる。愛知県立女子大学文学部卒業後、教師を経て、「民芸の村」参画のため京都西陣の綴織工となった。昭和五十年「石女」で、第二十四回小説現代新人賞を受賞。古代から近世まで、幅広い時代を扱う。昭和五十七年には『陸奥甲冑記』『寂野』で、第三回吉川英治文学新人賞を受賞した。「禁裏御付武士事件簿」「公事宿事件書留帳」「土御門家・陰陽事件簿」「足引き寺閻魔帳」「高瀬川女船歌」「祇園社神灯事件簿」など、シリーズ多数。自身が暮らす京都を愛し、京都を舞台にした作品が多いのも、この作者の特色といえるだろう。

「蜜柑庄屋・金十郎」は「野性時代」（昭55・7）に掲載された。

一

暑い陽射しが乾きあがった田面《たのも》を射《い》りつけている。きのうもおとといも、雲ひとつない蒼《そう》穹《きゅう》が、海に囲繞《いにょう》された尾張《おわり》、知多の村々の上に展《ひろ》がっていた。

旱《ひでり》はここ一カ月程前から続き、すっかり水気を失った野山に、陽炎《かげろう》だけが勢いよくおどっていた。実を結びかけた稲田はそのまま立ち枯れ、火を放てば、ぼうぼうと燃え広がりそうであった。

天保《てんぽう》十四年（一八四三年）九月、暦のうえではもう秋である。

例年なら、ぼつぼつ稲刈りが始まっているというのに、どこを向いてもそんな景色は見られない。全国を席捲《せっけん》した天保七、八年の凶荒を経て、ようやく生色を甦《よみがえ》らせていた時である。知多の農民たちは、再び襲いかかろうとしている飢餓の生活に、はやくもおびえていた。

知多半島の地形は、脊梁《せきりょう》となる丘陵地が中央部を貫き、地勢的に豊かな水も川もない。農業灌漑《かんがい》用水の不足は先天的なもので、農耕は各所につくられた溜池に頼っている。ちょっと旱が続けば、小規模な溜池など、すぐ干上ってしまう。天候不順でないときでも、代官所に持ち込まれる水争いの数は、各地で相当数にのぼり、水不足は地形上、南にゆくほど深刻な様相を加えていたのである。

吉十郎は額からにじみ出る汗も拭わず、そんな田面の中の道を南に向って歩いていた。

時おり左手に青い海の眺望が広がり、塩を焚《た》く煙のあいだから、三河《みかわ》の山々がのぞいている。

菅笠《すげがさ》に膝切りの粗末な着物、脚絆《きゃはん》を巻いた足が、土埃《つちぼこり》で真っ白だった。細幅の帯に脇差《わきざし》をおびていなければ、ただの百姓と変らない風体である。

彼が尾張藩直轄領、南知多の利屋《としや》村を出たのは、きのうの早朝だった。

尾張藩は藩の直轄領蔵入地と、家臣に知行として給与されている給知地、それに寺社領の三つに分けられている。

吉十郎は利屋村の庄屋大岩金右衛門の名跡を継ぐものとして、彼の代理で、蔵入地を支配している鳴海《なるみ》陣屋に、年貢《ねんぐ》の減免を歎願《たんがん》するための御検見《ごけみ》願い書を届けに行ったのである。

利屋村の戸数は四十軒余り、村高は二百五十九石。尾張藩は徳川御三家の筆頭、六十一万九千五百石の知行高からみれば、微々たる村高にすぎない。

だが、年貢だけは滞《とどこお》りなく納めなければならなかった。村人たちは食うものも食わず、ある者は娘を熱田《あつた》の遊廓に売り、ある者は他領に出稼ぎに行ってまで、年貢だけはどうやら納めてきた。しかし、それにも限度がある。天明《てんめい》四年の大飢饉《ききん》から、年貢上納が滞りはじめたのだ。

藩に対する年貢の減免とか金品の貸与の願いは、爾来《じらい》、毎年のことになった。

吉十郎が姻戚《いんせき》になる庄屋大岩金右衛門の養嗣子として入籍、妻の満寿《ます》を娶《めと》った天保十年十二月には、藩庫からとうとう二十両という高額の拝借金を仰がなければならないほど、村の経済は逼迫《ひっぱく》していた。

――返納之儀は、来年より己酉《つちのととり》まで拾ケ年之間、年々金二両宛納可仕候

以上

鳴海陣屋に差し出す証文には、庄屋大岩金右衛門のほか、庄屋を補佐する組頭藤左衛門、庄屋や組頭の監査にあたる惣《そう》百姓東兵衛の二人が、記名捺印《なついん》した。

村高二百五十九石の利屋村にとって、年貢負担のうえ、毎年二両の借金を返納するのは大変なことである。

「このように無理な算段、果てもなく続けておりましたなら、いずれ村中が逃散《ちょうさん》いたさねばならなくなりまする。鳴海陣屋が相手では、もう手ぬるうございます。村の暮しがたつよう、お年貢を定免《じょうめん》から検見《けみ》取りにしていただくよう、藩庁にお訴えできませぬか……」

証文を預って組頭藤左衛門と惣百姓東兵衛を、あられまじりの寒風が吹きつける闇夜《やみよ》の中に送り出した吉十郎は、薄い布団に痩《や》せた身体を横たえている養父の枕許《まくらもと》に座って言った。

金右衛門は実父小右衛門の兄である。

三男だった吉十郎は、伯父に当る金右衛門の跡を継ぎ、やがて郷党の指導、教育に当るため、二十歳の時から、藩校「明倫堂《めいりんどう》」の教授正木梅谷の下僕として仕え、庄屋として一通りの知識を得てきた。

正木梅谷に口を利《き》いたのは、妻満寿の父早稲倉東輔《わせくらとうすけ》である。東輔は、尾張藩医の元締格を世襲する浅井家で医業を学んだ医者である。

いまでこそ、医者の社会的地位は高いが、当時、医者の身分は下級武士より軽く、百姓町人と違いのないものだった。

満寿と吉十郎が夫婦になったことは、釣り合いのとれた婚姻だったのである。

「おぬし気短に言うが、そのようなこと、お陣屋さまをさしおき、容易にできるとは思うていまいのう。誰に知恵を入れられるまでもない。おぬしの考えることぐらい、このわしがすでに何十年来考えつくしてきた。お陣屋さまが替るごとに、いつもおそれ乍《なが》らとご相談申し上げてきたわい。じゃが、凶作のときの検見取りはともかく、定免を断り、永代検見取りを願うことはまかりならぬと、強いお叱りじゃった。藩庁に直訴すればどうなるかおぬしにも解っておろうが……」

金右衛門は幾度も咳《しわぶき》をもらし、間もなく二十五歳になる吉十郎を諭《さと》すように言った。

検見取りとは、実際の収穫高によって年貢を決め、定免とは過去の実収平均値で年貢を決めるやり方である。

年貢が検見取りにされれば、村方はぐっと楽になる。勿論《もちろん》、これが領内のどこの村でも行なわれれば、藩の実収禄高は半減してしまうだろう。

「わしとて、直訴すればどうなるかぐらい解っております。でも、そうでもしないことには、村が立ってゆきませぬ。誰かが直訴してお年貢が軽くされるなら、村を救うために、せねばならぬと違いましょうか……」

若い吉十郎には、すぐ行動に移す気概があった。

「迂闊《うかつ》なことを口にするものではないわ。藩のご重臣がたは、わし等百姓については、よくよく思案されておられるのじゃ。生かすでもなく殺すでもなく、永代《えいたい》、稼ぎを取り上げる心づもりなのよ。証拠に、一統の暮しがたたぬとなれば、銭を融通してくださる。これはご慈悲ではない。年貢を遅滞なく納めさせるための方便じゃ。そこをわきまえ、そこそこやっておれば、生きてだけは行かれる。もはやそれでよいことじゃ。事を荒だてまいぞ」

金右衛門の口吻《こうふん》は、村の窮迫を諦観《ていかん》していた。

天保十年というその年は、利屋村と海ひとつへだてた渥美半島の小大名、田原藩の重臣渡辺登（崋山《かざん》）が、蛮社の獄によって幕府から蟄居《ちっきょ》させられた年である。

渡辺登は天保大飢饉のとき、藩主三宅康直に倹約をすすめ、いかにいやしき小民たりとも一人にても飢死流亡に及び候わば、人君の大罪に候――と進言、藩政担当者として未曾有《みぞう》の凶荒を見事に切りぬけた人物だ。凶荒によって、幕府領、大名領によらず、各地では一揆《いっき》が続発、為政者は頭を悩ましていた。

そのなかで、一人の飢死者も百姓一揆もなく危機を乗りこえた田原藩の存在は稀《めずら》しい。

尾張藩も大きな百姓一揆がなかったことでは、確かに大名諸侯の間で評判になった。しかし、これは藩領が多くの藩士に分割統治され、年貢徴収権が藩士に与えられていたことによって、百姓の年貢減免の要求がまとまりをみせなかっただけだ。

金右衛門の諦観も、徒党を組む相手の欠けることに原因があったのである。

妻の満寿が煎《せん》じた薬湯《やくとう》を、床の上に起きて呑む養父の姿を眺め、吉十郎は苦渋に満ちた村の采配《さいはい》が、自分の両肩に重くのしかかっているのをはっきり感じたものである。

大岩家は、村内で十二軒しかない高持百姓、代々が庄屋を世襲することに定められていた。その庄屋が、二十両ばかりの金を藩庫に求めなければならないことは、もはや絶望的な事態であった。

吉十郎が幼少だった頃、長屋門までそなえている大岩家には、金に替えられそうな書画、調度の類がまだまだあった。それがいつの間にか姿を消している。不作のたびに、村のため吐き出されていったのである。

利屋村は知多半島の海辺にあり、寸刻で海に出られた。

海沿いには、天保飢饉のさい幕府の御用で江戸市民を救うため、各地から米を大量集荷した富商前野小平治のような廻船問屋もある。豊かな海産物が、人々の生活を潤《うるお》しそうなものだ。

しかし、そこはもう他領である。

海は利屋村に何の利益ももたらせない。村は、小高い山によって海から隔てられている。藩庫からの拝借金は、水路をつくることや鋤鍬《すきくわ》を購入する費用にあてられたほか、村入用のためにつくった借入金の返済にあてられ、残りは、食物を買い、村中平等割りにして分けられていた。

あれから三年経ち、年二両の返納金は辛《かろ》うじて藩庫に納めてきたが、今年の返納金についての見込みは全くなかった。

それに加え、またもや旱による減収なのである。

「検見取りを何としてもうまくすませる。田畑は年寄りと女子供にまかせ、男たちは、お城下やご領内の各地へ出稼ぎに行く。これよりほかにすべはない――」

村の首脳が考えた方針であった。

近頃、大岩金右衛門は数年前に患《わずら》った腰の筋肉痛（リューマチ）が悪化、ほとんど寝付いていた。庄屋としての勤めは、吉十郎が藤左衛門や東兵衛の助けをかり果していたのである。

――どうにかせねばならぬ。藩庫からの拝借金も検見取りも、急場をしのぐだけのことだ。村の暮しを安定に導く、なにか良策はないものか。

吉十郎の脳裡《のうり》から、これの離れたことがない。鳴海陣屋を訪れ、御検見願い書を出したあと、手みやげに山から掘った自然薯《じねんじょ》を下げ、久闊《きゅうかつ》を叙しかたがた藩校明倫堂の長屋を訪れても、このことが胸から離れなかったのだ。

しかし、明倫堂に行ってよかった。

往路とは違い、何か彼の心の中で、明るみをおびたものが動きはじめていたのである。

廻船問屋が並ぶ知多郡《ごおり》のなかで一番繁華な半田《はんだ》村をすぎ、成岩《ならわ》村にさしかかっていた。ここから利屋村までは四里程の距離だ。

灼《や》けつく陽なたを歩いてきた吉十郎は、大きな榎《えのき》が道端に涼しい影をつくっている下で、ようやく一息入れた。

菅笠を脱ぐと、頑丈な身体に似ぬ白皙《はくせき》の顔がそこにあった。切れ長の双眸《そうぼう》に高い鼻梁《びりょう》、小さな時転んでつけた頬の創痕《きずあと》が彼の相貌《そうぼう》に、艶冶《えんや》なすごみを加えていた。

彼は懐から手拭いを抜き出す。

次にゆっくり額や首筋の汗を拭う。

そうして、腰へ大切にゆわえてきた包みを解き、なかから丸いものを掌に取り出した。

まだ青い一顆《いっか》の蜜柑《みかん》であった。

二

尾張藩藩校明倫堂は、九代藩主宗睦《むねちか》が天明三年、学問の興隆、庶士教育の体制を確立するため、細井平洲《ほそいへいしゅう》を総裁として設立した学館であった。

設立されたころは四民公平に門戸を開き、無頼の者、物貰いを除くだけで、特別、資格を求めていなかった。

平洲の教育理念は、社会的身分より人材に重きを置いていた。身分社会に対して、新しい価値規準を示したのだ。婦女子にまで聴講を許していたくらいである。

勿論、そうはいっても、社会的身分は座席順にあらわされ、百姓町人など無袴《むこ》の者は、戸外にひとしい式台が聴講場所であった。

明倫堂の校規が次第に改まったのは、平洲が督学《とくがく》を辞してからだった。

江戸詰御儒者の身分から抜擢《ばってき》された家田大峯や、吉十郎が下僕を勤めていた正木梅谷が督学となった時代になると、明倫堂は、藩政に直接寄与する藩士教育の場にと変化してきた。

藩財政の逼迫が、学館経費の節減を余儀なくしたのである。

だが、人材に重きを置く教育理念は一貫してつらぬかれ、正木梅谷は、吉十郎を下僕としてより、将来は郷党を教育指導する人士として、厚く遇してきた。

自分が学堂に出仕している間は、できるかぎり自由な時間を与え、明倫堂教授たちに、末席にしろ聴講することを頼んでくれた。

おかげで吉十郎は「小学」「家礼」を学び、最後には国史、漢書の類まで一通り修めた。輪講になれば、助教に声をかけられることもあった。輪講は、助教を前に学生が講釈を練習することである。道学によって人を導くには、弁舌が巧みでなければならない。やがて庄屋を世襲する吉十郎にとっては大切なことであった。

吉十郎が正木梅谷を訪れたとき、彼は藩庁に出かけて留守だったが、隣室に詰めている「掌物」の下役、柳田伝七郎が、吉十郎をなつかしみ、自分の部屋に呼び入れてくれた。

掌物――とは、堂内の書籍の保存、貸出し納入事務にたずさわる役職、いまでいえば図書館司書である。

「どうじゃ吉十郎、少しは庄屋の勤めにもなれたか……。それにしても、おぬし、一村の庄屋じゃというに、ずいぶんひどい服装《なり》をしておるのう」

伝七郎は無造作にあぐらをかき、目をむいた。

彼は尾張の親藩、紀州徳川家で表祐筆《おもてゆうひつ》をつとめる柳田弥左衛門の三男であった。

明倫堂を慕《した》って紀州からはるばる尾張にやってきたが、自分の非才をさとり、書籍を書写する虫になった人物である。藩士の誰かが希覯本《きこうぼん》を入手したと聞けば、足を運んで借り出し、書写して書庫にそろえるのを生甲斐《いきがい》にしていた。

といっても、生真面目《きまじめ》一筋の男ではない。酒を鯨飲《げいいん》もすれば、時には宮の伝馬町まで、飯盛女を抱きに行くこともあった。磊落《らいらく》で俠気《きょうき》にとみ、田宮流抜刀術の目録を得ているという意外な一面も持っていた。

吉十郎が明倫堂に顔をのぞかせていた頃は気楽に声をかけ、なにかと心を配ってくれたものである。彼の服装を評する言葉にも毒がない。

「へえ、自分でさえ左様に思っているくらいでございます」

井戸端で足を洗い、吉十郎はかしこまった。

伝七郎の部屋は、以前と変らず、取り散らされている。綴《とじ》の切れた国史略や、題簽《だいせん》の読めなくなった実録もあった。

彼はそれらの本を、丹念に綴直したり、破れた表紙があれば別紙で表装しているのである。自藩の文庫にないものは、書写して紀州に送る。

尾張藩学は考証に伝統があり、博物、本草学が特に盛んであった。「本草正譌《ほんぞうせいか》」を刊行した松平君山《まつだいらくんざん》がおり、シーボルトに日本植物の知識を与えた水谷豊文《みずたにとよぶみ》がいる。

彼らが著《あら》わした諸本を書写するのには、自藩の書籍を扱う者と取り決めがあるらしい。墨筆用紙の料として送られてくるまとまった金子《きんす》が、彼の飲み代《しろ》の一部に変るのだ。

「そうだろうなあ。天保七年の飢饉以来、どこの藩でもろくなことがない。百姓たちも難渋している。おぬしも貧乏村の庄屋では苦労も多かろう……」

伝七郎は吉十郎の服装から、すべてを推察した。陣屋に寄ってきた用向きもである。

紀州では、近いところで二十年前の文政《ぶんせい》六年、旱魃《かんばつ》による水争いに端を発した大一揆があった。農民の困窮は、どこの藩でも同じである。

「全くお言葉通りでございます。梅谷先生におつかえしていた頃が、懐しく思われまする」

「そうだろう。じゃがここで弱音を吐いてはならぬぞ。おぬしのような男が百姓の力になってやらねば、誰がなってやれる。学んできた学問が、役に立つことが必ずあるわい。また直接役立たずとも、生きることの指針にはなるはずじゃ。学問とはそれだけのもんじゃ。少々なことではへこたれまい」

伝七郎が毛脛《けずね》をぼりぼり掻《か》いて言ったとき、小倉袴をはいた前髪姿の少年が、渋茶を運んできた。

「やあごくろうさま」

少年は、まず吉十郎の膝許《ひざもと》に茶碗をすすめ、次に伝七郎の前に置き、丁重に一揖《いちゆう》して退《の》いていった。

「ところで柳田さま、これから世の中はいったいどうなるのでございましょう。凶作が続くうえに、なにやら世の中が騒がしく、われわれ地方《じかた》の者でも浮足立ったところがございます」

吉十郎は、以前解らぬことを彼に訊《たず》ねたように、真剣な顔になっていた。

「うむ、まさに巷間《こうかん》鳴動の兆《きざ》しがある。じゃが、わしに世の中がどうなるか問う方が無理じゃ。しかしじゃ、わしは世の中もまんざら捨てたもんではないと思うているぞ。いま茶を運んできた子どもなあ、あれはご家中上士のご子息じゃが、掌物の役についているとはいえ、他藩士のわしや百姓のおぬしにも、こうして茶を運び、丁寧に手をついていきよる。これは身分の貴賤を重しとしない勁《つよ》さ、これからの世の中をつくり上げていく学問の勇気とは思われまいか。何があっても、人の世を信じなければならぬ。人に信じられる勁さを、各々が持つことじゃとわしは思っている。もっとも後の言葉は、わしのないものねだりじゃがのう。どうもわしは、だらしのないところがあって困る」

伝七郎は臆面もなく正論を吐いた自分を恥じてか、苦笑をもらした。

「柳田さまの仰《おお》せ、わたくし肝《きも》に銘じておきまする。お目にかかってようございました」

胸裡《きょうり》にいろいろな不安や悩みをかかえている吉十郎は、なんだか、ふと救われた気持になった。

いまの彼には、生きる支えとなる人間の言葉が必要だったのである。

「大げさなことを言うてくれるな。わしなど、おぬしたち百姓の稼ぎで食っている謂《い》わば無頼の類じゃ。世間の苦労をてんで知らずにいる。ところで吉十郎、おぬし嫁を迎えたと梅谷先生から聞いたが、子どもは幾歳になった」

「へえ、それがまだでございます」

「なに、まだ女房に子どもを生ませておらぬと……。三十をすぎ独りでいるわしが言うことでもないが、それは急がねばいかん」

伝七郎は大真面目な顔になった。

妻の満寿は吉十郎と一つ歳が違い、二十八になる。結婚した翌年、懐妊したが、流産した。それから数年の間何の兆候もなかったが、五日ほど前、吉十郎は満寿から悪阻《つわり》らしいと告げられていた。

村境の川端まで送ってきた満寿の青ざめた顔が、ふと思い浮んだ。

彼女は吉十郎と同じように大柄で色が白く、父の早稲倉東輔に似たのか、鷹揚《おうよう》なところがある。人の難渋に目をそむけておれない性格で、嫁入りのとき持ってきた衣服や笄《こうがい》などは、すっかり金に替えられ、困っている村人に与えられていた。

近頃、豊頰が細面になり、やつれが目立つことが、吉十郎の気がかりであった。

「おおそうじゃ。珍しいものをおぬしに振舞ってやろう。ついこのあいだ紀州から届いた初ものじゃ」

伝七郎は身体を曲げ、机の下に置いた小さな籠《かご》に手をのばした。

「珍しいものとはなんでございましょう」

「それ紀州の蜜柑じゃ。まだ青いが甘いぞ。遠慮せずに食べてくれ」

吉十郎の膝許に蜜柑が二つ置かれた。

赤子の拳《こぶし》ほどの温州《うんしゅう》蜜柑だ。

伝七郎が言う通り青々としている。しかし艶《つや》やかな色の下に、黄熟の気配がはらまれていた。

栗や柿などは、季節がくれば口に入るが、柑橘《かんきつ》類は百姓などには食べられるものではない。昨夜はお城下の木賃宿で泊り、生粟《あわ》をかじっただけだ。腹は空《す》いている。吉十郎の口中には、生唾《なまつば》が自然にたまった。

「どうした、食べぬのか……」

「へえ、ありがとうございます」

吉十郎は膝に両手をついた。

悪阻で苦しんでいる満寿に食べさせたら、きっと喜ぶだろう。寝付いたままでいる養父の金右衛門にも食べさせてやりたい。

伝七郎にうながされても、彼は目前の蜜柑に手が出せなかった。

「柳田さま、切角《せっかく》のおすすめではございますが、わたくしこの蜜柑、ここで食さず頂戴して帰りとうございます」

「なに、蜜柑を持って帰りたいと……。土産にするつもりだと言うのか!?」

「はい、そうさせていただけますまいか……」

吉十郎の顔に哀願の色がにじんでいる。

彼を見据える伝七郎の顔色が変っていた。

「そなたの村は、それほど困窮しているのか。それに温暖な海辺の村でありながら、蜜柑を栽培していないのだな——」

「お恥しゅうございます」

吉十郎は顔を伏せた。

「ばかなことを言うな。おぬしが何も恥じることはない。恥じるのは政治を行なうご当家の執政方《がた》じゃ。そうだったのか……。よいよい、好きにいたせ。持って帰るなら、蜜柑はまだ五、六個残っている。これも持っていくがよい」

伝七郎は、急いで竹籠から残りの蜜柑をすくい出した。

「滅相もない。そんなつもりで申し上げたのではございませぬ。柳田さま、どうぞご勘弁くださいませ……」

「なにをぐずぐず言うている。わしは紀州と同じで、知多にも蜜柑はあるものと思うていたわい。迂闊じゃった」

伝七郎は、蜜柑を吉十郎に押しやった。

尾張藩士水谷豊文は、博物、本草学の同好会「尾張嘗百社《おわりしょうひゃくしゃ》」を興し、毎年、知多半島で植物採集をしていた。本草学者として、碩学《せきがく》の評すらあった。彼の薫陶を受けた水谷弥左衛門とは学堂でちょいちょい話を交す。その彼の口から、知多に蜜柑がないことぐらい、聞かされてもよさそうなものだ。

伝七郎は、数日前、彼を部屋に招き、蜜柑を馳走《ちそう》したばかりだったのである。

「ちぇっ、いたずらに採集植物の数ばかり増やしている石頭め。他国に生える植物と、当国の比較ぐらいせぬかい。そうすれば、また何か変った知恵もわいてくるものだ。豊文どののやることは、ただの博覧強記《はくらんきようき》で死学問だぞ」

舌を鳴らし、伝七郎は独り愚痴《ぐち》った。

「柳田さま、何と言われました」

「いやいや、いまのはわしの独り言じゃ。気にすることはない。それよりそなた、知多に蜜柑がないなら、いっそ栽培する工夫をしてみる気はないか。する気があれば、わしが国許《くにもと》に手配してやろう」

「蜜柑をわたくしに栽培してみよと申されますのか……」

吉十郎は伝七郎の顔を仰いだ。

「そうじゃ、やってみる気にならぬか。弥左右衛門どのに聞いたが、知多は紀州や伊豆に似て暖い土地じゃそうな。海岸の近くで傾斜地が多いと聞く。ならば、適地に違いあるまい。耕地が少なければ山を拓《ひら》き、そこに適した作物を植える。蜜柑など、きっとよいぞ。近辺にないだけに、実を結べば金にすぐ代る。紀国屋文左衛門《きのくにやぶんざえもん》は材木商じゃが、江戸に蜜柑を運ぶことで財をなす基を築いた。新規にやることは何事も苦しいが、やってみるだけのことはあるはずじゃ。幸い、わしの乳兄弟が、紀州有田《ありた》川の川口、北湊《きたみなと》で蜜柑方《かた》をしている。書状をやり便宜を計らうよう頼んでやる」

彼の言葉に、吉十郎は膝をのり出した。

紀州蜜柑の起源は、有田郡糸我《いとが》荘中番村の山麓《さんろく》で、自然に生育したという説と、同村の伊藤孫右衛門が肥後国八代《ひごのくにやっしろ》から蜜柑の苗木を入手、栽培に成功したとの二説がある。

それはともかく、慶長《けいちょう》年間には、紀州有田蜜柑は、はやくも小船で京、大坂に運ばれ売りさばかれていた。江戸時代に入ると、栽培面積はにわかに広くなり、年間二、三千籠が大消費地江戸に向けて海送されるようになっていった。

蜜柑が紀州の特産物になるにつれ、生産者である村々に頭取、肝煎《きもいり》などと名付けられた荷親ができ、有田川の川口、北湊には、集荷された蜜柑の輸送と代金を取り扱う「蜜柑方」がつくられた。

江戸の問屋についた蜜柑の代金は、藩の為替《かわせ》方を通じて北湊の蜜柑方に送られる。そこから荷親の手を経て、農民に代金が支払われるのである。

紀州藩にとって、蜜柑による収益は莫大《ばくだい》な額になった。保護と統制によって、更に発展していった。

紀州の蜜柑船には、藩の保護があることから、海でも他船は航路をゆずる。時化《しけ》を避け沿岸の港に入ると、船には紀州家御用の大提灯がたてられ、特別に扱われることになる。

吉十郎は小さなころ、隣村、吹越《ふきこし》村の沖合いに停泊した紀州の蜜柑船に、ものものしい警護がついていた光景を思い出した。

「どうだ、やってみぬか。村の困窮を救うことになるかもしれぬ」

膝に目をやったままでいる吉十郎の頭上に、伝七郎の声が落ちてきた。

「わたくし蜜柑をつくってみます。お手配お願い申しまする」

吉十郎の頬が上気していた。

教堂の方から、朱子文集を素読する声が流れてきた。

吉十郎が利屋村に戻ったのは、初秋の落暉《らっき》が海と空を赤く染め、伊勢の連嶺に沈んでいこうとしている時刻だった。

三

潮騒《しおさい》の音と匂いが、海からちょっと離れた村にまで届いていた。

寒い季節ではない。麁相《そそう》な草葺《くさぶ》きの屋根を並べている村のどこかで、子どもの騒ぐ声が聞えてきそうなものだが、村は死に絶えたように、人の姿も声もなかった。

徳川幕府治世下における農民の不幸は、どんな荒蕪地《こうぶち》であれ狭隘《きょうあい》な土地であれ、決められた土地の中で生業《なりわい》を立てていかなければならなかったことである。隣に豊富な食物を生ずる海山があっても、知行者が違えば、どうすることもできない。指をくわえて、ただ傍観するだけである。

彼らは困窮をおぎなうため、婦女子は副業に精をだし、男は出稼ぎに行く。「黒鍬師」と呼ばれた知多の出稼ぎ労働者は、知多郡百十九カ村中、四十九カ村に及び、その村の多くは、利屋村のように海に面していなかった。

それにしても、村に人影がないのが不審だ。

「いま戻ったぞ――」

長屋門をくぐり、家の中に声をかけたが、いつもなら奥からすぐ迎えに出てくる満寿の姿もなかった。

男衆《おとこし》として働いている儀平の離れものぞいた。だが、彼の姿もない。

吉十郎はもう一度、家中に響く大声をあげ、答えがないことがわかると、急に不安になり、表に飛び出し妻の名前を呼んで走った。

しかし、答えるものは依然としてない。

――どうしたのだろう!?

村人の全部が神隠しにあったように、不気味な静けさが村を支配している。自分が鳴海陣屋に行っている間に、村に予期しないことが勃発したに違いない。

村中の者が集まる場所は、村社よりほかになかった。吉十郎は小高い山の中腹にある村社に走りかけた。

「吉十郎……」

不意に声がかかり、ぎょっとして振り返ると、長屋門から養父金右衛門の顔がのぞいていた。杖にすがっている。寝所から這《は》い出してきたのである。

「これは父上、村に人が居りませぬが、いったいどうしてでございますか!?」

ほっとして声がゆるんでいる。

自分を呼びとめた金右衛門の表情に変りがなかったからだ。

「吉十郎、心配することはないわい。吹越から人手を頼まれ、村中みんなが浜に行っているのじゃ」

「人手を頼まれましたと!?」

吹越村は尾張藩の執政、犬山城主成瀬氏の知行地である。潮湯治《しおとうじ》のため、藩から特別に給付されている土地だ。

「そうよ。昼過ぎに鰯《いわし》を追うた鯨《くじら》の群が、吹越の浜にのりあげてきた。浜の者は鯨と鰯の大群とで大騒ぎじゃ。どれだけ人手があっても足りぬ。五分の一の掛合いがあり、村中が浜に総出したんじゃ」

「ほう、そうでございましたか……。それはようございました」

吉十郎は自分の心配が杞憂《きゆう》だったことに、顔をほころばせた。

貧に喘《あえ》いでいる利屋村にとって、五分の一の魚獲量が、同藩内とはいえ、他領の隣村から与えられることは、僥倖《ぎょうこう》であった。鯨肉が得られるほか、鯨油も貰える。鰯は干物にすれば保存がきく。目先が明るくなった感じである。

鯨油は食油、灯油としても使われた。まとめて売れば金になる。藩庫に返納する二両の金が、これでまかなわれるかもしれない。

彼は腰に結んだ蜜柑包みを神棚に上げ、すっかり暗くなった戸外に駆け出していった。

鯨騒ぎがおさまり、利屋村の人達が村に戻ったのは、四つ（午後十時）すぎであった。

鳴海陣屋に御検見願い書を出してきたことは、組頭の藤左衛門、惣百姓東兵衛などに、浜で告げていた。陣屋から御検見の改め役が来る日取りは、追って沙汰《さた》のあることもである。

一刻《いっとき》、騒がしかった村の夜が、いまはしんと静まっている。

「きょうはそなたも大働き、さぞかし疲れたであろう」

浜から持って帰った鰯で、遅い夕餉《ゆうげ》をすませた後だった。台所を片付け、居間に座った満寿に、吉十郎はやさしく声をかけた。

「いいえ、おまえさまこそ、お城下から戻ってすぐ力仕事で、お疲れでございましょう。お養父上《ちちうえ》さまからお聞きいたしましたが、どこの田圃《たんぼ》も水涸《みずが》れで、大変なことでございますのう」

前掛けで濡れた手を拭いて言う。

「有松や鳴海の辺りはそうでもないが、知多は南にくるほど酷《ひど》い水の涸れようじゃ。毎年のことながら、今年は特にひどい。下手をすれば、知多のどこかで一揆が持ち上るかもしれぬ」

「一揆が持ちあがる……。そんなに今年の水涸れはひどうございますか」

「ひどいのなんの、村に帰る道すがら、あちこちの田の出来工合を確かめてきたが、空籾《からもみ》の田圃がずいぶんあった。利屋村などまだよい方じゃ」

「そうでございますか。早稲倉の父がきのうきて申しておりましたが、やはり早に備えて、溜池をもっと掘らねばならないのでございましょうな」

「早稲倉の父上が来られたのか……。それで身体の工合の方は、どう申されていた」

忘れていたことに気付き、吉十郎は居住《いずま》いを改めた。

「やはり間違いなく懐妊している。身体を大切にいたせとのことでございました」

「おお、それはよかった。今度こそ、どうしても生んでもらわねばならぬ。父上さまもお待ちかねじゃ。そうだというのに、きょうはちょっときつい村仕事だったのう」

「あれぐらいのことならどうもございませぬ。身体をいたわりすぎれば、かえって悪いと父が言うておりました」

夫が無事に帰宅したことで、満寿の顔は明るくなっている。小さな行燈《あんどん》の灯で見る顔が艶《なまめか》しかった。

「ところで満寿、そなたに是非承知してもらいたいことがあるのじゃが……」

吉十郎は躊躇《ためら》いながら言った。

夫の言葉つきが改まったことで、満寿は眉をふと寄せた。しかし、気を取り直し、ゆったりした笑みを頰に浮かべた。

今までの経験から、吉十郎がこう言い出す時は、愉しい相談事でなかったからだ。夫が言いにくいことを言うのだ。楽に承知してやらなければならない。貧村を預る庄屋として、女の自分には解らない気苦労があるはずである。

「まず、これを見てくれ」

吉十郎は傍に置いた包みを広げた。

転がり出たのは蜜柑である。

「おまえさま、これは蜜柑ではございませぬか……」

「明倫堂の柳田さまから賜ったそなたへの土産じゃ。相談とはほかでもない。この蜜柑についてなのだが、わしはこの蜜柑を、利屋村の山地で栽培してみようと考えたのじゃ。貧乏な村では、大きな溜池を掘るだけの費用も人手もない。村が廃《すた》れていくのを、みすみす腕をこまねき見ているわけにはいかん。この辺りは、蜜柑をつくるのに格好の気候と地形だそうな。水がなくても蜜柑ならできる。幸い尾張には蜜柑をつくっている村はなく、つくれば必ず売れるに違いない。わしはそれをやろうと決意をつけた」

「蜜柑を利屋村でつくられますとな。果してできましょうか!?」

いつも夫が持ちかけてくる相談事と大きさが違う。

満寿の微笑が顔で凝固した。

「はっきり言えば、できるともできないとも解らぬ。じゃが、紀州や駿河《するが》、伊豆で栽培されているものが、知多で出来ぬことはなかろう。できないなら、できるまでやってみるのじゃ。蜜柑は苗木を植えてから、普通五、六年で実を結ぶという。実を結ぶまで、わしはやってみる。そのため、お陣屋からの検見がすんだら、わしは紀州に行き、苗木を手に入れてきたい。明倫堂の柳田さまがご手配してくだされるのじゃ。満寿よ、わしにそうさせてくれぬか……。苦労をかけることは重々わかっているが、頼む。この通りじゃ」

吉十郎は妻に向って頭を下げた。

満寿はすぐに答えが返せなかった。

未知への解纜《かいらん》にしても、あまりに事柄が重すぎる。ましてや、自分はいま懐妊している。彼女の母性本能は、夫の行動に足枷《あしかせ》をはめたかった。

しかし、自分の位置を庄屋の妻の座に置けば、これは諾《うべな》わなければならない。夫の目的が、村の興隆をはかることにあるからだ。

決意はついた。

こわばっていた顔が、次第に解けてきた。

「おまえさまがこうすると決めたことなら、わたくしに遠慮することが、どうしてございましょう。どうぞ、好きにおやりなされませ。及ばずながら、わたくしも手伝わせていただき、苦しみも喜びも、同じに分ち与えていただきとうございます」

満寿はかげりのない微笑を浮べて言い、膝許の蜜柑に手をのばした。

紀州蜜柑の風味は、甘さと酸味の均衡がほどよく保たれていることである。色は黄金色に薄く紅がくわわり、形は天地方円にととのっている。

こんな蜜柑が、利屋村の山地に鈴なりになれば、どれだけ見事であろう。満寿の気持がふと躍った。

「されば、そなたは承知してくれてか……」

「はい、それより、紀州にはどう行かれるおつもりでございます。路銀も苗木を求める費用も用意いたさねばなりますまい」

「そのことじゃが、金はすでに用意してある。柳田さまのお世話により、お城下の刀屋で脇差を売り払ってきたのよ。さすがに、どんなことがあっても手放さずにきた大岩家伝来の兼光じゃ。中子《なかご》を改めた刀屋が、柳田さまの付け値どおり十両の金子をすぐ払い、替りに鈍刀《なまくら》を差しかえてくれた。むろん、このことは父上に無断でしたことじゃ。理由を話し、手をついて詫《わ》びねばならぬ。紀州へは船便で行く。数日あとにでも半田村に出かけ、便乗させてくれる船があるかどうか調べてみるつもりでいる」

吉十郎の脳裡には、すでに紀州に至るまでの行動の図式が、できあがっていた。

柳田伝七郎は、彼の目前で、有田の北湊で蜜柑方をしている黒江孫右衛門に書状を書いてくれた。彼宛《あて》の紹介状ももらっている。孫右衛門の返書がとどき次第、伝七郎から出立をうながす連絡が来るはずであった。

紀州藩は蜜柑について保護、統制を行なっているが、他領に苗木が伝えられることに、禁制を設けていなかった。種のある果実を売りさばいている特殊性もあったが、自領でできる蜜柑の味に、絶対の自信を持っていたからである。

四

鳴海陣屋から御検見《ごけみ》改役《あらためやく》が郷廻《ごうまわ》りの下役二人を従え利屋村にきたのは、十日後のことであった。

検見の方法は坪刈りによって決められる。一揆の勃発を恐れた藩の意向が陣屋に伝えられていたため、坪刈りで空籾の多いことがわかると、改め役は、二百五十九石の村高から、毎年百二十石取り立てている年貢のうち、九十石を検見無取りにした。

江戸時代の年貢率は、原則として四公六民とされ、畑作の麦、大豆の類は、米に換算して課税される。

利屋村はこの原則からゆけば、年貢は全村で百四石だが、こうした本年貢のほかに、小物成、諸役が課せられ、百二十石という年貢になっているのだ。

結果、利屋村に課せられた今年の年貢は、三十石である。

「やれやれ、年貢が少なくてよかったわい。これほど手加減してもらえるとは思わなんだ。これでかつかつ年が越せるというものじゃ」

組頭の藤左衛門が、御検見改役を見送り、ほっとした口振りで呟《つぶや》いた。

彼らは郷廻りに追われているとみえ、日暮れが迫っているにもかかわらず、次の村に発っていった。村で一泊することになれば、饗応《きようおう》に腐心しなければならない。それのなかったことも、村役たちの気持を安堵させていたのである。

明倫堂の柳田伝七郎からの吉報は、御検見がすんだ数日後にきた。

彼の書信には、北湊の黒江孫右衛門が万事引きうけ相談にのってくれること、早急に出かければ、来春には苗木を植えることができるかもしれない——ことなどが、こまごま記してあった。

「満寿、わしはいよいよ紀州に行ってくるぞ。幸い来月五日に半田港から和歌山に向う船がある。それに乗っていく。なに、七、八日もあれば戻ってこられるわい。船頭に訊ねたら、半田村の船は、いつも紀州と往来しているそうな。心配することはないと言うてじゃった」

「来月といっても、五日といえばすぐでございます。さっそく旅仕度にとりかからねばいけませんなあ」

満寿は急にそわそわして言った。

「人目にたたんようこっそり行くのじゃ。普段着のままでよいわい」

どこから手に入れてきたのか、吉十郎は「紀伊国名所図会」を広げ、自分が出かけていく北湊を探していた。

半田村の海運は、中世から広く知られ、江戸時代には尾張船として江戸に酢、酒、みそ、綿布などを運び、帰りには、江戸や浦賀から干鰯《ほしか》、種粕、大豆などを海送してきた。熊野や紀州に通う船の積荷は江戸と同じだが、復航には薪、炭、蜜柑などを名古屋に運んでいたのである。

大岩吉十郎が乗った半田村中野半左衛門支配の吉祥丸が紀州の北湊に着いたのは、天保十四年十月八日のことであった。

紀州藩船番所の御改めは、鳴海陣屋から下付されている出稼ぎ札を使い、難なく通ることができた。

当時、尾張藩では、陣屋支配地にかぎり、村役が「渡世御願」さえ書けば他領に出ることが許されていたのである。

おりから北湊は、蜜柑の出荷期に入っていた。港には大小の蜜柑船が船べりを接して錨を降している。海も陸も活気に満ちていた。

黒江孫右衛門が詰めている蜜柑会所は、有田川の川端にあった。通風をよくした大きな蜜柑蔵が、棟を並べ櫛比《しっぴ》している。

人があわただしく出入りする会所の広い土間で待っていると、奥から黒っぽい着物の痩身の男が、厚い記帳を片手に現われた。額に面ずれが出来ていた。ただの町人という感じではなかった。

紀州藩には、藩祖頼宣《よりのぶ》が入国する以前から住む土豪を遇するための地士制度がある。地士は農村に住み、農民を支配しながら農業にはげんでいる。

黒江孫右衛門は、この地士だった。

「はじめてお目もじいたします。わたくし尾張国知多郡利屋村の大岩吉十郎と申します。このたびは、面倒なお願いにあがり、申しわけないことでございます」

案内された部屋で、吉十郎は柳田伝七郎からの紹介状をさし出し、手をついた。

「伝七郎どのからの書状、拝見いたしましたよ。明倫堂で学ばれたとのこと、蜜柑を栽培したいとは、流石《さすが》と感服いたしました」

孫右衛門は端座の姿勢のまま言った。

深い武芸の嗜《たしな》みがそこにうかがわれる。

「明倫堂で学んだなどとは、とんでもありませぬ。蜜柑栽培のことも、柳田さまのおすすめがあってのことでございます」

「いやいや、誰がすすめようと、その覚悟がなければ、こうしてはるばる紀州までやってこられません。わしは蜜柑の時期には北湊に来ていますが、家は紀州蜜柑の本場、有田の保田荘でございます。案内のものを付けますゆえ、わしの村に行き、得心のゆくまで蜜柑栽培のことをたずねてきなさるがよい。吉十郎どののことは、村の頭取、肝煎たちにも話が通じてありますよ」

知己のない他領にきた吉十郎の心細さを慮《おもんぱか》り、十二分の手配がほどこされている。

北湊に錨をおろしている吉祥丸が帆を上げるのは、十三日早朝の予定だった。なか三日の猶予が彼にはある。

会所を後にして保田荘に向う吉十郎は、身うちが引き締るように感じた。蜜柑栽培の方法をしかと胸にたたき込み、村へ戻らねばならない。

蜜柑籠を山積みにした大八車に行きちがうたびに、彼はその決意をあらたにしていった。

吉十郎が利屋村に戻ったのは、七月十七日の夕刻であった。船は予定通り十三日に北湊を出帆、海路つつがなく尾張に着いたのである。

彼は港に上ると、まっすぐ明倫堂に柳田伝七郎を訪ねた。数日の船旅だったが、吉十郎の顔は潮にやかれ、赤銅色になっていた。

「ただいまお国許から無事立ち戻りました」

「おお、帰ってきたか。で、結果はどうであった」

伝七郎は自分の部屋に吉十郎を招き入れて訊ねた。

「ありがとうございます。お陰さまでお国行きは上々の首尾でございました。黒江孫右衛門さまがご丁寧にご手配くださいまして、蜜柑栽培の要点を、だいたい摑《つか》んでまいりました。

これもひとえに、柳田さまのお計いのおかげでございます」

吉十郎の声が弾んでいる。

「それはよかった。それで知多でも蜜柑がつくれそうか……」

「勿論でございますとも。蜜柑づくりを行なっておられるお百姓の方々に、こまかなことまでお訊ねしてきましたゆえ、九分通りできると存じます。尤《もっと》も、蜜柑の実が結び、それで村が潤うまでには年月がかかり、難儀なことでございましょうが……」

「うむ、じゃがのう吉十郎、何事もそこのところが、成功するかしないかの別れ目じゃぞ。死生命《めい》有り、富貴は天に在りと孔子は言うている。難儀なことでも、一筋にことをやり続けていれば、なんとかなるものだ」

「はい、わたくしもそう思っております。必ず利屋村の山地に、蜜柑を実らせてごらんに入れます」

吉十郎は胸に刻みつけるように言った。

「それで蜜柑はどう栽培するのじゃ。わしは紀州に育ったが、蜜柑づくりの知識など、てんで持ってはおらぬ。ちょっと聞かせてくれ」

「生兵法《なまびょうほう》ですが、一通りおきかせ申しましょう。驚いたことに柳田さま、蜜柑は蜜柑の木だけで実《な》らすものではございませんでした。枳殻《きこく》、からたちというとげの多い樹がございましょう。あの樹を用いて栽培するのでございます。二、三年経ったからたちがあれば、春、それを根元のところで切り、そこに蜜柑の木を継ぐのです。からたちは蜜柑の台木、こうすればうまい蜜柑ができると教えられてまいりました」

聞き覚えてきた蜜柑栽培の要諦《ようてい》を語る吉十郎の脳裡に、黄金色の実をいっぱいつけた紀州保田荘の段丘が浮んでいた。

土地の地士、黒江孫右衛門の客である。どこを訪れ、同じ質問を幾度繰り返しても、彼に厭《いや》な顔を見せる者はなかった。

「からたちはそなたの土地、知多にも生えておりましょう。初めて蜜柑をおつくりなら、それを集め、まず暖い斜《なぞえ》に植えられるがよい。すべてはそれからですわい」

二日間、吉十郎に付ききっりで案内に立った村の頭取が、台継ぎの方法から肥料のやり方まで懇切丁寧に教え、最後にそう念を押した。

黒江孫右衛門に挨拶して蜜柑会所を後にしたとき、吉十郎のなかでは、蜜柑畑にする土地も、からたちの切株の数も、ほぼ決っていた。

蜜柑畑にする土地は、村社が営まれている山つづきの中腹の畑である。大岩家では、この畑地を南桐の木と呼んでいた。

山を登りつめれば、眼下に伊勢・三河の海がひろがり、潮風が吹き上ってくる。しかしそこは、風も当らず陽だまりになっていた。地理的条件が、どことなく自分の見て廻った村々の地相に似ていた。

「おぬし、それでいつから蜜柑づくりをはじめる」

「へえ、稲の刈り入れかたがた、暇をみつけ、蜜柑畑にする土地を耕すつもりでございます」

今年から来年にかけて、からたちの樹をそこに植える。

蜜柑の木を台木に継ぐのは、その次の年の春である。明後年の四月上旬、黒江孫右衛門の世話によって、蜜柑の苗木が、紀州から船便で半田港に送られる手はずになっていた。家伝の脇差を売却した金は、ほとんどそのためにはたいてきた。

吉十郎の大きな夢は、いよいよ実施に向い踏み出されたのである。

五

翌年改元が行なわれ、天保は弘化《こうか》に改められた。一、二月とも温暖にすぎ、三月に入ると、南知多では梅が蕾《つぼみ》をすぐに開かせた。

昨年は御検見取りで、年貢は少額ですみ、村民一同無事に冬を越せたわけだが、庄屋の名跡を継ぎ、金十郎と改名した吉十郎の心を疼《うず》かせる事件が、五月に入って村に起った。

それは惣百姓東兵衛の小作人六助が、隣村吹越村弥三の家へ盗みに入り、捕えられたことである。

盗んだのは、ひと握りの米と、ひとかさねの干しわかめであった。

「利屋村の人達には、まことに目が離せないから困ります。大人も子どもも、みんながつがつしている。難渋しているのはどこの村も一緒だが、頭を下げて来たら、米やわかめの少々、くれて進ぜます。それを断りもなく盗《と》りに入られたら、おちおち家も空《あ》けられませぬわい。

お前さまもわしと同様、村のたばねをする者、これからは重々気をつけていただきましょう……」

六助を貰い下げに行った金十郎（吉十郎）に、吹越村の組頭森蔵が愚痴った。

「庄屋のわたくしがいたらないため、ご面倒をおかけいたし、全く申し訳ございません。今度のこと、わたくしに免じて、何卒《なにとぞ》ご内聞にしていただけますまいか。お願い申し上げます」

金十郎は森蔵に鞠躬如《きっきゅうじょ》と頭を下げた。

彼のかたわらで、六助が縄をかけられ転がっている。

六助を捕えた村人が、手に手に棒切れを持ち彼を見下していた。捕まったとき打擲《ちょうちゃく》を加えられたのか、六助の顔が青黒く脹《は》れ上り、唇から血が糸をひいていた。

「お庄屋のお前さまから頼まれたら、承知しないわけにはいきませんじゃろ。じゃが、二度とこんなことがあれば、今度こそお役人さまに引き渡し、仕置きしていただきますぞ。盗みは簀巻《すま》きにして海に棄てられても、文句の言えんことでございますからのう。お前さまも妙なことにうつつを抜かさず、村のたばねをしっかりすることじゃ」

森蔵の言葉の最後に、皮肉がこめられていた。

金十郎が山ふところの畑に、蜜柑をつくるのだと言い、からたちの樹を植えているのを、利屋村近くの人達は、もうみんな知っていたのである。

彼が植えたからたちは、五十本ほどになり、面積にすれば、二畝《ほ》二十八歩ばかりになっていた。

「蜜柑をつくるのだというて、お庄屋さまはからたちの樹を植え込んでござる。からたちがなんで蜜柑なものか。あれは蜜柑に似た実をつけるが、種が多くて食べられたものではないわ。それをご存知ないわけでもなかろうが、いや、これでよいのじゃと黙々とやっていなさる。狐にでも憑《つ》かれたのではあるまいかのう」

人々は、からたちが他の柑橘と活着《かっちゃく》しやすいことを知らない。

狭隘な土地にへばり付いている村人にとって、二畝をこす土地は、何物にもかえがたい広さである。二畝の畑から、麦なら四斗、大豆なら五斗も収穫できると、すぐそろばんを弾いてしまう。食べものに窮している村人の中に、庄屋金十郎を悪様《あしざま》に言うものもあったのだ。

金十郎には森蔵の皮肉がぴりっとこたえた。

しかし、安定性のある農業への道を、ここで説いて何になろう。彼は口にしたい言葉をぐっと飲み込んだ。

「それでは、これにて失礼いたしまする。この者の縄を解かせていただきますが、ようございますか……」

「勝手にほどき、連れて帰られるがいい」

森蔵は村人をうながし、ぷいと立ち去っていった。

六助の縄を解きながら彼らの後姿を見ると、二つの村の富貧が、彼らと六助の肥痩にはっきり現われている。金十郎は胸がしめつけられるように思った。

村人にとって、庄屋は仮親だ。

苦楽を共にしてこそ、村の平和が保たれていく。

彼らを飢えさせていることが、庄屋の責任でないにしろ、金十郎にとっては胸の疼く辛いことであった。

六助はふてくされた顔で金十郎の後に従い、村に戻ってきた。彼が盗みで捕えられたことは、利屋村中にもう知れわたっている。見すぼらしい彼の荒屋《あばらや》の前に、七、八人の村人が、心配と好奇心のあふれた顔でたたずんでいた。

その中に金十郎の妻満寿の顔もあった。

臨月まであと一月ほどである。大きな腹が目立っていた。

「そなた、こんなところに居てどうしたのだ!?」

吹越村の組頭森蔵に対する怒りを、満寿に向けた口調である。合わせて妻を咎《とが》めていた。

「お前さま、六助さんが人の米に手をつけたのは、おうめばあさんが米粥《こめがゆ》を欲しがったからでございました。わたくし、そのお米を届けに参ったところでございます」

うめとは、六助の祖母であった。彼は幼少のとき、海で両親を失っていた。

「なるほど、そうだったのか……。さっそく米を届けてくれてありがたい。わしから礼を言うておく。さあ村の衆、もう心配することはない。無事にすんだゆえ、引きとってもらいたい」

金十郎が手をあげて人々を散らそうとしたとき、六助の家の土間で、悲痛なうめき声があがった。襤褸《らんる》をまとった六助の祖母うめの泣声である。

「六よ、おまえお庄屋さまに謝ってくれたか……。わしが粥を食いたいと言うたばかりに、盗みまでしおってなあ。お庄屋さま、悪いのは六ではございませんのじゃ。このおばばが悪うございました。どうぞこらえてくださいませ」

土間に伏し、細い声でうめは切々と訴えた。

家の奥から六助の妻子の泣く声がもれている。

殊勝に身をすくめていた六助の態度がこの時急にがらっと変った。

「おばば、お庄屋さまなんぞに、何もあやまることはねえ。村の者が食うや食わずで働いているのに、この人は物見遊山に紀州にも行けば、一文の銭にもならねえからたちなんぞを畑に植えてよろこんでござるわい。あやまることなんぞ、これっぽっちもねえ。お庄屋さまならお庄屋さまらしく、わけのわからんものを畑に植えずに、麦の一株でも植えてもらいたいものじゃ」

六助は顔を赤らめ、金十郎に毒づいた。

これは村人の多くがひそかに胸に抱いている気持である。

「六、おまえはお庄屋さまに何と御無礼なことを言うのじゃ……」

おうめがあわてて六助を制した。

「おばばは、村の者が言うていることを知らぬからじゃ。知らぬ者は黙っておればいい。お庄屋さま、もうこうなれば、好きなだけわしは言わしてもらう。おまえさまは蜜柑をつくると言うて、からたちの樹を植えていなさるが、果してあれから蜜柑が実りますかのう。仮に実っても、蜜柑なんぞ食うても腹はふくれますまい。わしなんぞ、水を飲んでいた方が、手間もかからずましじゃと思うていますわい。からたちの樹を集めるのに、あちこち出かけ、銭をたくさん使われたそうな。半田村から豆粕や種粕を取り寄せ、肥料として、蜜柑畑にまかれましたのう。ご存知でないことはお気の毒じゃから言うてしまうが、おまえさまが撒《ま》かれた豆粕を、村の者はこっそり拾うて、粥にして食べましたわい」

「わしも食うた――」

徳兵衛という若い男が金十郎の後で呟いた。

金十郎は脳天をいきなり撲《なぐ》りつけられたように呆然とした。

からたちの根株に撒いた豆粕が減っているのを見て、鳥がついばんだと思っていたからだ。

彼のそばに立っている満寿の顔色も変っていた。

「お庄屋さま、何も驚くことはございませぬじゃろう。おまえさまは、村の者が飢えているのをご存知のはずではございませぬか……。それには目を向けず、お道楽だけはされますのう。豆粕の粥も美味《うも》うございましたぞ。さっきは吹越村の衆にあやまってくだされたが、わしは吹越村の衆の言われることが、もっともだと思うとりますわい。じゃによって、おまえさまにあやまる気持など少しもないと、おばばに言うてなのじゃ。豆粕をからたちに撒けても、人に食わせるのが惜しいお庄屋さまなら、わし等にとってお庄屋さまでもなんでもねえ。いっそのこと、お庄屋さまを辞めてしまわれたらどうじゃ」

六助は一気にまくしたてた。

小さな顔の金壺眼《かなつぼまなこ》に憎悪があふれていた。

「おまえ、何ということを言う!!」

金十郎は思わず声を奔《はし》らせた。

彼にとって意外だったことは、自分の周囲に集った村人が、六助の言葉を咎めなかったことである。

庄屋を辞めてしまえという六助の言葉は、利屋村の人達みんなが考えていることだと思わないわけにはいかない。養父金右衛門の跡を継ぎ、庄屋についたばかりの自分の無能ぶりを、嘲笑《わら》われている気持になった。

六助に向い、金十郎は何か言葉を返さなければならないと思う。忍耐、利屋村百年の計――いろいろな語彙《ごい》が、瞬間、彼の頭の中でひしめいた。

だが、そんな彼の前で、六助の家の戸がぴしっと閉められた。

驚いた顔で推移を見守っていた満寿が、ふらふら金十郎の胸に倒れかかってきた。

彼女は自分の着物や笄まで売り、村人の面倒を見てきている。大岩家が屋敷構えを残すだけで、家内《いえうち》にどうして家具、調度の類がないのかも、実際に即して知っている女だ。

現に、六助の家に届けた米は、男衆の儀平を急いで実家に走らせ、賄《まかな》わせてきた米だったのである。

米など、近頃寝付いたままでいる養父の金右衛門さえ口にしたことがない。彼女の胎内で日に日に成育をとげている子どもは、母体に滋養を求めているが、それすら思うにまかせない毎日であった。

利屋村庄屋の名は、有名無実である。

口にするものは、小作百姓と変るところがない。それどころか、蜜柑栽培のためあらゆるものが倹約され、肥料に求めた豆粕も、実は、一部がいまでも日に一度、粥にして食膳にのっているくらいだった。

「満寿、大丈夫か……。さあ、帰って横になろう」

金十郎は、ようやく気を取り戻した妻の身体に手をそえた。彼には、妻がどうして倒れかけたのか解っていた。自分の持物を手放してまで尽したことが、村人には通じていなかったのだ。夫がしている苦労も、村人は短絡的にしか見ていない。絶望が貧血をうながしたのだろう。

その日の夜半、横になったままでいる満寿の耳に、襖《ふすま》一つ隔てた隣室から、金十郎の実家を継いだ長兄の小右衛門の声が聞えていた。

「金十郎、蜜柑をつくることなど諦めてしまえ。そんなものできはせぬわ。村の者が、陰でどう言うているか、きょうのことでよく解っただろう。おまえのしなければならぬことは、この大岩家をただ無事に守ることだけじゃ。それを、いったいこの家のありさまはなんだ。ただでさえ物が少なくなっているというのに、なお売りとばして、大岩家を潰《つぶ》す気か!?」

声が次第に大きくなっていた。

「まあまあ、そう大袈裟《おおげさ》に叱ることもなかろう。金十郎どのも馬鹿ではない。考えがありやっていることに違いない。せめて兄の小右衛門どのなりと、金十郎どのを信じ暖い目で見守ってやらねばならぬと違いますか……」

満寿の実父、早稲倉東輔の声である。

蜜柑栽培は、庄屋大岩家の浮沈にかかわることとして、親族が金十郎に意見を加えているのであった。

「おまえさままで、そんな悠長なことを言われましては困ります。ほかの誰よりも、東輔どのには、強く叱ってもらわねばなりませぬ。金十郎をかばうようなことを言われたら、こいつがつけ上ってしまいますがな……」

小右衛門の声がくぐもっていた。

どこかで幽《かす》かに鐘が鳴っている。

人の騒ぐ声が、地を伝い満寿の耳に響いてきた。

「火事ではないか？」

金十郎が立ち上る気配がした。

六助が荒屋に火を放ち、一家が焼死したのである。満寿が死産したのは、火事場からようやく金十郎が戻ってきた深更であった。

六

弘化二年の春である。

三月五日に紀州、保田荘の黒江孫右衛門から、利屋村庄屋大岩金十郎に宛てて、書信が届いた。同月二十五日頃、北湊から半田港に向う船便があり、その船に蜜柑の苗木を積む。受けとってもらいたいというのである。

紀州から届く蜜柑の苗木は、昨年種を蒔き成育させた一年木で、金十郎の許にとどいた後、からたちを植えた蜜柑畑の片隅に、いったんまとめて移植される。半月ほど経ち、勢いが戻って発芽が始まったとき、ほんの小さな芽を摘《つ》み、台木にしたからたちに継木されるのだ。

「いよいよ紀州から苗木が届くぞ!!」

満寿が急いで畑に持ってきた書信を、むさぼるように読み終った金十郎は、顔を輝かせた。

昨年の秋、堆肥をたっぷり入れたからたちは、暖い春の陽射しを受け、はやくも芽を吹きはじめている。ここに移植されてほぼ一年、いまではしっかり土に根を張り、蜜柑の新芽を継ぐばかりになっていた。

「それはようございました。苗木が着けば、あなたさまも大忙しでございますなあ。わたくしが丈夫でしたら、一人前にお手伝いできますものに……。申しわけないことでございます」

満寿は昨年、死産してから、どれだけ経っても身体の工合がよくなかったのだ。死産した後は精神的な打撃も加わり、二カ月も寝付いたままであった。その後も、ちょっと無理をすれば、すぐ貧血に悩まされた。

「そなた何を言うのだ。わしこそ苦労をかけてすまぬと思うている。生まれるはずの子どもを死産させてしまったのも、もとはと言えばわしに落度がある。村の者に、もっと目を配っておれば、六助の事件も防がれたはずだからじゃ」

紀州からの書信をたたみながら言う金十郎の頰が、落ち窪んでいた。無精髭《ぶしようひげ》が伸び、やつれが目立った。

満寿との間で、死産した子どものことを気兼ねなく語れるようになったのは、今年に入ってからだった。満寿の向日性がそうさせたのである。

大岩家に、もとの日々が戻っていた。

しかし、それに代る暗い翳《かげ》が、一家を包みかけていた。六助の焼死を契機にして、金十郎を見る村人の目がはっきり変ったのだ。――六助一家を焼死させたのはお庄屋さまじゃ。あんな死に方をすれば、不愍《ふびん》に魂も浮ばれまい。この世にきっと怨《うら》みを残しているぞ。

道理を逸脱した言葉で、金十郎は明白《あからさま》に非難されていた。

こうした言葉を吐く彼らの気持の底には、あい変らず続いている困窮があったのである。金十郎が畑にからたちを植えるかわりに、麦や大豆を植えれば、何俵かの食物が得られる現実は、常時年貢に頭を悩ませ、空き腹をかかえている村人にとっては、非難してしかるべきことだった。彼があちこちの畑にからたちを植えていけばいくほど、非難の声が大きくなるのは、当然のことである。

「あんな奴に、村のたばねを委せておくわけにはいかぬ。田畑で穫《と》れたものを、みんな蜜柑づくりに使うている。もし蜜柑がなっても、五年先、十年先のことじゃと言うわい。よその畑に文句をつけるわけではないが、いったいいつまで続けるつもりじゃろう。庄屋の身上《しんしょう》をそれで潰してしまう気じゃ。それだけならよいが、村まで潰されてしまう心配がある」

「お城にお返し申さねばならぬ村の借金も、まだまだ残っている。こんなことでは村の仕置が案じられるというもんじゃ、お陣屋に願い出て、お庄屋を辞めてもらうより仕方がない。このままでは村のまとまりがつくまい」

庄屋更迭《こうてつ》の声は、組頭や惣百姓の東兵衛を中心に、日に日に高まってきた。

こうした最中に、紀州から蜜柑の苗木が届く知らせがあったのは、金十郎夫妻にとっては朗報だった。

「満寿よ、さあ家に帰って休むがよい。継木をする時期になれば忙しくなる。そのときは、そなたにも遠慮なく働いてもらうからのう」

金十郎は満寿を家に追いやるため、鍬を持ちなおした。暖い潮風が頬をかすめていった。

黒江孫右衛門から送られた蜜柑の苗木は、予定通り、三月の下旬、半田港に到着した。すぐ用意されていた畑に植えつけられ、四月の半ばになり、からたちの樹へ継木された。

継木のこつは、新芽を二つほど付けている穂木《ほぎ》を選ぶことや、台木の皮と木質部の間に穂木をさし、切口を木質部に密着させておくことである。

あとは柔らかい藁《わら》でしばり、土をかぶせておく。

意外なことだが、天候の好い日を選んでするのが、もう一つの秘訣《こつ》である。

「お庄屋さま、大旦那さまが、金十郎も後にひくことはできまい。是非とも蜜柑をつくりとげさせたいものじゃと申されておりましたわい」

数日かかって継木をすませた畑を眺め、男衆の儀平が、ほっとした顔付きで言った。

彼は先代の頃から大岩家に仕えてきた老男衆である。知多の「お遍路」みちに行き倒れていたのを、先代が連れ帰ったのだ。自分の過去はいっさい口にしない。だが篤実で、若い金十郎夫妻にとっては、何かにつけいい相談相手であった。村人が白い目で金十郎を見ているなかで、それを意にも介さず、金十郎に従い唯々《いい》として働いている。

「養父《ちち》上もようやく理解してくださったのだな。こうなれば、なんとしてでも蜜柑栽培を成功させねばならぬ。村の人達も、やがてはわしの気持をわかってくれよう。それまでの辛抱じゃ。おまえも辛かろうが、どうぞ堪《こら》えてくれ」

「わしなどに、なにをもったいないことを申されますのじゃ。蜜柑はきっと実をつけますわい」

儀平は老いを刻んだ顔をうなずかせた。

金十郎は、来春も新しい畑で継木をする計画でいた。そのため、彼と一緒に大岩家が所有する山林をもうだいぶ開墾している。

作物をつくることなど考えられなかった山林だが、段丘状にすれば、蜜柑栽培なら出来るはずであった。

「来年は新しい蜜柑畑でまた継木をする。年々、継木を増していく。四、五年先には、この蜜柑の樹が実をつけてくれる。あとは順番じゃ。十年もすれば、辺りの山々は蜜柑の鈴なりになる」

金十郎は首筋の汗を拭い、周囲の山を眺めわたした。黄金色の蜜柑をいっぱいにつけた紀州有田の山々が、彼の脳裡に彷彿《ほうふつ》と浮んでいた。

「苗木はどう按配《あんばい》されまする。また紀州までお出かけになるおつもりでございますか!?」

大岩家の逼迫は儀平の目にも見えていた。どこをさがしても、一畝に継木する苗木代はおろか、紀州まで行く路用の金さえないはずであった。

「なに、案ずることはない。来年の苗代金と運賃は、有田の黒江さまにお預けしてある。二年後のことはゆっくり思案すればよい。このこと急いではならぬ。わしのこれからの一生を賭けた永い仕事じゃ。蜜柑をならすためなら、わしはどんなことでもする」

土地を手離すことでもという言葉が喉許《のどもと》から出かかったが、金十郎は、さすがにそれだけは声にしなかった。

高持百姓が農地を手離すことは、容易ならぬことだ。利屋村に限って、高持百姓が土地を他人に譲ったという話など、ここ二、三代先から聞いたことがない。

そんなことをすれば、当事者の汚名は、末代まで語りつがれるはずである。

しかし、それも辞さない覚悟であった。

いずれ遠からずその時がくる。

口でこそ金十郎は楽天的なことを言っているが、腹の中で自分のやりだしたことが途方もないことであることぐらい、十分わきまえていた。大岩家の代々が耕し、子孫のため大切に伝えてきた田地《でんち》でも、手をつけねばならぬなら、彼はあっさり手離すつもりになっていたのだ。

蜜柑がなるのが先か、大岩家の身代をつぶすのが先か、金十郎の賭けは、中庸のない極端なものである。

立ち枯れてしまった蜜柑畑のうねり——。

田地や屋敷を手離してしまって住む荒屋《あばらや》——。

妻の満寿と手をたずさえ、身一つで村から逃げていく自分の姿が見える不安は、いまでも金十郎の心に揺曳《ようえい》していないわけではなかった。

だがと、彼はいつもここで自問自答した。

そうして結論は、人間どうせ五十年——。生きるだけではないかとなってしまう。

自分がやがて死ぬことを考えれば、生きてなにをなすべきかの覚悟がわいてくるものだ。それこそ、柳田伝七郎が言う世の中をつくりあげていく学問の勇気だろう。

一生を怯懦《きようだ》にすごし、貧にあえぐ村に骨を埋めるより、村の活路を見出すことに賭けることこそ生き甲斐である。汚名をおそれていては何一つできない。それすら所詮《しよせん》は俗世のものでしかないという気持がした。

「では、下《しも》の田にまわろうか……」

金十郎は足許の農具に手をのばした。

西に陽が沈みかけていたが、まだ家に帰り、のんびり身体を休める余裕などなかった。苗代《なわしろ》の用意をしなければならない。

知多半島の南端では、田植えがほかの土地に較べ、一足《ひとあし》も二足《ふたあし》も早いのである。

「へい」

儀平は負籠《おいかご》を背に立ち上った。

段々畑の横にこしらえた山道を下る。山の入りこんだ麓《ふもと》にくると、冷気が汗ばんだ肌に快かった。

村までは約四町あまりある。道の左右に山がせまり、馬酔木《あしび》が白い花をつけている。猫の額ほどの狭い湿田がところどころにある。ろくに陽も射さないそんな痩田の収穫などしれていた。

――耕して天にいたる。

小高い山の重畳《ちょうじょう》するこの近くでは、やはり蜜柑の栽培が適している。

金十郎の気持は、いよいよ強固である。

主従を目がけ、山の斜からいきなり石の礫《つぶて》が飛んできたのは、村の藁屋根がのぞきはじめた時であった。

最初の一つは、金十郎の右肩に当った。

「うぬ!!」

疼痛《とうつう》が全身をつらぬいた。

つづき、主従のまわりでばらばら石がはじけた。

石が飛来してきた山の斜に顔を向けた金十郎の目に、あわてて身を隠す人の姿が奔る。

——村のもの!?

ちらっと見た男は、確か東端の徳兵衛である。六助が盗みをして捕えられたとき、肥料に撒いた豆粕を食ったと喋《しゃべ》った男である。

「うぬら、お庄屋さまになんちゅうことをさらす!!」

儀平がこぶしをふり上げて叫んだ。

月代《さかやき》から血が吹きだしている。

村人が身をすくめた木の繁みから、なんの答えもないが、人がひそんでいる気配ははっきり感じられた。

「この馬鹿者らが、うぬ等には、お庄屋さまのお気持がわからんのか!!」

儀平は背中の負籠を投げ出し、斜に走りかけた。

形相《ぎょうそう》が変り、磨きあげた鎌《かま》が手に握られている。

「儀平、待て、待つのじゃ!!」

「いいえ、お放しくださいませ——」

あわてて羽交締《はがいじ》めにした金十郎に、彼は身をもんで抗《あらが》った。

「無益なことはよせ。そんなことをして、いったい何になる。辛抱してくれ」

「これまでさんざん庄屋さまのお世話になっておきながら——。庄屋さまが蜜柑をおつくりになることが、そんなに憎いのか!!」

儀平は金十郎の両腕の中でわめいた。

村人の投石は、本格的に蜜柑づくりを始めた金十郎に対するいやがらせである。ぶすぶす燻《くすぶ》っていた不満が、はっきり形をとって現われたと言っていい。

「儀平、それをいうてはならぬ。村の者も真剣なのじゃ。わしが蜜柑づくりに手など出さず、その金で稗《ひえ》や粟を買っておれば、こうはすまい。口で言えぬことをみんなは石でしているのじゃ。どうかこらえてやってくれ」

怒らねばならぬはずの金十郎が、切々と説く声は、儀平の激昂を次第にしずめていく。

儀平の口から嗚咽《おえつ》がもれ、彼はそこに膝をついていった。

これからさまざまないやがらせが、きっと起るにちがいない。それに耐えていかねばならないのである。

七

鳴海陣屋から金十郎に出頭を命じてきたのは、翌年、弘化三年の四月十日であった。

「急なお呼び出し、何事でございましょう」

陣屋からやってきた小者を、村境まで見送った金十郎夫婦の後で、儀平が顔を翳らせた。

普通、陣屋から庄屋に使いとしてくる小者には、ご苦労賃として、一朱ぐらい渡されるものだ。使いはそれを愉《たの》しみにしてくる。

しかし、それが渡せなかった。しかも労《ねぎら》いの膳は、木の芽を煮こんだ粟粥に鯵《あじ》の干物だけだった。小者はろくに箸もつけなかったのである。

不機嫌な顔で帰っていった小者のことを、儀平は気にかけていたのだ。

「どんな御用だろう。わしにも心当りがない」

金十郎の顔も曇っていた。

大事にしまってあった鯵の干物を手土産にさし出したとき、小者がみせたふくれっ面が、ふと甦《よみがえ》った。

村の財政は窮迫したままだが、藩庫への返済金は滞《とどこお》りなく行なわれていた。年貢も、わずかだが納めている。御陣屋から指図を仰がなければならない民事、訴訟など、村には起っていないのである。

「わざわざのお召しだし、ただごととは思われませぬ」

身体を本復させ、野良仕事ですっかり陽焼けした満寿も、心配そうな口調であった。

「いずれなにかの御掟《おきだめ》か御法度《ごはっと》が申しわたされるのであろう。なに、心配することはあるまい。とにかく、きょう夜発ちしてお陣屋に行ってくる。あす一日、手を休めねばならぬとなると、おちおちしておれぬわい」

金十郎は憔悴《しょうすい》した顔で呟いた。

彼にとって陣屋の沙汰など、いまの場合、心配事ではない。それより、村役で手をとられてしまうことの方が気がかりであった。

なぜなら、今年の継木は失敗し、いま大忙しで継木のやり直しをしている最中だったからだ。

今年の蜜柑の継木は、新しく開墾した三反の山地に植えたからたちの台木、約二百株に行なった。紀州有田の黒江孫右衛門から送られてきた苗木の根つきもよく、継木に自信を持っていた。

ところが、継木をして五日目から大時化《おおしけ》の日が続き、山越えして吹きつけてくる塩を含んだ風雨を浴び、継木したばかりの苗木が、ほとんど枯れてしまったのである。

台木のからたちに肥料が十二分に施されていたら、こんなことも忌避できたかもしれない。肥料の投入が、まだ足りなかったのだ。

「人さまが口にできる豆粕や干鰯を惜しみ、何の役にもたたぬからたちなんかにくれてやるからよ。天罰があたったのじゃ」

「これに懲《こ》りて、蜜柑づくりをやめることだな。蜜柑をつくる出費《ついえ》で、溜池でもつくれば村中が助かるのに、全く埒《らち》もないことを庄屋のくせにする人じゃ」

枯渇した蜜柑の継木を眺め、呆然としている金十郎の耳に、村人の非難の声が遠慮なく浴びせかけられた。

だが、金十郎が悄然《しょうぜん》としていたのは一日にすぎなかった。

「苗木の方は根付きがよく、すくすく伸びている。いまから新芽を摘み、継木しても遅くはない」

「そうでございますとも。こんなことぐらいでへこたれてはなりませんぞ。まだまだ継木の時期を逸してはおりませぬ——」

儀平や満寿の励ましもあった。

翌日からすぐ、台木から枯れた穂木をのぞき、新たな用意が始められた。

このことは、村人たちから再度にわたる非難を受けるに十分なことだった。

「おぬしら、庄屋のやっていることを見たか……。性懲《しょうこ》りもなく、また継木をしているぞ。こうなればもう狂気の沙汰じゃ。村の声など耳に入らぬというわい」

「なんでも、兄の小右衛門どのが、今度こそ蜜柑づくりをやめさせると強意見《こわいけん》をしたそうだが、庄屋は聞かんかったという。床を叩き縁を切るとまで言うたそうな。それでも止めぬからには、まこと気がおかしいよ」

村人の囁《ささや》きには、はっきり敵意がこもっていた。金十郎に対する態度が、いまでは完全に前のようではない。非難は露骨になり、顔を合わせても挨拶すらしなくなってしまった。

狭い村の中でこんなありさまでは、庄屋としての役に、いずれ齟齬《そご》が起きてくる。

そのくせ、遠くから金十郎たちの一挙一動をじっとうかがっている。陣屋からの使いを見送り、家の門をくぐる金十郎たちを眺める村人の目が、げんにそうである。

その日の真夜中、金十郎は鳴海陣屋に発っていった。

闇の夜道に鳴る足音は、待ちうけているものに対する危惧《きぐ》より、後にしてきた蜜柑畑を心配してのものと解る急ぎようだった。彼は、一刻も早く用をすませ、畑に戻りたいと思っている。

なにしろ、ほとんど耳学問で着手した蜜柑栽培だ。失敗を取り戻すために、心が急いてならない。一日の空白が、一年の悔恨を生むおそれがあった。

知多半島の脊梁《せきりよう》になる峠に登りつめると、暗く煙る海の眺めが広漠とひろがる。漁火《いさりび》が点々と明滅していた。

鳴海陣屋までの道中には、ところどころに村があるばかりで、咎められることはない。

一晩中歩きつづけ、金十郎が鳴海に着いたのは、夜が白々明けそめる時刻だった。

東海道の宿場町だけあり、早立ちをする旅人の姿が往来に見かけられたが、門脇に鳴海陣屋――と書いた高張提灯をかかげた陣屋のいかめしい長屋門は、まだ閉めたままである。

金十郎は、陣屋のなまこ壁の許におかれた天水桶の陰に膝を抱いて蹲《うずくま》った。六里余りの道を、一気に歩いてきた疲れがどっと襲ってきた。

そんな彼の格好は、誰が見ても行き先のない無宿人に映ったに違いない。

当時、鳴海陣屋の代官には、藩の重臣川村吉右衛門が就任していた。

直轄領の行政、司法、警察の事務、ならびに知行地の庄屋、年寄を含めた町・村役人の進退は、彼によって行なわれている。街道筋に設けられた御陣屋だけに、幕府の火付盗賊改方に相当する盗賊改方まで置かれている。

川村吉右衛門は、定刻になると、小者に自分が執務する部屋の庭先に、金十郎を案内せよと命じた。

苗字帯刀を許している庄屋に対する扱いにしては、これは訝《いぶか》しいことである。

彼は、小腰をかがめ、敷石伝いにやってきた金十郎に、鬢《びん》に白いものをまじえた顔を向けた。

金十郎は、代官のそばに書役がひかえているのをちらっと目におさめ、庭に蹲る。

「利屋村庄屋、大岩金十郎、お召しにより参上つかまつりました」

嫌な予兆を感じながら、机に向ったままの代官に一揖《いちゆう》した。

「おお、早々やってきたか。ご苦労であった。きょうはそなたに申し渡すことがあり、急ぎ来てもらった」

「わたくしめに申し渡すこと!?」

「いかにも――」

川村吉右衛門は脇息をのけ立ち上った。

「つつしんで承りまする」

上にもあげられず庭に廻されたことから、これは尋常な申し渡しではあるまい。とっさに両手をつかえた金十郎の顔が昏《くら》くなる。

「では申し渡す。本日をもってそなたの苗字帯刀を召し上げ、利屋村庄屋職を罷免《ひめん》いたす。そなたに代り、庄屋職は惣百姓東兵衛である。これは役儀をもっての申しつけじゃ。遺恨《いこん》をふくまず、しかと村役の引き継ぎをいたせ」

厳しい口調であった。

「わたくしめのお役目、ご免と申されまするか!?」

「永年ご苦労であった。休息して引きとるがよい」

彼は書役が、知多郡利屋村庄屋大岩金十郎、右者今般庄屋役懈怠致候付永代庄屋役幷苗字帯刀召上者也――と書き記したのを、上から眺めくだし、奥に身をひるがえしかけた。

「お待ちくださいませ――」

金十郎の声が追いすがった。

突然の庄屋職罷免は解しかねる。

理由を明かされないことには、胸が納まらない。なんといっても、大岩家代々が利屋村に尽してきた功績は大きいのだ。罷免の理由を訊ねる声がふるえていた。

「庄屋職を解いたわけか……。それは村の者共から、車廻状《くるまかいじょう》によって、当陣屋に願いがあったからじゃ」

「車廻状が!?」

「さよう車廻状でじゃ」

川村代官の顔がふとゆるみ、憐愍《れんびん》の色が浮んだ。

車廻状とは、発起人の名前をかくすために円形に署名、連判したものをいう。

彼の罷免を訴える車廻状には、村方一同申合、何様《いかよう》之《の》儀《ぎ》御座候共《とも》、金十郎親族を除き、壱人落ちには、仕不申候《つかまつりもうしそうらわず》以上――と書かれていた。村中に異議のあるものは一人もいないというのである。

「さようでございましたか……」

金十郎はやつれた顔に苦笑を浮べた。

継木の失敗をあざ笑う村人の顔――。

それにも懲りずに、また継木をやっている自分に対しての、これはしっぺ返しだと思った。村人の無理解と仕打ちが憤《いきどお》ろしい。

「そなたには気の毒じゃが、車廻状をしてまでの願いとなれば、役儀としてすておくわけにもまいらぬ。よって目付《めつけ》にさぐらせたら、そなたが山地を開墾、蜜柑を栽培していることがわかった。こうと解れば、もはや仕方なかろう……。尤も山を開墾してのことゆえ、わしは悪いこととは思うておらぬ。見すごすまでじゃ」

川村代官は、農地使用の禁止令について言っているのだ。

幕府は農民に対して、作付種目まで制限をもうけていた。寛永《かんえい》二十年には田畑に木綿、菜種の作付禁止令を出し、文政元年には甘藷《かんしよ》、元治《げんじ》元年には桑の作付けを禁止している。

幕府の禁止令に従い、尾張藩は作付種目の制限を徹底させ、領内の各村からは、毎年正月、藩に対して甘藷、砂糖きびの作付などはしていないとの届けを出させている。

金十郎の蜜柑栽培は条文にないが、作付禁止令に抵触《ていしよく》するものである。

それを言われれば、彼も抗弁のしようがなかった。

「申しわけございませぬ。御掟にそむくこととは思いもいたしませんでした」

「いやいや、ことさら咎めているわけではない。詫びることはないぞ。ものは思いようじゃ。

庄屋役を解かれたことで、蜜柑づくりに専念できるではないのか……。役目柄、わしは筋をたててゆかねばならぬが、そなたの苦労、別儀ではわかっているつもりじゃ。苦心が実を結べばよいのう……。では引き退るがよい」

川村代官は顎《あご》でさして言った。

金十郎が重い足を運び、利屋村に帰りついたのは、夕刻のことである。

「どんなご用でございました」

納屋から肥料の豆粕を運び出していた満寿がたずねた。吉報でないことは、夫の様子でわかる。儀平が二人の顔を、気づかわしげに見ている。

「うん、実はお役目御免の申し渡しだった」

「お役目御免と申されますと、お庄屋をやめろと!?」

「その通りじゃ。村の人達から、車廻状によってお陣屋に願いがいったらしい」

「やはりさようでございましたか……」

満寿は、村人の動きが訝しいことに気付いていたのだ。十日程前、組頭藤左衛門の家に、村の主だった者が集っているということを仄聞《そくぶん》していたのである。

その集会が、即ち庄屋の罷免を計ることだった。翌日、村役の誰かが、車廻状を持ち、こっそりお陣屋に発ったのだろう。

「車廻状をまわすとは、あまりに酷うございます……。若旦那さまが、村の衆にどんな悪いことを致されました」

こらえかねて儀平が叫ぶ。

「言うな儀平!!」

金十郎はもう平静に戻っている。

「いいえ、言わせてもらいます。代々、お庄屋さまが村に尽されてきた恩義も忘れ果て、なんということをしますのじゃ。村の衆はお庄屋さまの蔵を年々当てにしてきた。それがないからとなると、すぐこの仕打ちでございます」

儀平は膝に置いた手をにぎりしめ、ぶるぶる震わせている。

「儀平、村の者には何を言うても解るまい。わしをお役目御免にして、暮しが楽になると思うてなら、それもよいではないか……」

「それでよいと!?」

「こんな世の中だ。誰かが村の者の嬲《なぶ》りものにならねばならぬのだろう。みじめな自分たちでも、まだいじめてやれる者がいると思えば、気が晴れる。それにわしらが選ばれただけのことじゃ。村の者たちも、わが家からの扶《たす》けがなく、さぞ難渋しているに違いない。それを思えば可哀想なもんだ」

金十郎は、唇を嚙みしめている儀平に淡々と言った。

彼には、貧によって屈折した村人達の気持がよくわかっていた。

――蜜柑を実《な》らせることでしか、村人の心を開かせることはできまい。

金十郎はすぐ野良に出るため、身仕度にとりかかった。

継木の遅れを急いで取り戻さなければならない。もはや、どんな指弾も差別も辞さない気持になっていた。

八

弘化が嘉永《かえい》と改元された年も、日照りの激しい年であった。

恒久的な水不足に悩む南知多の村々では、溜池の底にたまったわずかな水の配分をめぐり紛争が続発していた。

利屋村にしても同じである。

だが、ひどい水枯れにもかかわらず、山の樹々だけは緑であった。最初の畑を拓《ひら》いてから五年たった金十郎の蜜柑畑もそうであった。

大人の腰ぐらいに成長した蜜柑の樹々が、夏めいてきた陽射しを受け、鮮やかな色を風にそよがせていた。

「このまま順調にいけば、来年ぐらいには最初の花をつけてくれる。もう少しの辛抱じゃ」

これが近頃、金十郎の口癖になっている。

二年前、利屋村の庄屋役を解かれてからきょうまで、一家は村八分に等しい扱いを受けてきた。村人は誰も金十郎と関わりを持とうとしない。兄の小右衛門が、人目を避け行き来しているだけであった。

「村の難儀を見捨て、勝手なことをしている者に、口を利くことはねえ。金十郎と付き合う者がいたら、そいつも同類じゃ」

「あんな奴と誰が付き合う。飽きもせずに蜜柑畑の手入れをしているが、蜜柑など、この土地でつくれるもんか。できるものなら、とっくにご先祖さまがやっておられたわい」

村人が数人寄るとこうであった。

彼らは、金十郎があらゆるものを節約、蜜柑畑の開墾と苗木の入手、肥料の購入に当てていることを、とっくに知っていた。

年貢を上納して残った米は、一部を食いつなぐだけの雑穀に代え、あとは全部蜜柑栽培の費用に当てているのだ。衣服も襤褸になったものを、なお綴り合わせて着ている。屋根も門塀も崩れるにまかせていた。

蜜柑栽培には出費を惜しまないが、他のことにかけては吝嗇《りんしょく》の権化になっているのである。

満寿の風体も、数年前とは違い、小作百姓の女房より酷い格好をしている。

「薪を惜しんで湯あみもせぬのか。行きちがったら下《しも》からぷんと嫌な匂いがした。あれじゃ、せっかくの器量も台なしじゃ」

淫らな嗤いを鼻のわきに浮べ評されることもあった。

女である満寿が、それほど見すぼらしい格好に耐えているのは、儀平への義理だてからである。彼が逃げ出しもせず、夫の金十郎と苦労を重ねていることを思えば、元結《もとゆい》一本買えるものではなかった。

それに田畑の実《な》りものは、収穫を見込み、借金に当てられているのだ。

田畑の実《な》りものを抵当にして、金十郎に金を貸しているのは、吹越村で海運業を営んでいる前野小平治であった。

小平治ぐらいの豪商になれば、金十郎が庄屋職にあったときでも、直接会えるものではない。

しかし、勿論、実《な》りものを抵当にした金十郎の借金申しこみは、小平治によって裁量されている。

そのとき小平治は、おずおず伺いをたててきた老番頭弥兵衛の顔に向い、福相の顔をおだやかにほころばせた。

「凶作のときもあろうし、実《な》りものは当てにできません。利屋村の庄屋なら田地がありましょう。それを本質に預っておきなされ」

と言ったのである。

「でも旦那さま、利屋村は尾張さまの直轄領でございます。質流れになっても、なんともなりますまい」

「いやいや、そのときはそのときで、尾張のご重臣方に手をうてばよいことです」

「では仰せの通りにいたします」

「それから弥兵衛、その金十郎さんとやらには、固いことを言わずに、たっぷりお金をご用立てしてください。利子がとどこおっても証文さえ書き代えておけばよろしい」

商いに厳しい態度でのぞむ小平治にしては珍しいことであった。

「どうしてでございます。お聞かせくださいませ」

弥兵衛は浮しかけた腰をもとに戻した。

場所は名古屋城の東にある別邸、広い庭から、庭師が鋏《はさみ》をいれる音が響いている。

「もちろん、その庄屋の蜜柑づくりを成功させたいからですよ。考えてもごらんなさい。蜜柑づくりが成功すれば、できた蜜柑は、尾張のご城下はおろか、江戸にも運ばれることになりましょう。その時は何で運びますか……。当然船ですよ。それに蜜柑栽培には肥料が要《い》ります。うちの船が運んできたものを買ってもらえれば、一石二鳥になりませんか。是非とも成功してもらわなければなりません。ねえ弥兵衛、そうでしょう」

小平治は、膝許に置かれた茶をぐっと飲みほした。

「なるほど、さようでございましたか……。そこまで気付きませんでした」

前野小平治の商才は、いつも先を読んでいる。深慮遠謀——といってよかった。

この時期、金十郎の蜜柑栽培の成功を信じていたのは、前野小平治と、紀州の国許に帰り藩校「学習館」の助教についていた柳田伝七郎だけだったかもしれない。

彼は国許に帰ってからも、有田の黒江孫右衛門に会い、良苗を金十郎の許に送るため努めていてくれたのである。

金十郎は半田村に出かけるたび、紀州に向う船便に手紙を託していたが、それもここ一年ばかり、諸費節約のためひかえていた。

久し振りにその便りを柳田伝七郎に書こうと、金十郎は数日前から思っている。旱魃《かんばつ》にもかかわらず、蜜柑畑だけがやがて確かな実りを約束するように樹を繁らせているのを見て、この喜びを彼にも伝えたい気持がわいていたのだ。

数日ぶりに、天秤棒をかつぎ吹越村の浜辺に向う足取りが軽くなっていた。

彼は五日に一度ぐらいの割合いで、浜に潮汲みに行く。味噌《みそ》、醬油《しょうゆ》の類まで節約して、海から運んできた塩水を調味料として使っていたのである。

落日が海を染めている。

波の和《な》いだ沖で海鳥が騒いでいた。

砂浜に緩慢な波がうちよせ、砂礫《されき》で濁った水の中に、小さなくらげが海草とからみ合い浮んでいる。ちょっと離れた浜に、海から帰った幾艘かの船が、舳を水際に乗りあげていた。

漁師も浜の手伝いも、もう引きあげていったらしい。人影のない砂浜に、干魚がまだ並べられたままである。

年々歳々、魚貝類を育てる豊饒《ほうじょう》な海——。

それに対して、小さな山一つへだてた利屋村は、なんと貧しいことであろう。

金十郎は胸がちくりと痛むのを覚えながら、天秤棒をかついだまま、水のなかに踏みこんでいった。そうして桶を傾け海水を汲む。疲れた足に、ひんやりした水が快かった。

浜に上り、吹越村にさしかかると、魚を焼く匂いがただよってきた。

空腹にはたまらない匂いだ。

思わず生唾が口のなかにわいてくる。

「おい、金十郎、ちょっと待ってもらおうか……」

声をかけられたのは、夜船のために設けられた常夜灯のそばである。

「へい――」

足許ばかりに配っていた目を、声の方に向ける。背後に男が四、五人立っていた。なかの一人は、吹越村の組頭森蔵である。酒を飲んでいるらしく、顔が赤い。身体がふらついている。

「これは森蔵さん。いいご機嫌で……」

金十郎は天秤棒をかついだまま頭を下げた。粘液質な口調が少し気になった。果して森蔵は、がらっと態度を変えた。

「おれがいい機嫌だって……。そんなこと、おまえの知ったことかい!! さては嫌味の一つもおれに言おうてんだな」

「いいえ、とんでもない。わたしはそんなつもりなど、これっぽっちもございませんよ」

妙なからみようをする森蔵に、金十郎はとまどった。酔漢相手では、何を言ってもはじまらない。ふと逃げ腰になる。

「おっと金十郎さんとやら、なにも逃げることはねえぜ」

森蔵にかわり、褌《ふんどし》姿の若い男が金十郎の棒先を摑んだ。この男も酒を飲んでいる。口にくわえた楊子《ようじ》をぺっと水桶の中に吐き、鼻で嗤った。

赤銅色に焼けた肌。蛇のように赤らんだ冷やかな目。漁師であると解るが、見覚えのない顔である。

「てめえ、お庄屋さまだってなあ……」

「そんなこたあ、遠い昔のこったあ。今じゃご覧の通りおんぼろ様よ、実《な》りもしねえ蜜柑をつくろうてこのざまだ。村の者からも爪弾きよ」

絣《かすり》の膝切りを着た弥三という髭面《ひげづら》の男が、毛脛をぼりぼりかいて言った。

焼身した六助は、彼の家から米を盗もうとしたのである。

「なるほど、そりゃあ気の毒なこった。それでてめえ、潮水など汲んでどうするつもりなんだ。まさか蜜柑の樹に撒こうというんじゃあるめえなあ。そうなら悪い了見だぜ。実るものもならなくならあ。悪いことは言わねえ。やめておくこった」

勿論、潮水をどう使うか知ってのいやがらせだ。

「けっ、畑に撒くとはうめえ言いようだぜ。ところが、桶の潮水はそうじゃねえのさ。そいつが菜っ葉といっしょに腹の中に入れてしまうのよ。さすがのてめえも、そんな菜っ葉なんぞ食ったことがあるめえ……」

弥三は若い男をけしかけた。

「こりゃあ驚きだ。おれは毒から皿まで食ったことはあるが、そんなもの、まだ食ったことがねえ。いってえどんな味がするか食いてえもんだ。どうだい、ひとつおれに食わせてくれめえか……。礼はたんまりはずむぜ」

図にのった男は嬲るように言い、自分の汚れた褌の中にもぞもぞ手を入れた。なかから一分銀を取り出し、金十郎の目前でひらひらさせた。

酒を飲んだうえ、村の賭場に行く途中だったのである。

「こいつが陰嚢《ふくり》であたためたお宝さまだ。ひとつ試しに食わせてやったらどうだい」

弥三は森蔵の顔をうかがってから言った。

やりとりを黙って見ている森蔵の目が、蒼く光っている。吹越村の組頭として、前にはこんな接しようはしなかったものだ。金十郎が庄屋職を辞めさせられた時から、彼の態度がこう変っている。

「金十郎、わしは吹越村の組頭として言うのだが、潮水を汲むのを止めてほしいもんだな。おまえみたいな男に潮を汲まれたら、海が汚れちまうのよ。塩までけちってほかで間に合わすなんざ、勝手がよすぎやしめえか……」

「おや、よそ村の者のくせに、断りもしねえで潮を汲んでいやがったのか。そりゃあ泥棒と同じことだぜ。ふとい野郎だ!!」

褌の男は凶悪な顔になり、天秤棒をゆすりたてた。

「組頭が水桶を降せと言っていなさるんだ!!」

弥三が調子にのり吼《ほ》えた。

「さっさと降さねえか、この野郎!!」

桶の中で潮水が激しくはねた。

金十郎が急いで天秤棒をはずすと同時に、水桶が足蹴にされ横倒、汲んできた潮水は、乾いた道にどっと流れ出していった。

「無体な!!　何をなさいます」

空になった水桶から森蔵に目を上げ、金十郎は叫んだ。

「なにが無体だ。いままでは潮を汲むのを黙って見過してきたが、もうそうはさせねえぜ」

森蔵は小気味よさそうに嗤った。

「しょっぺえ面をしていやがるくせになんでえ。潮がほしければ、てめえの汗を舐《な》めやがれ。これから潮汲みに来やがったら、ただじゃおかねえぞ。ふん、ざまを見やがれ」

褌の男は空桶を激しく蹴り、天秤棒を持ち上げ、金十郎を恫喝《どうかつ》した。

騒ぎを聞きつけ、周りには人が集っている。しかし、止めに入る者はない。かえって森蔵たちの輩《やから》に声援しかねない顔色であった。

利屋村はおろか、隣の吹越村でも、金十郎に好意を抱いている者はいないのだ。

金十郎は冷やかな視線をあびながら、空になった桶を拾いあげた。

黄昏《たそがれ》がまわりを這いはじめている。胸からこみ上げてくるものを、彼はぐっと嚙みこらえた。

九

嘉永元年、知多半島各地の稲作のできは、予測された通り皆無にひとしいありさまであった。

そのため尾張藩は、直轄領、給知地を問わず、藩庫を開いて救恤金《きゅうじゅっきん》を下付し、各村に溜池をつくれと督励をだした。有力な百姓には拠出《きょしゅつ》を奨励する。

鳴海陣屋嘉永元年留書は、村方大小百姓共一統疲れ斃れ、何共迷惑難渋の体に候。依て山へ行き松の燈《とも》しを取て焚（炊）き、木の芽木の根を掘て食す。餓死する者所々に有之候由

——と記している。

だが、翌年もこれは同じだった。

口を糊するため、利屋村の人々も各地に出稼ぎに行く。舟方稼ぎに出かける。製塩の技術を買われた百姓たちが、播州《ばんしゅう》赤穂で塩浜を請負う話まで起っていた。

こうしたことは、良い結果ばかりをもたらさない。出稼人のなかには、給金を酒や賭博に使い果し、村への送金を絶やす者までてくる。

嘉永三年、利屋村では三人の出稼人が音信不通となり、留守家族によって、宗門帳からの除籍を申請されている。

このままでは村の疲弊は目に見えていた。

零落《れいらく》農民や餓死者が出ることは、藩にとっても村の有力者にとっても、ゆゆしい問題である。金十郎に代り庄屋職につけられた東兵衛にも、ようやく切迫した事態が読めてきた。

彼は本百姓の義務として、藩からたびたび困窮者に対し拠出をさせられている。これが更に重なれば、家産は破綻《はたん》してしまう。それは組頭の藤左衛門や、ほかの高持百姓にしても同

じだった。

「村の難儀だ。このうえは金十郎にも、わし等以上に村の面倒をみてもらおうではないか……」

「さんざん手前勝手なことをやっているんじゃ。村の難渋している最中、合力を惜しんで蜜柑づくりでもあるまい」

村八分にされていても、拠出だけはさせられていたのだ。

最初、相談は庄屋職の東兵衛と主だった高持百姓だけで進められていたが、聞き伝えた小百姓たちが、鍬や鋤を持ったまま、いつの間にか野良から東兵衛の家の庭先に集っていた。夏を告げる陽射しが、渋紙色をした百姓たちの顔を照らしつけている。継《つぎ》のあたった膝切りの胸を大きくはだけ、薄汚れた布で、干からびた胸乳の汗をぬぐう女の姿もあった。

今年もどうやら水飢饉らしいことが、彼らの気持を切迫したものにしている。

彼らは村役が鳩首《きゅうしゅ》している目的を知ると、口々に勝手なことを言いたてる。狭い村の中で、金十郎だけが、ひとり超然と蜜柑づくりをしていることに我慢ならないのだ。蜜柑という当てにならないものに、惜しげもなく金を注ぎ込んでいることが、急にまたいまいましく思われてきた。肥料として用いる干鰯や豆粕があれば、村の飢えがいくらかでも救えるはずである。

現在、蔵や納屋の中に、口にできるものを貯えているのは、金十郎のところぐらいだろう。村人は、半田村から運ばれた豆粕や干鰯が、彼の納屋の中にまだ積まれていることを知っていた。

「お庄屋さま、金十郎とのかけ合いなら、わしらもついて行きますぞ」

三九郎という小柄な男であった。

彼は昨年舟稼ぎに出かけたが、帆柱から胴の間に転落して骨を折り、ひどく足をひいていた。

「あんな奴におとなしく話などできはせぬ。村の難渋をこれ以上、見て見ぬふりなら、ときによっては村から出てもらわねばなりませぬわい。村役だけに委せておけることではございませんじゃろ」

三九郎の声に和する意見が、すぐに出た。

金十郎に対し、穏便に話をつけようと決めていた東兵衛たち村役は、困惑の顔になった。大勢で押しかけていけば威《おど》しになる。できる話も、できなくなるおそれがあった。

「まあまあそう騒ぎたてず、ここのところは村役のわし等に委せてくれ。金十郎をきっと承知させる」

条理をつくして頼めば、金十郎とて鬼畜ではない。村の難儀に耳を傾けてくれるだろうと東兵衛は思った。

彼は相談の席から立ちあがると、庭先に集った小百姓たちを手で制した。

「そんな甘いことで、金十郎の石頭が縦にふられるもんじゃねえ。この七年、わし等はそのことを十分見てきているわい」

三九郎が手に持った鎌を振り上げて叫ぶ。

「なんなら村役のかわりに、わし等が話をつけに行ってもいい。もし聞かねば、蜜柑の樹など切り倒してくれる。それに打ち壊しじゃ」

村人を扇動するような三九郎の声であった。

「そうじゃ、打ち壊しにしてもよい」

「打ち壊しじゃ、打ち壊しじゃ!!」

すかさず声がいくつかあがった。それはすぐ人々に波及し、喊声《かんせい》と共に鋤や鎌が彼らの頭上で陽光をはね返した。

殺気が急に狭い庭に横溢《おういつ》する。

東兵衛は意外ななりゆきに狼狽《ろうばい》した。

「待てまて、そう騒いではならぬ。みなの衆の気持は、このわしには解っている。いまも言うての通り、ここのところはひとまず委せてくれ。まずわしが金十郎にかけ合ってみる。それで話がつかねば、みなの衆にもかけ合ってもらう。これでどうじゃ。承知してくれまいか……」

いまにも暴徒と化しそうな相手だ。こうでも言わねばもう引退るまい。

「お庄屋さまのたってての頼みじゃ。それでよかろう。じゃが、金十郎が村への合力をこばめば、わし達はすぐ打ち壊しにかかりまするぞ。そうなったら、止めだては無用にしてくだされや——」

いつの間にやら、三九郎が一党の首領になった感がある。

彼が鎌を振りかざすと、村人はどっと喚声をあげ、足を踏みならした。

「さあ、金十郎にかけ合いじゃ!!」

「聞かねば村から叩き出せ!!」

村人の声は、次第に過激になってきた。

彼らの先頭に立つ東兵衛や藤左衛門などの村役は、まるで凶徒に無理矢理、拉致《らち》されていくように見えた。

金十郎に村の窮状を訴え、助力をたのもうという村役たちの気持は、急に阻喪《そそう》していたのだ。

自分たちの頼みを、例え金十郎が聞き入れてくれたとしても、時の勢いでひと悶着《もんちゃく》ありそうである。ひそかにことを運ばなかった悔恨が、東兵衛の足の動きを鈍らせていた。

だが、狭い村のことである。

目前に、すぐ金十郎の屋敷がひろがった。

改めて建物に目をやれば、門の屋根に草が生え、築地塀が崩れている。荒廃が目立っていた。

「それそれ、蜜柑ぐるいの屋敷じゃ。お庄屋さまには、しっかりかけ合ってくだされや」

「わし等が後にひかえておりますわい」

東兵衛は、殺気立ちながらも、半ばはやし立てる口調で言う村人に追いたてられ、小さな石橋を渡り、門をくぐった。

村人たちが、どやどや彼の後に続く。各々が打ち壊しの武器となる得物《えもの》を握っている。

こうなると、かけ合いの主役は、東兵衛たち村役ではない。完全に衆をたのんだ村人たちであった。

「ごめんくだされ……。金十郎さんはおいでになるかね」

しんと閑《しず》まった家の奥をのぞき込み、東兵衛は弾みのない声をかけた。金十郎は家にいるはずだった。来る前、すでに村人が確かめている。

金十郎は東兵衛の訪う声より先に、大挙して押しかけてきた村人に気付いていた。

彼らがやってきた目的は、明白である。

累年におよぶ旱魃、餓死者こそ出していないが、それも旦暮《たんぼ》の近さで迫っている。蜜柑の苗木にやった豆粕が、幾度となく掘り取られているのだ。

彼は対策として豆粕を石臼で粉にひき、土と混ぜることまでした。窮迫した村人の飢えがわかっているだけに、自分が是とする行為でも胸が痛む。これもみんな、利屋村百年の計——をたてるためだと心を鬼にしてきたが、こんなことも、村人の憎しみを増幅させることになる。

東兵衛と村人の訪いは、きっと村一番の高持百姓である自分に対する食物の合力であろう。しかし、それには無理解と理不尽な憎悪がまじっていると、金十郎は思った。

彼にとって、蜜柑栽培の成功は、もう確実なことになっていた。最初に継木した苗木が、小さな蕾をいっぱいつけていたからだ。

あとは蕾の開花と結実、月日をかけての成熟を待つだけになっている。

だが、これだけで蜜柑栽培が成功したとはいいきれない。なぜなら、次の年の苗木が、必ず花を開かせる確証はないからだ。植えただけの蜜柑の樹が、全部実をつけるまでには、なお五、六年の歳月が必要である。反収を高めるには、毎年、確実に栽培面積を広げていかなければならない。

蜜柑栽培は、ようやく目鼻がついたばかりである。手を抜くことなど論外だ。

金十郎は村人にこのことを説き、合力をあきらめてもらうつもりになった。肥料の確保は絶対計らねばならない。これに手をつけることは、種籾に手をつけることと同じだ。

彼は不測のことに備え、満寿と養父の金右衛門を、こっそり裏門から避難させた。それから東兵衛の声に従い、奥から顔をのぞかせた。

「これは東兵衛さん……」

かつて村役の一人として昵懇《じっこん》の間柄だが、まともに顔を合わせ口をきくのは、数年ぶりである。

村人たちのざわめきが、金十郎の姿がのぞいたことでぴたっと止まった。

遠目にはさほど感じられなかったが、身近で見る金十郎の風貌《ふうぼう》はすっかり変っている。自分たちと同様襤褸《ぼろ》をつけ、憔悴しきった顔だが、どこか鋼《はがね》の強靭《きようじん》さをひめているように見えたのだ。

「金十郎さん、おひさしぶりじゃ。大勢で押しかけてきたのは、ほかでもない。是非ともおまえさんに頼みたいことがあってなあ」

東兵衛は敷居際《ぎわ》で口をきった。

村人がこれまで金十郎にとった仕打ちを考えれば、頼みごとなど出来る筋合いではない。忸怩《じくじ》たる気持が、声の抑揚にあった。

「頼みごとでございますと!?　おおよその察しはついておりますが、まあ、ともかくなかにお入りください。ゆっくりお聞きいたしましょう」

「いやいや、なかになどとんでもない。ここで話をさせていただきますよ」

村人にかけ合いの工合を聞かせたいのだ。

こうなれば、衆をたのんで合力を承知してもらうより仕方がない。もうなりゆきに委せ、暴徒と化しそうな村人から、自分を守らねばならないという気持がわいていた。

「こんな門口《かどぐち》で!?」

「村の衆ともどもの願いじゃによって、みんなに聞いてもらいたいのじゃ」

藤左衛門が東兵衛の意を汲んで言った。

「さようでございますか……。そうならここで、わたくしへの願いとやらを承るといたしましょう。ですが、先にお断りしておきますが、食物を合力せよとのことならご辞退させていただきとうございます。わたくし共とて、みなの衆と同じように、ろくなものを口にしていないからでございます」

金十郎は静かだが、はっきりした口調で先を制した。

「嘘をぬかせ!!　おのれの納屋には、干鰯や豆粕がわんさとあるわい。わし等は知っているぞ!!」

三九郎が東兵衛の後で罵声《ばせい》をとばした。

「米だってあるじゃろう。自分たちだけたらふく食いよって、村の難儀には知らぬ顔か!!」

村人の中から伸び上って言う者がある。

「それは慮外なことを言いなさる。納屋にある干鰯や豆粕は、畑にやる肥料でございます。東兵衛さん、あれを村の衆にやはり合力せよといわれるのでございますか!?」

「さよう、そうしていただけると有難い。なお、お手前さまは村一番の高持百姓ゆえ、わたくし共村役同様、これからは村の難儀にいっそう手をかしてもらわねばなりませぬ。お願いできますじゃろうのう」

予想した通りの申し出であった。

東兵衛が言い終るのと同時に、得物を手にした村人がどっと沸いた。

彼らの勢いに、流石の金十郎もひるみをみせた。だが、ここで臆してはならないと思った。

「理不尽なことを申されますな。当家は確かに村一番の高持百姓じゃが、それを私《わたくし》しているわけではございませんぞ。村の難儀を救えればと考え、七年前からわたしが蜜柑栽培を手がけていること、ご承知でないとは申されますまい。それにもかかわらず、まるで狂人扱いの仕打ちでございましたな。しかし村の難儀は難儀、できるだけのことはしてきたつもりでございます。そのうえ、まだ肥料とするものまでよこせとはあんまりじゃ。村の存亡をお考えなら、いまどうせねばならぬかを、よく考えてくだされ。わたしは納屋の荷が惜しいのではございません。いま少しの辛抱と、生きるための工夫があってもよいと言うているのじゃ……」

金十郎は胸の奥底から噴き上げてくる怒りを耐えながら叫んだ。

村八分にされた歳月――。いまわしい数々の思い出が、胸に奔騰していた。

「何をほざく。出来もせぬ蜜柑より生きている人間が先じゃ。かまうことはねえ、打ち壊しにしてしまえ!!」

村人の間に凶暴なざわめきが広がった。

ひとつの意志を固め、得物を握りしめる。

金十郎の説くことなど、彼らにはどうでもいいことであった。自分たちの理不尽さを反省する心のゆとりなどない。あるのは、獲物を掠《かす》め取ろうとする猛々しい禽獣の歯牙だけであった。

「金十郎さん、みんなを怒らせないでくれ。村の衆も必死なんじゃ」

東兵衛は両手を広げ、村人の動きを背中で鎮めながら言った。

「わしの方こそ必死のことじゃ。理由《わけ》のある物を奪《と》れるものならとってみやがれ」

金十郎はどうしようもない怒りにかられ、思慮もなくわめいた。家の中から村人に向い一歩踏み出す。怒りのため、顔が蒼白になっている。こんな連中のためにと思うと、七年の歳月が急に色褪せて感じられた。

「そうか、腕ずくでよいなら奪《と》ってやるわい!!」

三九郎の声につれ、村人の固まりがわっと割れた。同時に、金十郎の鬢《びん》をかすめ、重い痛みが肩に落下してきた。

「ぐわっ!!」

肩先を思わずおさえた金十郎の頭上に、天秤棒がさらに激しくふり下された。

転倒した彼の頭部から鮮血が噴き出す。

村人の囲みはさっと解《と》け、次には前庭の隅にある納屋に殺到していった。

納屋の中から俵が次々にかつぎ出される。俵に鎌が入れられたのか、土の乾いた庭先に、豆粕があふれだす。泥まみれの足が、目前で入り乱れている。

金十郎はそんな光景をぼんやり見ながら、意識を喪《うしな》っていった。

それからどれだけの時が経ったのだろう。

誰かが自分の身を抱き起し、嗚咽しながらゆさぶっている。妙にまわりが静かだった。

「若旦那さま、しっかりなされませ。蜜柑の花が畑一面に咲いておりまするぞ。花が、花が咲きましたのじゃ……」

村人が押しかけてくる直前、蜜柑畑を見に行った儀平の声であった。

「そうか、蜜柑の花が咲いているか……」

金十郎は、辛苦を共にしてきた儀平をねぎらうつもりで小さく笑った。喜びなどどこにもない。これから自分を中心に繰りひろげられる蜜柑づくり。村人の阿諛追従《あゆついしょう》を思うと、気がただ重かった。

蜜柑庄屋――とは、後年、彼の指導をうけ、蜜柑づくりを行なうようになった知多半島の村々の人が付けた彼の異名である。

利屋村は早くから、金十郎の教えで蜜柑をつくり始め、永年の困窮から脱していく。

金十郎は頼まれれば、どこにでも気やすく蜜柑づくりを教えに行った。村から推され、再び庄屋職についたのは、安政《あんせい》三年のことである。彼は誰からも、度量が広く、明るい人柄だと評された。

これに較べ、満寿は人が訪れても、あまり顔をのぞかせなかった。

夫婦とも、実は心の中で鬱々《うつうつ》として愉《たの》しんでいなかったのだ。人の心におさめられているものを、覗いてしまっていたからであった。

金十郎のあとをついだのは、兄小右衛門の二男である。金十郎が蜜柑づくりを始めた年、胎児を死産した満寿はとうとう身籠ることがなかったのだ。

彼は明治六年に隠退して大岩金右衛門と称した。

当時、秋になると、知多半島の利屋村近くを航行する船上から、陸《おか》の段丘が鈴なりになった蜜柑で黄金色に見えたという。海まで色づいて見えたと語る人もあった。

知多半島では、いまも蜜柑栽培が盛んに行なわれている。

しかし、先覚者がこの海の潮をすすり、苦難と迫害の中で蜜柑づくりをなしとげたことなど、人々の記憶からもう忘れられてしまっている。

〈参考書目〉
愛知県教育史　第一巻
南知多町誌
大岩家諸文書

千姫と乳酪《バター》

竹田真砂子

竹田真砂子《たけだまさこ》

東京の牛込神楽坂に生まれる。法政大学卒。昭和五十七年『十六夜に』で第六十一回オール讀物新人賞を受賞して、作家生活に入る。歴史小説を中心に活躍しており、歴史の陰で生きた女性に慈しみをもって取り上げた『信玄公ご息女の事につき』『志士の女』等の長篇を上梓した。また、幼少時から親しんだという歌舞伎を題材にした『小説・十五代羽左衛門』『七代目』や、神楽坂界隈を舞台にした『牛込御門余時』『浄瑠璃坂の討入り——忠臣蔵への道』といった秀作も執筆している。発表のペースはゆるやかだが、磨き抜かれた作品は、珠玉と呼ぶに相応しい。平成十五年に『白春』で第九回中山義秀文学賞を受賞。

「千姫と乳酪」は「小説すばる」（平5・6）に掲載された。

父は日本酒が好きだった。

人肌にする加減がむずかしい、といって、晩酌の酒は、いつも自分で燗をつけた。肴《さかな》は鱚《きす》のひと干し。これも父は、自分で炭火の加減を調節し、盃を口へ運ぶ合い間に焼いていた。さっと焙《あぶ》った程度がおいしいのだそうだ。

父の晩年、時代が進んで炭が手に入りにくくなってからは、卓上の電熱器に十センチばかりの足をつけた金網をのせ、箸の先の方で鱚干しをつまんで火にかざしていた。

「子どもの時に覚えた味は、生涯忘れないものだよ。美味《うま》くても、まずくてもね」

薄く焼き色をつけた鱚干しは、父の好物だった。幼い頃、舌が覚えてしまった美味の一つかもしれない。

「子どもの頃に覚えた味を、ずっと忘れられずに生きた人がいる」

ほどよく焼き上がった鱚干しを、父は一つ、私にくれた。

「千姫だよ。徳川千姫。吉田御殿に住んでいた、あの人だ」

「千姫？」

時々、合いの手が入ると、父の話は一層滑らかになる。

「ご乱行で有名だが、実は、明るい性格の人でね。少々我儘《わがまま》なところはあったが」

まるで、つい昨日逢ってきたばかり、というような話し振りである。いつもの伝だが、本人には、格別面白おかしく作り変えて昔話をしている、という意識はないらしかった。

「ところで吉田御殿はどこにあったか？　牛込御門の近くなんだな、これが。もっとも、当時まだ、御門は出来ていなかったがね」

牛込御門は、江戸城三十六見附の一つで、市ヶ谷見附の桜の御門に対して、紅葉《もみじ》の御門と呼ばれていた。

「江戸の初め頃は、この御門までがご府内だった」

天下国家を論じるのは苦手だし、系統的な専門知識などまるで縁のない父だったが、巷間伝えられる、いわゆる俗説というものには妙に詳しかった。

それを時折、相手構わずひけらかすのである。ひけらかされた方は、たいてい右から左へ聞き流す。しかし、中には浮世の義理で「ご造詣が深くていらっしゃる」などと、心にもないお世辞をいう苦労人もいた。

そんな時、父は、無上の喜びを感じるらしく、つい口元がほころんでしまうのだが、うれしがっている様子を他人に悟られまいと、ほころびかかる口元を無理にへの字に曲げて、渋面を作る。そんな父の昔話を聞くのが、幼い頃の私は決して嫌いではなかった。だから、

「ねえ、それから？」

と話の続きをせがむことさえあった。

吉田御殿は、東京、ＪＲ飯田橋駅から靖国神社の方に向かって行く道の左側にあったのだと父はいう。

敷地二千五百坪。以前は、吉田大膳亮《だいぜんのすけ》という小姓組頭の住居だったそうだが、赤坂へ屋敷替えになり、その跡は、建物が壊されてさら屋敷、つまり更地になっていた。そこに、千姫用の御殿が建設されたわけだ。

いうまでもなく、千姫は徳川二代将軍秀忠の長女、後世、神君と呼ばれた家康の孫娘である。数え年七歳で豊臣秀頼と政略結婚し、落城までの十二年間を大坂城内で過ごした。豊臣滅亡の一年後、徳川家の重臣本多平八郎忠刻《ただとき》と再婚するが、これまた、十年で夫が死亡。千姫は三十そこそこで俗世との縁を絶たれてしまった。世はすでに三代家光の時代に入っている。

「将軍様の姉君様」

江戸城内に引取られ、大勢の召使いに傅《かしず》かれて、不自由のない余生を送ってはいたが、囲みの中の暮らしに飽き飽きしてしまったのだろう、城外の下屋敷で過ごす日が多くなった。この下屋敷が、吉田の住居の跡地に建てられた、俗にいう吉田御殿である。

「千姫君御乱行」

御殿の近くを通る若者は、みな中へ招き寄せられ、千姫の餌食にされる、という悪評が広まったのは、それからまもなくであった。

餌食とは穏やかではないが、千姫の孤閨を慰め、自らも至福のひとときを過ごしたはずの若者に、その後誰一人、出逢った者がいないのは、どうした理由《わけ》？

「御用がすめば斬り殺されるからさ」

後難を恐れる御殿内のお取締まりが、口封じのために若者を殺してしまうのだ、と世上では噂《うわさ》していた。死骸は、お屋敷内の井戸の中に投げこまれるともいう。

「御殿の近くを通ってみろ。鬼火は燃える、人魂はとぶ、いやもう、死人《しびと》の怨念がとぐろを巻いているようだ」

大真面目で震え上がる者もいて、いつしか吉田御殿の周辺は、めったに人通りのない、淋しい場所になった。


人が怖がると、逆にそれを面白がる人間が現れるのは世の常で、四谷御門外に住む大工の喜蔵は、ある春の日の昼下がり、

「餌食になるかならねえか、真実鬼火が燃えるのか、いちばん俺が見極めてくらあ」

と胸を張って出かけて行った。

赤ら顔で獅子っ鼻、どう見ても好いたらしいとはいえないご面相の上に、頭髪が極端に薄い。

「あれなら、いかに男漁りがお好みの千姫様でも、戯れる気にはなんなさるめえ」

折から、鬼火の燃える刻限ではなし、どう転んでも、魔性の者に魅入られることはあるまいと高をくくり、

「ふん、ばかばかしい。本人だけが強がって」

近所の人びとは、喜蔵の独りよがりを嘲笑っていた。

ところが、黄昏《たそがれ》どき、よろよろと戻って来た喜蔵の顔つきを見て、人びとは驚いた。いつもの赤ら顔から血の気が失せ、唇はわなわな、体の震えも止まらないのだ。

「気を確かに持て、喜蔵」

隣家の陰陽師《おんみょうじ》に励まされて、喜蔵はやっと気をとり直し、今しがた目のあたりにしてきたばかりの、吉田御殿の有様を告げた。

「御門から少し離れた西側の塀の際を歩いていたと思いねえ。中から異様な物音が聞こえてくるじゃねえか。こう、なにかを、強く打ちつける音がよ。鈍いがどっしりとして、一打ちごとに腹の底に響いてくるような音よ。耳を澄ますと、人の声も交じっている。なんといっていたと思う？　その声がよ。これでもか、これでもか、だよ。さもさも憎らしそうに、これでもか、これでもか、と……」

聞いている者はみな息を飲んだ。喜蔵は、話を先に進める。

「折檻《せっかん》だよ。間違いねえ。誰かを痛めつけていやがるんだよ。あの不気味な音。耳にこびりついて離れねえ。だがね、ここで怖がって帰っちゃあ男が廃《すた》らあ。誰が、なんで、誰を責めつけているのか、確かめねえじゃあ帰られねえ。そこでだ、人気《ひとけ》のないのを幸い、塀乗り越えて中へ忍びこんだ」

「おお、よくやった」

半信半疑ながら、ここまで来れば誰だって奇怪な話の結末を、ともかくも聞いておきたいという気になる。陰陽師は、喜蔵の勇気を讃えて、話の続きを促した。

「遠目でもあり、木立に間を遮られていたから細かい所までは分らねえがね、見たよ、この目で、確かに、吉田御殿の地獄絵をさ」

喜蔵はここで水を所望した。さし出された水を一口飲んで、さて、話は要《かなめ》の件《くだり》に入る。

「大木の枝になにやら吊してあってな、その周りを、手に手に棍棒を持った若い女共が取り囲んで、これでもか、これでもか、といいながら、うち打擲《ちようちやく》の真っ最中」

「で、その大木から吊されているものは……その……人……か？」

「まさに人」

「若衆か、それとも不都合のあった腰元でも折檻していたか」

「若衆だろうねえ。女共がみんな、面白そうにぶっ叩いていたからねえ」

色とりどりの小袖を着、髪には白鉢巻という出で立ちの女共は、笑いさざめき、歌など歌い、これでもか、これでもかと囃《はや》したてながら棍棒を振り上げ振りおろし、思う存分うち打擲をくり返していたそうだ。

千姫らしい人の姿は、この中には見あたらなかったが、こちらからは目の届かぬ部屋の奥にいて、べつの若衆に酌などさせながら、折檻の様子を、かぶき踊りでも見るように見物していたに違いない。

もし、痛めつける相手も女であったとしたら、取り囲む女共の風情が、もっと邪険で陰気であろう。それに、女共の言葉の中に、何度か若衆という声があったような気がする。

「なるほど」

聞き手たちは頷《うなず》いた。

「体中ぐるぐる巻にされて吊されたところは、どう見ても蓑虫だったぜ」

「体中すっかりか？」

「ああ、顔も体も包まれちまって、目も当てられねえ有様だ」

「顔もか？」

「ああ、すっかりだ」

つまるところ、ぐるぐる巻の中味が何者であったか分らなかったわけだが、次に喜蔵がいった一言は、世上に流れる怪しい噂に裏打ちをつけ、袷《あわせ》に仕立て上げてしまうほどの値打ちがあった。

「い、い、い、井戸があった、本当に井戸があったぜ、蓑虫の折檻のすぐ側によ」

居合わせた人びとはいっせいに、

「やっぱり、井戸があったか」

と、あるいは胸の内で、あるいは声に出してつぶやき、吉田御殿の殺生は噂通りであったと納得した。

さらに喜蔵は、噂にはふくまれない、とっておきの見聞を披露する。

「生臭えんだねえ、屋敷の中が。妙な臭いがする。胸の悪くなるような臭いがさあ」

すかさず一人が訊《き》いた。

「死人《しびと》の臭いか」

「それしかあるめえ。あんな奇妙きてれつな臭い、俺は今までかいだことがねえ」

喜蔵は腕を組み、獅子っ鼻をふくらませてそっくり返った。

その実、怖気《おじけ》づいていたせいか、足元が定まらず、帰りがけ、塀を乗りこえそこねて、したたかに打った腰が痛くてたまらないのだ。

「井戸の中が死人の山なんだな」

「屋敷中に死人の臭いがこびりついているに違いない」

「引きずりこんだ若衆を、さんざん慰みものにした揚句、なぶり殺しにして井戸に捨てるとは、千姫というお方は、なんと業の深いお方であろうか」

輿入れとはいいながら、千姫が大坂城に入ったのは、豊臣方の人質になったも同じこと。落城の炎の中から救い出され、本多平八郎と平穏な暮らしができたのも、たった十年だった。お気の毒なお身の上と、今の今まで世間の庶人も、思わないでもなかったが、聞くばかりでも身の毛のよだつ、無軌道、非道な有様を知らされては、もう贔屓《ひいき》のしようがない。

「剣呑《けんのん》な場所へは近付かぬことだ」

結局、人々の考えはそこに落着いた。

陰陽師の見立てでは、丁度吉田御殿の真上に、青い光を放つ妖星が出ているそうな。この妖星が出ている限り千姫の悪業は止《や》まず、近づく者は必ずとり殺される、という。

「鶴亀、鶴亀」

邪を祓う呪《まじない》の言葉を呟きながら、庶人は、改めて御殿の方角を鬼門扱いにする。さすが物好きの喜蔵も、それからは二度と覗きに行く気は起きなかったようだ。

こうして吉田御殿の周辺《あたり》は、いよいよ人通りが少なくなり、以前にもまして淋しく薄気味悪い場所になった。

そんな世間の悪評を知ってか知らずか、千姫は吉田御殿の中で、暢気な毎日を送っていた。この頃年齢《とし》は三十八、九。二度も夫を見送って、名も天樹院と呼ばれる身の上であったが、仏門に帰依したわけでもなく、もちろん法体《ほったい》にもなっていない。

髪型は、根を高くして結んだ今様の垂髪《すいはつ》。総鹿の子の小袖に名護屋帯、天鵞絨《びろうど》地に色糸で模様を縫い出した打掛を好んで着用し、声をあげて笑いもすれば、昔の物語など読みながら涙を流すこともある。

竹橋御門内にいた頃は、なんといっても将軍家御城内であるし、殊には、近くに当代家光公を養育した春日局の館があって、少しでも羽目をはずすと、

「本来なれば髪をおろし、ひたすら御仏《みほとけ》に仕えるべきお身なるに、この慎みなきお振舞いはなにごと」

お小言がとんでくる。

うっかり大きな笑い声もたてられなかったが、下屋敷に移ってからは、気がねがなくなった。芸達者な腰元に、近頃流行《はやり》の三味線ひかせて楽しむこともできる。

〽みやまやるまひ　深山瀧の水は
うちやうていつく　ちやうと打てば
うちやうていつく　つくつく
しんたんたらつく　ちやうと打つ
若衆踊をのう　若衆踊をひとをどり

明るい節で、軽い拍子のこの歌を千姫は特に好んで、自らも覚えて歌ったし、腰元たちと一緒に、見よう見まねで踊り出すこともあった。

「鋳型にはまって暮らすも一生、はまらずに暮らすも一生。世の中、なるようにしかならぬものを」

七歳で秀頼に嫁ぎ、敵に囲まれた中で成人した千姫だが、その間、ただの一度も我が身の不運を嘆いたり、親を恨んだり、ましてや夫を憎み、その一族を呪うということはなかった。大坂落城の時も、なるようになるだろう、と思っていたから、淀君を始め重臣たちが、千姫を徳川方に引き渡すの渡さぬのと長評定しているのを、他人事《ひとごと》のように聞き流してもいられた。

生まれてからずっと、いつだって千姫の日常は他人《ひと》委せだった。物ごとはなんでも、たとえば、直接千姫自身の生命に関わることでも、本人の頭の上を素通りして決められていた。なるようにしかならないのなら、窮屈な毎日を過ごすより、気随気儘に暮らした方が身のためになる。その考え方は、昔も今も変らない。牛込御門内の下屋敷での暮らしは、時間の流れ方も、人の顔つきも、御城内にいた時よりは、ずっと穏やかで、腰元たちの声や仕草も以前とはくらべものにならないほど華やかだ。

「天樹院様は年毎にお若くおなり遊ばす。なにか妙薬をおたしなみじゃそうな」

千姫の目の前で腰元たちが、思わせぶりに目引き袖引き、そんな軽口を交すこともあった。

だが、気随気儘とはいっても野放途な暮らし振りではなく、毎日朝夕二度、千姫は、仏前での看経《かんきん》を欠かしたことがない。

天下を手の内に収めるために、千姫を自在に操った祖父徳川家康はもちろんのこと、父秀忠もすでに亡く、豊臣秀頼、本多平八郎と、千姫の半生を決めてきた人びとは、ほとんど鬼籍に入っている。わけても千姫が特に熱心に俗名を呼びかけて回向《えこう》するのは、秀頼の母淀君であった。

大坂城の定命が旦夕《たんせき》に迫ってからは、

「関東の廻し者、お千を決して逃《のが》してはならぬぞよ」

誰彼の見境なく、癇《かん》を立てて命じ続け、片時でも側からはなすまいと、険しい形相で、千姫の袖を力いっぱい摑んでいるような人物であったけれど、初めて逢った時は、

——このお方が淀様？

子供心にも、若くて美しいお方と、ぼんやり見とれてしまうほどであった。

「そなたがお千か。小督《こごう》には少しも似ておらぬの」

淀君の最初の一言はこれだった。

いきなり母の幼名をいわれて戸惑う千姫に、淀君は笑いかけ、

「よいよい、似ていなくて幸せじゃ。あのような愛嬌のない顔立ちの女を御台所《みだいどころ》にしては、秀頼殿にあいすまぬ」

手にした扇を半《なか》ば開いて、口元にあてた。

その半分見えた扇の模様を、千姫は今でもはっきり覚えている。瑠璃色《るりいろ》の地に、金で霞と橋の図が描いてある黒骨の蝙蝠扇《かわほりおうぎ》だった。

千姫の母は元小谷《おだに》城主浅井長政の三女。淀君にとっては血を分けた妹にあたるのだが、水気の失せた肌、晴れ着の似合わぬ貧弱な体つきなど、とても血縁があるとは思われぬ。しかも、とんと笑顔を見せたことのない母にくらべ、年嵩《としかさ》であるはずの淀君は、さりげない仕草一つにも、威厳と華やかさが備わっており、どんな美しい花も豪華な衣裳も、色あせて見えるほど光り輝いていた。

「妾《わらわ》は内大臣秀頼の母じゃ。そなたの母は徳川秀忠の配偶者《つれあい》。そなたが妾を、母上と呼ぶことは許さぬ」

声にまで張りのある淀君の一言一言は、関東方、大坂方の家の子が居並ぶ大広間を、一筋の矢のように貫いて行く。

なぜ母と呼んではいけないのか、淀君の真意は分らなかったし、家康の命を受けて、関東

から付添ってきている相模の局が、初対面の挨拶を終えて、定められた居室に落着くやいなや、

「無礼と申そうか、驕慢《きょうまん》と申そうか、茶々殿の、あの悪態はなにごと。早速関東にこの由お知らせ申さねばならぬ」

と、淀君を昔のままに幼名で呼び、唇かみしめて怒る有様も解せなかったが、千姫は、その後ずっと、秀頼と二人きりの会話の中でさえ、教えられた通りに夫の生母を淀様と呼びならわしていた。

相模の局にいわせると、

「茶々殿は、秀忠公の御台様《みだいさま》になり給うた妹御の栄華が妬ましくてならないのでございますよ。幼い頃から、三人のご姉妹の中で、ご自分お一人だけがなにごとにも秀れていると思いこんでいたお方でございますからね。ところがどうでございましょう。茶々殿の果報は拙《つたな》く、豊臣のお家は衰運を辿るばかり。逆に関東の御台様は強いご運に恵まれて、姉君のお生命《いのち》まで握るお立場。それがあの、悪性な女子《おなご》の癪の種になっておりまする」

ということになる。千姫に冷淡な態度を見せるのも、関東の妹御への腹癒せなのだそうだ。

「なに丁度よろしゅうございます。向うからいい出されるまでもなく、正当な政所《まんどころ》でもあることか、たかの知れた側室《おてかけ》を、母上などと呼ばれるものか。姫君様の愛らしいお口元が汚れますする。母と呼んで親しむなどということこそ幸い、こちらから親しんでいくことはありませぬ」

相模の局の口からは、よく夜叉だの邪鬼だのという言葉がとび出した。千姫は、この意味もまた正しく理解できなかったが、淀様のように美しいものならば、夜叉も邪鬼も悪くないのではないか、くらいに思っていた。

輿入れして半年ばかり経った頃、それまで片時も側を離れなかった相模の局が、突然苦しみ出して寝ついたことがあった。

ろくに睡眠もとらず、毎日気を張りつめていたせいであろう、と薬師《くすし》はいい、

「いえ、寝ておりましては務めが果たせませぬ。姫君をお守りせねば」

苦しそうにあえぎながらも起き上がろうとする相模の局を、無理矢理押さえつけて休養をとらせた。

その翌日の昼近くである。一緒に遊んでいた秀頼が、馬の稽古に行くといって立ち去ってしまった後を、半べそをかきながら見送っていた千姫に、声をかけた者がいる。

「御前様のお召しでござりまする」

淀君の侍女だった。

手を引かれて奥殿へ行くと、桜と紅葉と柳の絵を描いた金襖を背に淀君が座っていて、千姫の顔をみるなり、

「こちへ」

傍に招き寄せた。

それきり淀君はなにもいわない。

なにもいわないまま、侍女に運ばせた小さな壺を前に置き、右手に銀のへら、左手に蒔絵の小皿を持って身構えた。

振分髪の千姫は、少し首を傾げて淀君の手元を見据える。

淀君の細い手が、ひらり、ひらりと動いた。

銀のへらが、壺の中から小さな白い塊をすくいあげる。続いてそれは小皿の上に。

雛遊びのお道具を一つ借りてきたような、蒔絵の小皿の上に載った白い塊は、まるで、小さな小さな雪兎を見るようだった。

「おあがり」

淀君は、その小さな雪兎を千姫にさし出した。侍女が、別の銀のへらを千姫に持たせた。

どうしていいのか分らず千姫が戸惑っていると、淀君は、自分も小皿に白い塊を載せ、銀のへらで端を少しすくって口へ運んでみせる。千姫もすぐにまねをした。

口の中に得体の知れない感触が広がった。かすかに香りがし、塩味も少しある。

「どうじゃ？」

淀君が訊いた。

千姫はただじっと淀君の顔を見つめた。

「嫌いか？」

おいしいかまずいか、味はよく分らない。気味が悪いようにも思えたが、嫌いときめつける気にはなれなくて、千姫はもう一口、へらの先に白いものをつけてなめてみた。

その様子を見て安心したのか、淀君は、自分の小皿に取り分けたものを全部食べてしまう。つられて千姫も、雪兎をすっかり口の中に入れて溶かしてしまった。そのうちに味にも馴れ、おしまい頃には、気味が悪いという思いは、まるでなくなっていた。それどころか、豊《ゆたか》な後味が気分をなごませてさえくれる。

千姫は思わず淀君に頬笑みかけた。

「気に入ったようじゃの」

淀君も頬笑んでいた。

「乳酪というものじゃ」

「にゅうらく?」

「白牛の乳で造るのじゃそうな」

千姫の脳裡に、御所車を引く牛の姿が浮かんだ。

「牛の?」

「牛は嫌いか」

「白い牛を見たことがござりませぬ」

「妾も知らぬ」

話はそこで、一度途切れた。

千姫の口の周りが脂で光っているのを見た淀君が、懐紙をもんで、手ずからそれを拭ってくれたのである。

「千《せん》は、牛など怖うはござりませぬ」

口を拭ってもらっている間、体を固くしていた千姫は、顔から淀君の手がはなれると、大急ぎで叫んだ。

それには答えず、

「そうか、お千は乳酪が気に入ったか、よい子じゃ、よい子じゃ」

淀君は、千姫の振分髪に手を廻して引き寄せ、胸の中でしっかり抱きしめた。

抱きしめ方があまりに強くて、息苦しいくらいだったが、千姫は我慢した。苦しかったけれど、なんだかとても、うれしかった。

そのあと淀君は、乳酪は亡き太閤殿下のお形見であること、でも本当は、太閤殿下はあまりお好みでなく、主君織田信長公がことのほか好ませ給うたゆえ、渋々調子を合わせていただけであること、などを教えてくれた。

「おかしやの、太閤殿下のお血を引いたかして、秀頼殿はあまり乳酪を好まれぬ。母親は珍味じゃと思うているに。これは伯父上ゆずりのようじゃ」

淀君の母は信長の妹、乳酪の味が分る者は、織田の血筋を引いている、といいたいらしい。千姫も、体の中を流れる血の四半分は、紛れもなく織田家のものだ。淀君はそれを確かめたかったのかもしれなかった。

乳酪は南蛮人の献上品であった。凝り性の信長は、完成品を味わうだけでは物足りなくて、南蛮人に製造方法を問い質《ただ》し、ついには白牛を一頭献上させて、安土城内で乳酪を造らせたという。作業にあたったのは美濃の百姓衆と聞いているが、信長の死後、乳酪造りも自然に消滅してしまったようで、絶えてその噂を耳にしない。

新し物好きの太閤は、乳酪をその味ではなく、南蛮渡来の貴重品として珍重した。

「乳酪を所持せぬ者は天下人にあらず、とでも思召したのであろうよ」

淀君はせせら笑う。

幾度となく南蛮人に献上させたが、大事にしまいこんでいて、味見をする時は、錠をおろした蔵の中から、布だの箱だの壺だの、何重にも包まれた乳酪をうやうやしく持ち出して来る。自分で食する場合はもちろん、余人に与えるにも自ら給仕して、いろいろ講釈を加えながら差し出すのが常だった。

太閤が吝嗇《りんしょく》だったお蔭には、貴重な乳酪の壺が手つかずで、まだ幾つも蔵の中に残っている。

「のうお千よ、妾とそなたと二人で、食べ尽してしまおうではないか」

千姫の耳に口を寄せて淀君がささやいた。

「二人で？　秀頼様は？」

千姫が問うと、淀君は、

「お千、そなた秀頼殿が好きか」

と逆に問い返す。

千姫は頷いた。

「そうか、好きか。好きなれば仲ようせねばならぬぞや。秀頼殿はお体ばかりかお心も、とかくおひ弱になりがちゆえ、いつも側から励ましてさしあげねばならぬ。乳酪をもっと召し上がって下されば、気強い大丈夫にお育ち遊ばすであろうに」

「乳酪を召し上がればお強くなられまするか」

「なられるとも。乳酪は薬じゃ。南蛮人があのように丈高く、逞しいのも、毎日乳酪を食するせいじゃと聞いておるもの」

「お薬……。なれば、千が毎日、秀頼様に乳酪を勧めまいらせまする」

途端に淀君は、千姫の体を突き放した。

「生意気な子じゃの。なんじゃ、千が勧めまいらせる？　つけ上がるまいぞ。勧めてよければ母が勧める。なんのそなたの力を借りよう。第一、誰が乳酪の壺をそなたに渡すというた。そなたごときの自由にはさせぬ」

雲一つない青空を、突然黒雲が覆いつくし、激しい雷雨になったような、淀君の変りように、千姫はただ目を見張るばかりであったが、

「目障りじゃ、下がりゃ」

怒鳴りつけられて、なにがなんだか理由《わけ》の分らぬまま、一人で庭伝いに戻ってきた。

丁度、千姫の御殿では、姿の見えなくなった幼い御台を探して大騒ぎをしているところで、

休養中の相模の局も端近に出て、侍女たちにあれやこれやと指図をしていた。

「御台様、どこにおいで遊ばしました。たいがい案じたことではござりませぬ」

千姫の姿を認めた相模は、素足のまま庭にとび降りて駆け寄ってくる。

「淀様のお部屋に」

千姫の答えを聞いた相模の局は目をむいた。

「そのような所、なぜお一人でお出向き遊ばされた」

相模の局の剣幕は、淀君の権柄ずくに負けず劣らず凄まじいものであった。千姫の言い訳を聞こうともせず、豊臣方の者ばかりがいる席へ、一人で行くとは言語道断。今後、どんな誘いを受けても、相模の局の付き添いなしに、決して淀君の前に出てはならぬ、とくり返しくり返しいいきかせた。

そのあとで、

「淀殿は、一体御台様に、どんな仕打ちをなされました？」

と訊く。

千姫は、相模の局にかけた心配を和らげるつもりで、秘蔵の乳酪を味わわせてもらったことを告げた。

「有難いお薬じゃげな。相模の見舞いに少し頂きたいと思ったが、お願いしそびれてしもうた」

淀君が急に機嫌を悪くすることさえなかったら、本当に少し分けていただく思案をしてい

たし、

——乳酪を食べれば、相模の局もすぐに治る。

本当にそう信じていたのだが、残念ながら手ぶらで戻って来てしまった。

「不思議な味の、結構なお薬であった。この次はぜひ、相模も頂戴するがよい」

淀君の好意を伝えるつもりだったのだが、結果は火に油を注ぐようなものになった。

「毒でも入っていたらどう遊ばす。しかもなんぞや、牛の乳？　おお、いややの、いややの。いかに結構なお薬じゃとて、相模、蛮人のまねはいたしませぬ」

この騒動は、一部始終淀君に伝わっていたとみえ、二、三日後、御機嫌伺いに出ると、早速淀君は、不快そうな顔つきをする相模の局を尻目に乳酪を取り出し、千姫に与えた。

「お千には豊臣の世継ぎを生んでもらわねばならぬ。乳酪を食しているとな、丈夫な元気な和子が授かるそうじゃ。これ相模、乳酪とは、なんと結構なお薬ではないか」

淀君の声音には針があった。

その針を、相模の局は、全身を鉄の板にしてはじき返していた。

目に見えぬ針が宙をきってとび交う中で、七歳の千姫は、蒔絵の小皿に載せた、雪兎のような乳酪を、銀のへらですくって口に運んでいた。味わえば味わうほど、乳酪の味は深みをまし、口中に広がる豊な香りは、千姫の小さな体をやさしく包みこんでくれるようであった。

千姫はなによりも乳酪を、世の中で一番結構な食べ物と思うようになった。

その乳酪も、大坂落城と共に跡形もなく消えてしまった。言葉通り淀君が、全部食べ尽したかもしれない。

——それならば淀様は、炎の中でも、穏やかな最期を迎えられたであろうよ。

落城の半年前、冬の陣で敗戦してから、淀君は目に見えて窶《やつ》れ、いうことも振舞いも狂おしくなっていた。千姫を関東方の廻し者ときめつけ、逃さぬように袖を摑むようになったのも、この頃からである。

しかし結局、最後に千姫を救ってくれたのは淀君だと、千姫自身は思っている。お気を鎮めるためにと侍女がさし出した乳酪を、淀君がおいしそうに食べている、その一瞬の隙をついて相模が千姫を促し、側を離れることができた。

——あの時、淀様は気づいていらした。

気づいていながら見逃したのは、乳酪の薬効で、穏やかな気持になっていたせいだと、千姫は今、信じている。

吉田御殿での、朝夕の看経には、必ず亡き淀君にそのことを問いかけ、礼をいう。そうした上で、

——よい乳酪を造らせ給え。

と祈る。

吉田御殿の中で、千姫は、乳酪造りに励んでいたのである。乳酪造りは、千姫の長年の夢だった。それが吉田御殿で叶えられたのだ。

二人目の夫本多平八郎は病身だった。共に暮らした十年の間、いつもどこかが悪かった。

――乳酪があれば。

きっと体に滋養がつき、丈夫になると信じて、千姫は人を頼んで探させたのだが、本多家の領地、姫路や桑名では手に入りにくく、頼りにする江戸の親元は南蛮嫌いでとりつく島もない。そのうちに平八郎は、三十一歳という若さで死んでしまった。

それでも千姫に娘を一人残してくれて、夫亡き後は共に江戸城内に引きとられ、今は三代将軍家光の養女になっている。この娘も父親に似てひ弱な体質だった。

――乳酪がほしい。

しかし、本当は、誰よりも乳酪を必要としていたのは千姫自身だった。

七つの時、初めて知った味が三十年の歳月を経ても忘れられず、なんとしても、もう一度
――あの豊な味わい。

味わってみたかったのである。

御当代の姉君様と敬《うやま》われ、江戸城内の御殿で過不足なく暮らしている千姫の、ただ一つの悩みは乳酪を味わえないことだった。

特に悩みを打明けられる相手もないまま、時を重ねていたが、ある日、今は実家《さと》に戻って隠居暮らしをしている相模の局が御殿を訪れ、耳よりな話を告げてくれた。

「甥が長崎の奉行所にお役を頂戴いたしておりまして……」

「長崎となあ？」

千姫は早速、乳酪の入手と、白牛を一頭工面させるように頼んだ。

「天樹院様はまあ、途方もないことを仰せ遊ばす」

口では叱ったが、相模の局も年を取ったし、淀君が死んでしまって、人と争う気力を失くしたのか、それとも生死を共にしてきた千姫には格別の思い入れがあるのか、大嫌いなはずの乳酪入手のために、早速、長崎の甥のもとへ手紙を出してくれた。

まもなく乳酪は手に入ったが、思った通り白牛の工面は難しいようで、

「南蛮船の出入りお差し止めの御沙汰が、お上からくだされた由にございまする」

相模の局は、気の毒そうに甥から届いた便りを披露した。

この頃家光は、キリシタンを禁止し、内外の船の往来も認めず、着々と鎖国の準備を進めていた。

ところが、なにが幸いするか分らないもので、南蛮船後退の間隙を縫って長崎に入りこもうとしている和蘭《オランダ》が、将軍様が白牛を欲しがっていると聞き違えて、献上したいと申し出て来た。

「南蛮人紅毛人が信仰するキリシタンを禁じておきながら、お上のお厩に白牛がいては、下じもに示しがつきますまい」

千姫は、姉の権威を振りかざして家光に直談判し、まんまと白牛を手に入れてしまった。ついでに、周辺への気がねなく乳酪造りができる下屋敷も。

「忝《かたじけな》い、家光公。乳酪が出来た暁には、きっと献上いたしまする。よいお跡取りが生まれましょうぞえ」

無邪気な笑顔で千姫は礼を述べ、家光を愕然《がくぜん》とさせた。

その頃家光は、女には目もくれず、ひたすら衆道に走っていたのである。

そんなことには頓着なく、下屋敷に移った千姫の白牛との暮らしが始まった。

乳酪造りは、長崎から送ってきた走り書きの便りを手引きにしている。

大勢の腰元たちと一緒に千姫も庭におりたち、白鉢巻に片だすきという姿になって、白牛の乳をしぼったり、その乳を大きな桶に移し換えたりした。

まず、しぼって、少し時間をおいた乳の上に浮いている部分をすくい、革袋に入れる。ここからが大仕事。この革袋を木の枝に吊して、棍棒で叩きつけるのである。腰元が数人ずつ交代でこの作業に当った。

初めのうちは歌など口ずさみながら静かに叩いているのだが、時間がたつにつれみんな疲れてきて、

「これでもか、これでもか」

「まだききめがないか」

などと口ぐちにいうようになる。が、それもやがて、棍棒で叩く革袋の手応えが重くどっしりしてくる頃には、再び「よい酪《らく》になれ」の願いをこめながら歌に戻って、

〽……うちやうていつく　つくつく
　しんたんたらつく　ちやうと打つ……

この大仕事を終る。

革袋の中味は、叩かれて、水気と粒つぶに固まったものとに分かれている。酪である。

さて次は、この粒つぶを小ぶりの盥《たらい》にあけ、井戸から汲み上げた清水で何度も何度も、濁り水が出なくなるまで濯《すす》いでいく。

最後が味つけ。青磁の大皿に水をきった粒状の酪をあけて塩をひとつまみ。これを木杓子で丹念に練り上げれば、珍味、乳酪の出来上がり。

出来たての乳酪を、すぐにみんなで味見して、残りは赤絵の壺に入れ、きっちり蓋をして涼しい所に置いておく。夏の間は、溶けないように、冷たい井戸水に浸しておくこともあった。

吉田御殿で造る乳酪は雪兎のようでなく、春の野辺に咲く菜の花の色をしている。色の違いは、牛の餌が原因なのだそうだが、味にも見ための美しさにも変りはなく、千姫は我が手で造った乳酪を、稀代の重宝でも見るように、惚れぼれと眺めることがよくあった。

白牛に与える草は、早稲田村の百姓であったという実直な下男が、毎日代々木村や渋谷村辺まで行って刈ってくる。牛小舎の掃除はこの男の役目だが、白牛の世話には腰元たちが交代であたっていた。

誰も決して手を抜いていないのだが、それでも白牛は異様なにおいを放つ。

「胸が苦しくなるわいの」

千姫にとっても白牛の臭いは決して愉快ではなかった。それでも乳酪造りの楽しみを考えれば、臭気をいやがってなどいられない。

日がたつにつれ、

「白牛も江戸の暮らしに馴れたかして、臭いが薄くなったようじゃ」

異臭にも馴れてしまった。

ただ、時折顔を見せる相模の局は、

「天樹院様とゆっくりお話がしたけれど、この悪臭の中では、頭痛がして長居できませぬ」

早々に立ち帰ってしまう。

どうやら白牛と乳酪の臭いは、御殿中にしみついてしまったようであった。

この相模の局は、千姫が手造りの乳酪をさし出して、

「滋養になるゆえ、一日一度これを食べて、せいぜい長生きして給《た》もや」

どんなにやさしく勧めても、

「お言葉忝うは存じまするが、牛の乳などを喰らいましては、私を生みつけた母に申し訳が立ちませぬ」

頑強に拒んで決して口にしなかった。

相模の局には嫌われたが、しかし三代将軍徳川家光は、千姫がひそかに届ける乳酪を、薬と思って試食していた節がある。

久びさに江戸城内に戻った千姫が、遅ればせながら下屋敷拝領のお礼言上を願い出て家光との対面が許された時、

「将軍家にはお顔の色もよく、日々お健かにお過ごしと拝察いたしまする」

と挨拶した千姫に、

「姉上のお気遣い恐れ入る。近頃は伝来の妙薬など服用いたし、いたって健康でござる」

極めて慇懃な答えが返ってきた。

千姫は気をよくして、いよいよ乳酪造りに励んだのだが、それでことが、すべて丸く収まったわけではなかった。

時の老中、堀田加賀守は、千姫の乳酪造りが世間に知られてはならぬと、様ざまな手立を講じなければならなかったのである。

キリシタンはきつい御法度であった。信仰を捨てない者は極刑に処している。南蛮人の滞在、商いを認めず国外追放にし、ただ一国、船の出入りを許した和蘭も、長崎以外の地に足を踏み入れてはならぬことに取り決めてあった。徳川家万代不易の世を形成するためには、徹底した荒療治が必要だったのである。庶人が異国の風習に染まるなどもってのほか。興味を持つことさえ厳禁している。それなのに……

それなのに、将軍様の姉君が異国の風習に馴染み、南蛮人紅毛人の食べ物を好んでいるなどと、どうして世間に公表できよう。

「天樹院様に我儘をお慎みいただきたい」

将軍に願い出たのだが、

「姉君のお蔭で徳川家の今日がある」

家光は頼りにならなかった。

名君と敬われる身でありながら、千姫の前ではなぜか萎縮してしまうようである。堀田加賀守は、重臣たちと額を寄せ合ってよりより協議した。その結果、

「ご乱行にしてしまうがよろしかろう」

と衆議一決したのである。

早速、配下《くさのもの》を使って、吉田御殿にまつわる奇怪な噂を市中に広めさせる。通りすがりの若衆を引きこみ、夜伽の相手をさせてから、なぶり殺しにする。死骸は井戸に投げ捨てる。死臭が漂っている等々。

噂はたちまち江戸中に広まって、堀田加賀守の思惑通り、吉田御殿近辺に人気《ひとけ》がなくなった。中で行われている南蛮渡来の乳酪造りを、庶人に悟られる恐れはほとんどない。

「まあ、よいわいの」

世間の取沙汰を伝え聞いた腰元の一人が、憤慨のあまり泣きながら訴えた時、千姫は、乳酪を食べながらそう答えたという。

そんなことがあってから五、六年後、家光に待望の男子が誕生した。のちの四代将軍家綱である。家光はなんとか、深みにはまった衆道から抜け出ることができたようだ。

「乳酪のお蔭であろうよ」

総鹿の子の小袖の裾を無造作に端折り、片だすきをかけた千姫が、そういってにっこり笑ったとか、笑わなかったとか。

吉田御殿に忍びこみ、乳酪造りの一端を、若衆惨殺と思いこんだ喜蔵という男が、本物の大工であったか、それとも堀田加賀守の息がかかった手下であったか、それは今では分らない、と父はいっていた。

ところで、父の好物であった鱈干しだが、私もやはり好きである。

お勢殺し

宮部みゆき

宮部《みやべ》みゆき（一九六〇〜）

昭和三十五年、東京に生まれる。隅田川高校卒。仕事のかたわら、創作に励み、昭和六十二年「我らが隣人の犯罪」で第二十六回オール讀物推理小説新人賞を受賞。同年「かまいたち」で第十二回歴史文学賞佳作となる。平成元年には『魔術はささやく』で第二回日本推理サスペンス大賞を獲得した。以後、平成四年『本所深川ふしぎ草紙』で第十三回吉川英治文学新人賞、『龍は眠る』で第四十五回日本推理作家協会賞、五年『火車』で第六回山本周五郎賞、九年『蒲生邸事件』で第十八回日本ＳＦ大賞、十一年『理由』で第百二十回直木賞など、文学賞を総なめする勢いで受賞している。広範な愛読者を抱えており、平成の国民作家といえるだろう。

「お勢殺し」は「小説歴史街道」（平６・２）に掲載された。

宮部みゆき公式ホームページ「大極宮」http://www.osawa-office.co.jp/

一

深川富岡橋《ふかがわとみおかばし》のたもとに奇妙な屋台が出ている――という噂《うわさ》を耳にしたのは、ちょうど藪入《やぶい》りの日のことだった。

新年一月十六日、俗に「地獄の釜《かま》の蓋《ふた》も開《あ》く」と言われる藪入りは、盆の藪入りと共に、厳しいお店《たな》暮らしの奉公人たちにとっては一年のうちで何よりも楽しい日であった。一日お暇をもらい、親元に、家族の元に帰ってのんびりと過ごす。墓参りをする。勝手向きの具合がよく、奉公人思いのお店のなかには、この日、休みをとる奉公人たちに小遣いを渡すところもあり、たとえ雀《すずめ》の涙ほどの額であっても、日ごろは古着一枚自由には買うことのできない身分の者たちにとっては、それがまた輪をかけて嬉《うれ》しいことになる。

ただし、浮かれ気分のこの一日に、気をつけねばならないこともあった。奉公人たちのなかには、日帰りのきかない遠方から来ている者もいるし、様々な事情で帰る家のない者もいる。彼らのうえにも藪入りの浮かれ気分はひとしなみに訪れる。しかし、こういう寂しい身の上のお店者《たなもの》たちは、概してこの日、食い物屋や岡場所や酒場、見世物小屋や芝居小屋など、日ごろ入りつけない遊興場所で、厄介な騒ぎを引き起こしたり巻きこまれたりすることが多いのだ。それだから藪入りは、一面、十手持《じって》ちにとっては気の抜けない一日ともなるのである。

本所深川《ほんじょふかがわ》一帯をあずかり、「回向院《えこういん》の旦那《だんな》」と呼ばれる岡っ引きの茂七《もしち》のところも例外ではなかった。通称の由来のとおり、回向院裏のしもたやに住まう茂七のところには、下っ引きがふたり出入りしているが、彼らにとっての藪入りは、朝早くから夜木戸が閉まるころまで縄張《しま》一帯を見回り、この日だけお大尽《だいじん》気分のお店者たちが好んで立ち寄りそうな店々に顔をのぞかせて、それぞれの店の気質に合わせ、あんまりあくどいことをしなさんなと因果を含めておいたり、慣れない連中をよろしくなと頼んでおいたりという仕事に明け暮れるという一日だ。富岡橋のたもとの屋台の一件は、そういう行脚《あんぎゃ》仕事のあいだに、下っ引きのひとり糸吉《いときち》が耳に入れてきて、茂七のかみさんがこしらえた昼飯をかっこみながら話してくれたものだった。

「なんでその屋台が妙だって言うんだい」

糸吉よりも先にぶらぶら歩きの見回りから戻っていた茂七は、もう昼飯を済ませ、煙草《たばこ》をふかしていた。ふうと煙を吐きながら、どんぶり飯にくらいついている糸吉に問いかけた。

「熊《くま》の肉でも食わせるってわけじゃねえんだろう？」

「そんなわきゃねえですよ。あっしもちょいと見に行ってきたんですがね、売りもんはただの稲荷寿司《いなりずし》でさ、へえ」すきっ歯のあいだから盛大に飯粒を吹き飛ばしながら糸吉は答えた。

「当たりめえの稲荷寿司ですよ、枕《まくら》ほどでっけえってこともありゃしません」

おひつを脇《わき》において糸吉の食べっぷりをながめていた茂七のかみさんも、これには吹き出した。

「そんな稲荷寿司だったなら、糸さんが食べずに帰ってくるわけないもんねえ」

笑いながら、糸吉の差し出したどんぶりにお代わりを盛ってやる。そのあいだに糸吉は、畳に散ったごはんつぶを拾い集めて口に入れる。どうしても黙って飯を食うことのできないおしゃべりな気質《たち》の糸吉の、これは日ごろの習慣である。

「ほんとでさ。だけどあっしはあいだ食いはしねえですよ。おかみさんの飯をたらふく食いたいからね」

「無駄口はいいから、ちゃんちゃんと話せ」茂七が促すと、糸吉は二杯目の飯を頬ばりながらもごもご言った。「夜っぴて開けてる屋台なんでさ」

「その稲荷寿司屋がかい」

「へえ。夜鳴き蕎麦《そば》でもねえのに、丑三《うしみ》ツ（午前二時）ごろまで明かりをつけて寿司を並べてるってんで、あのあたりの町屋の連中が首をひねり出しましてね。そりゃあ、あのあたりの店はみんな宵っぱりですけどね、それだって、仲見世の茶屋が店じまいするまでの時刻でしょう。丑三ツ刻《どき》まで開けてるなんてのは聞いたことがねえ。そんな遅い時分じゃあ、ふりの客なんか通りかかるわけがねえでしょう？　なんのために開けてるんですかね。しかも、そんな遅くまでやってるくせに、翌日の昼前にはもう商いを始めてるっていうから働きもんだよね」

たしかにそうだ――と、茂七はちょいと首をひねった。

富岡橋のあたりといったら、名高い富岡八幡《とみがおかはちまん》さまを背中にしょっているうえに、近くには閻魔堂《えんまどう》もある。一年中大勢の参詣客《さんけいきゃく》が訪れる場所として、屋台に限らず食い物商売にはうってつけのところだ。実際、出店《でみせ》は数多く、様々な食い物飲み物が売られている。そして、糸吉の言ったとおり、夜は夜で八幡宮の仲見世の明かりを恋うて訪れる男たち、洲崎《すさき》の遊郭帰りの客たちをあてこむことができるから、これらの店はみな夜更《よふ》けるまで明かりをつけていることも多いのだ。

だがそれでも、真夜中すぎまで開けているということはない。少なくとも、茂七が知っている限りでは。いくら吉原《よしわら》の向こうを張ると胸を張ってみても、やはりここらの町は夜ともなれば物騒なところであり、物取りや追剝《おいは》ぎ、猪牙舟《ちょきぶね》に菰《こも》をかけたようなお手軽なあつらえで稼ぐ女たちが跋扈《ばっこ》する土地柄である。そういう場所で、夜っぴてこうこうと明かりをつけて稲荷寿司を売っているというのは、解《げ》せないというよりも無謀なことであるように、茂七には感じられた。

「で、おめえはその屋台の親父《おやじ》の顔を見てきたのかい？」

茂七の問いに、糸吉はうなずいた。「親分よりちょいと若いくらいの年格好の親父です。髷《まげ》のここんとこらへんに——」と、耳の上のあたりを示して「だいぶ白髪《しらが》がありました。そういうとこは、親分より老《ふ》けてたね」

茂七は新年を迎えて五十五になった。五十の声を聞いたときに急にがっくり歳《とし》をとったような気分を味わったが、ここまでくると五十路《いそじ》にもすっかり慣れて、還暦まではまだ間がある、まだそれほどの歳じゃねえ、などと思ったりもするようになった。

「顔はどうだ。つやつやしてたか。それともしわしわか」

「さて」糸吉は真顔で思案した。「親分と比べてどうかってことですか?」

かみさんがまたぷっと笑った。茂七はふんと言って煙管《きせる》を火鉢の縁《ふち》に打ちつけた。

「まあいい。おいおい、俺もその親父の様子を見にいこう。新参者の屋台の親父がそんな商売をしてたんじゃ、遅かれ早かれもめ事が起こるだろう」

すると、糸吉は目をぱちぱちさせた。

「それがね、それも妙ってば妙なんですけど、梶屋《かじや》の連中もその親父のことじゃおとなしいんですよ」

梶屋というのは黒江町《くろえちょう》の船宿のことである。が、深川の者なら、誰もそれをそのとおりに受け取ったりはしない。梶屋は、この地の地回りやくざ連中を束ねる頭目である瀬戸の勝蔵《かつぞう》という男がとぐろを巻いている根拠地だ。店そのものは造りの小さい小綺麗《こぎれい》な船宿以外の何物にも見えないが、そこの畳を叩《たた》いてみれば、たちまち前が見えなくなるほどの埃《ほこり》が舞いたつというところだ。

この勝蔵も茂七と同年配の男だが、やくざ渡世を無駄に歳食ってすごしてきたわけではなく、とてもはしこい。縄張内の商店や屋台が言いなりの所場代《しょばだい》――ふざけたことに、勝蔵はこれを「店賃《たなちん》」と呼んでいるらしい――を払っている分には、手荒なことは何もしない。むしろ、争いごとの仲裁などもする(もっとも、そこで高い手数料をとるわけだが)し、火事や水害のときなどは、屋根に梶屋の屋号をつけたお救い小屋を建てたりする(そうやって地《じ》主連《ぬしれん》に貸しをつくるというわけだが）。博打場《ばくちば》もあちこちに隠し持っているが、これまでそこで素人衆《しろうとしゅう》を巻きこんだあからさまな血生臭いことが起こったというためしもない。茂七も勝蔵とは長い付き合いになるが、正直、縄張のなかにいられて、ひどくやりにくいという相手ではなかった。茂七がその手札《てふだ》を受けている南町奉行所の旦那も、

「勝蔵は、ごまの蠅《はえ》というよりは熊《くま》ん蜂《ばち》みたいな奴《やっ》だが、目のねえ熊ん蜂じゃあねえからな。目のねえあぶよりはましかもしれねえよ」

と認めているほどだ。

「するてえと、その親父、勝蔵に相当な鼻薬《はなぐすり》をかがしてるってえわけかな」

「そうとしか思えねえけど……」糸吉は、急に声を落とした。「でも、あのへんの店屋《みせや》でちらちら聞いた話だと、去年の師走《しわす》の入りのころ——ちょうどそのころ、その稲荷寿司屋が店開きをしたんですけどね——梶屋の手下《てか》がいっぺん、その親父んとこへ来たらしいんですよ。かなり強《こわ》もてでね。けど、半刻《はんとき》（一時間）もしないうちにとっとと帰っちまって、そのあと、勝蔵がじきじきに御神輿《おみこし》あげてやってきて、なにやら話しこんで、また半刻ばかりで引き上げて、それっきり音沙汰《おとさた》もおかまいもなしだってんです」

「千両箱でもぶつけられたんじゃないの」と、かみさん。「勝蔵って人はそういう人よ」

「いやいや、おかみさん、そういうけどね、でも俺の聞いた話じゃ、そのときの勝蔵が、なんだか小便でももらしそうな顔してたっていうんでさ。妙でしょ？　あの勝蔵がですよ」

今度こそ、茂七も本当に首をかしげた。これは、ちょっと妙だという以上のものだ。勝蔵

がじきじき雪駄《せった》をつっかけてお運びに及んだなどという話、これまで耳にしたことはない。その稲荷寿司屋、怖いもの知らずの素人屋台というだけでは片付けることのできないものかもしれない。煙管を手にしたまま、茂七はこいつはうっかり手出しはできねえかもしれないぞと考えこんでいた。

ところが、そんな茂七のもの思いは、表から聞こえてきた新しい声に破られた。

「昼飯はお済みですか、親分」

戸口のところで、牛《うし》の権三《ごんぞう》が膝《ひざ》をつき、こちらを見ていた。空っ風に巻かれた木の葉のような糸吉とは正反対で、急ぎのときでさえ走らずにのしのし歩く。どたどた音をたてることこそないものの、あまりに鈍重なその動作に、「牛」という通り名がついたという男だ。新《しん》川《かわ》の酒問屋に三十年勤めあげ番頭にまでなったのに、些細《ささい》なことでお店《たな》を追われ、あれこれあって、四十五という歳で茂七の下っ引きになって一年経《た》つ。この道では、やっと二十歳《はたち》になったばかりの糸吉よりも新米である。

茂七の元には、長いこと、文次《ぶんじ》という若者が下っ引きとして働いていたのだが、この文次が、二年ほど前、ちょっとした縁に恵まれ、ある小商いの店から婿《むこ》にと望まれた。茂七はもともと、こういう稼業《かぎょう》で食ってゆくには文次は少しばかり気が優しすぎると案じていたこともあり、本人が承知ならと喜んでこの話を受け入れた。

岡っ引きと下っ引き――つまり親分と手下との関わりには濃い薄いがある。常に親分のそばについて一緒に働く手下もいれば、用のある時だけ呼び出されて仕事を請け負う者もいる。

茂七にとって、文次は関わりの濃い手下だったので、彼がいなくなると、当時はいっぺんに身辺が寂しくなった気がしたものだ。

が、世の中巧《うま》くできている。文次が去ってまもなく、茂七もまた別の縁に巡り合い、最初に糸吉、次に権三と、続けて手下ができた。今ではかなりにぎやかな暮らしをしている。

「ああ済んだよ、なんだい」

「腹具合の悪くなりそうなもんがお出ましになりましたので」

お店時代の癖なのか、権三は持ってまわったものの言い方をする。だが、茂七はぴりりと緊張した。

「何が出たい」

「女の土左衛門《どざえもん》です」と、権三は答えた。

「下之橋《しものはし》の先で杭《くい》にひっかかってあがりました。すっ裸で、歳は三十ぐらいです。おかみさん申し訳ねえ、こんな話をお聞かせして」

三十年近く岡っ引きの女房をやっている女をつかまえてそんなことを言うところ、権三の芯《しん》はまだまだ番頭なのである。

「おめえも、いつまでたっても馬鹿《ばか》丁寧な野郎だ」と言いながら、帯に十手をねじこんで、茂七は立ちあがった。

二

大川端《おおかわばた》に引きあげられ、むしろで覆《おお》われていた女の土左衛門は、一見したところでは傷もなく、殴られたり叩かれたりしたようなけしきも残っていないきれいな身体《からだ》をしていた。それほどふくれた様子もないところから見て、水に入ってからせいぜいひと晩というところだろう。

「でけえな」

むしろをはぐり、女の肢体を一目見て、茂七はまずそう言った。死に体になって横たわっていてもすぐにそれと知れる背の高さとなると、生きていたときにはもっと大柄に感じられたことだろう。

「覚悟の身投げですかね？」

糸吉の問いに、茂七は逆に問い返した。

「なんでそう思う」

「死に顔がきれいですよ」

たしかに、女はかすかに眉《まゆ》をひそめたような表情を浮かべてはいるものの、恐怖や苦悶《くもん》の跡を窺《うかが》わせるようなところは見えない。

「女が心を決めてどぶんとやらかすときは、裸になんかならねえもんだ」

「川の水にもまれてるうちに着物が脱げちまったのかも」

「夏場ならともかく、この季節じゃ、まずそんなことはねえ、脱げるのは履き物ぐらいのもんだ」

新年のご祝儀《しゅうぎ》だろうか、年明けからずっと好天続き、今日もしごく御機嫌のお天道《てんとう》さまが輝いている。大川の水は空の色を映してどこまでも青く、そのままその上を滑って行くことができそうなほどに凪《な》いでいる。だが風は頬を凍らすほどに冷たく、川面《かわも》に身体を向けて立っていると、すぐに耳たぶや指先の感覚がなくなってきた。この寒さでは、誰もがしっかり紐《ひも》や帯を締めて着物を着込んでいるし、いったいに、水に入って死のうという連中は、飛びこんだときの水の冷たさを思ってのことだろうが、普段よりも厚着をするものだ。それだけの支度が、荒れてもいない川の流れに巻かれたくらいで、ここまできれいに裸になるということは考えられない。

「じゃ、岡場所女の足抜けだ」糸吉は、思い付いたことをすぐ口に出す。「逃げようとしたところを見つかって、川へざぶんと投げられた」

茂七は笑った。「それなら、もうちっと辛《つら》そうな怖そうな顔をしてそうなもんだ。てめえがさっき言ったことと違うぞ。それに、足抜けしようとして殺された女なら、身体に折檻《せっかん》の痕《あと》が残ってる。あて推量はそのへんにして、権三を手伝って、集まってる野次馬のなかから、何か拾いだせねえかどうか当たってみろ」

糸吉を追っ払い、茂七は女の身体の検分を続けた。肌のきめ、下腹《したっぱら》や乳房の具合からして、権三のつけた年齢の見当は当たっていよう。腕や首、顔のあたりの肌色が、胸や太ももなど、着物で隠れている部分の肌よりも薄黒いように見える。それに、二の腕や太ももの肉の付きかた——堅く張り詰めて、頑丈そうだ。

これが男なら、お天道さんの下で力仕事をしている野郎だと、茂七はすぐに見当をつけただろう。だが、この仏は女だ。

（うん？　これは……）

女の右肩に、茂七のてのひらぐらいの大きさの、薄い痣《あざ》のような部分がある。触れてみると、そこだけ皮膚が堅くなっていた。

「おい」まだ仏のほうを向いたまま、茂七は手下《てか》たちを呼び寄せた。ふたりは急いで人ごみを抜け近寄ってきた。

「女の行商人を探してくれ。まずはこのあたりからだ。見掛けたことはねえかってな。てんびん棒担《かつ》いで商う行商だ。魚や野菜——ひょっとすると酒かもしれねえ。女でそういう担ぎ売りをするのは珍しいから、うまくいけばすぐに当たりがあるだろう」

「この女がそういう商いだっていうんですかい？」

権三の問いに、茂七はうなずいた。「右肩に胼胝《たこ》がある。それも年季の入った代物《しろもの》だ」

狙《ねら》いは当たっていたし、神さんからの遅いお年玉ということだろうか、茂七にはツキもあった。ようよう駆けつけてきた検使のお役人と話をしているあいだに、糸吉が女の身元をつかんできたのだ。

東永代町《ひがしえいたいちょう》の源兵衛店《げんべえだな》の住人で、名はお勢《せい》。担ぎの醤油《しょうゆ》売りだという。

「今朝からずっと姿が見えないし、部屋にもいない。商いに出た様子もないんで心配していたところです」

駆けつけた茂七たちに、源兵衛店の差配人はこう言って、苦い顔をした。

「それで、相手の男は見つかりましたか」

「相手の男？」

「ええ、お勢は心中したんでしょう？　あれだけ熱をあげてたんだ、ひとりで死ぬわけがない」


醤油売りのお勢は歳は三十二、心中の相手だと思われる男は、お勢が醤油を仕入れていた問屋野崎屋《のざきや》の手代で二十五になる音次郎《おとじろう》という男だという。茂七はすぐに、御船蔵前町《おふなぐらまえまち》にあるという野崎屋に糸吉を走らせた。


差配人の話では、お勢は七十近い父親の猪助《いのすけ》とふたり暮らしで、猪助は酒の担ぎ売りをしていたという。

「父娘《おやこ》で仲良く働いて、こつこつ稼いできたんですがね。去年の春ごろ、猪助が身体をこわしまして。はっきりした理由はわからないんだが、熱が続いて飯も食えなくなって、とてもじゃないが酒の担ぎ売りどころじゃなくなった。一日寝たり起きたりでね。私も心配しまして、いろいろ手を尽くして、結局、ようよう秋口になって、小石川の養生所へ入れてもらえたんですよ」

「じゃあ、今もそこに」

「ええ。最初のうちはお勢もひんぱんに見舞いに行ってたんですがね、音次郎さんとできちまってからは親父なんかほっぽらかし、音次郎さんのあとばかりつけまわしていたんです。先方は、いっときの気まぐれの色恋からさめると、あとはただお勢から逃げ回っていたようでしたが」

「差配さんは、音次郎さんと会ったことがあるのかい」

「いえいえ、ありません。あのひとはここへ来たことさえないから、お勢の色恋沙汰を知ってるここの連中も、誰も音次郎さんの顔を見たことはないんです。お勢の話じゃ、そりゃいい男のようだったけど」

あたしゃやめろって言ったんですよと、差配人は苦りきった。

「いっとき、どれだけ優しいことを言われたんだか知らないが、相手は問屋の手代、しかも野崎屋でも切れ者で売ってるひとで、そろそろ番頭にとりたてられそうだって噂もあるんだよ、それに引き換えあんたは担ぎ売り、しかも年上だ、まともに釣り合う仲じゃないし、音次郎さんにあんたと所帯を持つような気持ちがあるわけがねえってね。だけどお勢は耳を貸してくれなかった。もし捨てられたら死ぬだけだし、そのときはひとりじゃ死なない音次郎さんも道連れだって、目をつり上げて言ってました。怖いようでしたよ」

怖いと言いながら、差配人の顔は痛ましいものを見るときのように歪《ゆが》んでいた。

「お勢は働きづめで、たしかに娘らしい楽しみなんか何も持っちゃいなかった。あの娘は大柄で骨太で色黒でね。女だてらに担ぎ売りなんかやれたのはその身体があったからですが、その分、娘としちゃ損ばっかりしてきた、そんな女だ。いきなり甘い夢見せられて、頭がおかしくなっちまったんでしょう。遊びだったんだろうけれど、音次郎さんも罪なことをしなすったもんです。まあ、もう死んじまったひとのことを悪くは言いませんが」

なんまんだぶなんまんだぶと唱える差配人を、茂七は苦笑してとめた。

「念仏はまだ早いよ、音次郎がお勢と心中したと決まったわけじゃねえ」

茂七のにらんだとおりだった。野崎屋に馳《は》せさんじて戻ってきた糸吉は、目をくりくりさせながらこう言ったのだ。

「音次郎って手代は、今朝早立ちして、川崎のおふくろのところへ帰ってるそうです。藪入《やぶい》りですからね、親分」

まだ手を合わせたまま目をむいている差配人に、茂七は「そうらな」と言った。

三

音次郎がもしお勢殺しの下手人なら、もう野崎屋には戻ってこないだろう。だが、もし関わりがないか、あるいは関わりがないとしらを切り通すつもりでいるのなら、今夜のうちには戻ってくる。どっちみち川崎まで追っかけることもない。糸吉を野崎屋に張りこませておいて、茂七は権三とふたり、源兵衛店のお勢の部屋を調べることからとりかかった。

源兵衛店は十軒続きの棟割《むねわり》だが、建物の背後は幅三間ほどの掘割に面している。お勢の部屋からもじかに掘割をのぞむことができ、土手を乗り越えればすぐに水面だ。

薄べったい布団《ふとん》に行李《こうり》がいくつかあるだけの、貧しい住まいだった。台所道具も使いこまれた古いものばかりだ。

「お勢はここから水に入りましたね」と、権三が言った。「殺しかどうかはわからねえけど、場所はここでしょう」

「どうしてだい」

「お勢は赤裸でした。外には出歩けねえ」

「他所《よそ》で裸にむかれたのかもしれねえ。着物ぐらい、どうとでも捨てることができる」

「行李のなかに、袷《あわせ》の着物が二枚、腰巻きが三枚、じゅばんも三枚入ってます。帯だの紐だのの数と突き合わせると、たぶんそれが、お勢の持ってた袷の着物の全部でしょう」

「だろうな、それは俺もそう思う」

別の行李には、お勢が商いに出るときに着る衣服の一式がふた揃《そろ》い入れられていた。担ぎの醤油売りは、着物の裾《すそ》をまくり、下には股引《ももひき》をはく。頭には頭巾《ずきん》をかぶって商いものに髪の毛が落ちるのをふせぐ。それらのうち、ひと揃いは洗ってたたんだままの様子だったが、襟上のほうにのせられていたもうひと揃いは明らかに昨日まで着られていたもののようで、襟が薄く汚れ、足袋の裏にも土埃《つちぼこり》がついていた。

「昨日の何時《なんどき》か、お勢は商いから戻ってきて、ここで支度をとって、そのまま川へ入った——あたしにはそう見えます」

「どうして着物を脱いだんだろう」

「それはわからないですが」権三は顔を曇らせた。「女ってのは、ときどき思い切ったことをしますからね」

「そいつは俺も同感だ」茂七は首をめぐらせ、土間の水瓶《みずがめ》の脇に重ねてある醬油桶《おけ》とてんびん棒に目をやった。「昨日、お勢が一度ここへもどってきたということにも同感だ」

土間に降り、醬油の匂《にお》いがしみこんだ桶に手を触れてみる。よく使いこまれたてんびん棒は、それだけでもちょっとした重さがある。すぐ脇には身体をこわすまで父親の猪助が使っていたものだろう、似たような担ぎ売りの一式が立て掛けてあったが、こちらは埃をかぶっていた。

「じゃ、やっぱりここで水に——」

権三を制して、茂七は続けた。「お勢は殺されたんだと、俺は思う。痕の残らねえ殺しかたはあるからな。着物も履き物もそっくりここにあるところを見ると、場所もここだろう。昨夜《ゆうべ》、遅くなってからのことじゃねえかな。それなら、潮の具合や川の流れからいって、ひと晩で下之橋あたりまで行っててておかしくねえ。ただ、どうして裸にしたのかがわからねえがな」

そこのところはひっかかる。なんで裸にしたんだ？

お勢の部屋を出ると、茂七と権三は、源兵衛店の連中から、このところのお勢の様子と、昨日の彼女の出入りについて訊《き》き回ってみた。それによると、猪助が元気で商いをしていたころは、お勢も近所付き合いがよく、長屋のかみさん連中とも親しくしていたのだが、音次郎とのことが起こってからは、急に疎遠《そえん》になったという。

「あたしたちが、音次郎さんとのことでいい顔しなかったから、腹を立ててたんでしょう」

と、かみさんのひとりが言った。

「あんた騙《だま》されてるんだよって、あたしはっきり言ったことがありますよ。相手は本気じゃない。お勢ちゃん、日銭稼ぎの暮らしは不安だからって、爪《つめ》に火を灯《とも》すみたいにして少しばかりお金を貯《た》めてたけど、音次郎なんてひとは、その金ほどもあてにはできない男だよって」

茂七はその金のことを頭に刻みこんだ。調べた限りでは、お勢の部屋に蓄えらしきものはなかったからだ。

昨日のお勢の動きについては、商いに出ていったのが何時《いつ》ごろだったのかははっきりしなかったが、帰ってきたところを見ていた者が見つかった。向かいに住む新内節《しんないぶし》の師匠が、昨日の夕方六《む》ツ（午後六時）に、てんびん棒担いだお勢が戸口を開けて部屋のなかに入ってゆくところを見かけたという。

「それって何も、昨日だけのことじゃありませんよ。あたしも毎日、だいたい夕方のその時刻に出稽古《でげいこ》から帰ってくるんです。お勢ちゃんが帰ってくるのを、今までも何度も見かけました。いつも六ツの鐘と一緒に帰ってきてました。そういう習慣だったんだね、きっと」

「後ろ姿を見たんだな？」

「ええ、だけど確かですよ。あれはお勢ちゃんでした。着物も頭巾もいつものやつでね」

「時刻は確かかい？」

「毎日のことだもの。それに、ちょうど六ツの鐘が鳴ってましたから」

となると殺しはそのあと、音次郎が——たぶん野郎が下手人だ——お勢を訪ねてあの部屋に入りこんだのもそれ以降ということになる。音次郎としては人目を避けたいところだから、もっと夜が更けてからこっそり、ということが考えられる。

それはたぶん、お勢にも事前に報《しら》せていない訪問だったろうと茂七は思った。もし予告してあったなら、お勢がぽつねんとしていたわけがない。口止めされ、近所に言い触らすことはできなかったとしても、恋《いと》しい男の初めての訪問なのだから、食い物や酒ぐらいは用意しておきそうなものだ。だが、そんな気配はない。

もうひとつ、権三が耳寄りな話をつかんできた。源兵衛店の近所に、縫物の賃仕事をしている家があるのだが、お勢はそこに、新しい小袖《こそで》の仕立てを頼んでいたという。

「お渡ししたのは、年明けです」と、そこの職人は言った。「正月明けの藪入りに間に合わせてくれって、きつく頼まれましたよ。なんでも、言い交わした人がいて、藪入りには一緒にそのひとのおっかさんに会いに行くんだって。そのとき着る着物だからってね」

その着物のこと、お勢はきっと、頰を染めて音次郎に打ち明けたに違いない。彼はそれをどういう顔で聞いたろう。

「女から逃げようとしてる男としちゃあ、まずいなあ、まずいなあという話でしょうね」と、権三が平べったい顔で言った。「お勢も可哀相《かわいそう》な女だ」

「それよりも問題は、お勢のその着物がどこにも見あたらねえってことだな」と、茂七は言った。

源兵衛店の面々、とりわけお勢の隣に暮らしている者たちからは特に念を入れて話を訊いてみたが、誰も、昨夜《ゆうべ》のうちに怪しげな物音や女の悲鳴、掘割にものが投げ込まれる水音を聞いたという者は出てこなかった。だが、これはまあ、お勢を殺した側も細心の注意をはらっていたことだろうから、期待するほうが甘い。そもそもそんな騒ぎが起こっていれば、そのときすぐに誰かが気づき、お勢の戸を叩いていたことだろうし。

住人たちのなかには昼間は留守の家も多い。彼らを待っての調べはひとまず権三に任せることにして、夕暮れの近づく町を、茂七は急ぎ小石川に向かった。養生所に入っている猪助に会うためである。

急な坂道をのぼりきったところにある門を抜け、番小屋でことの次第を話すと、差配人のほうから話がいっていたらしく、猪助が待っているという。

「ただ、長居は困ります。ここにいるのはみんな病人ですから」と、番人が言う。

「猪助の様子はどうなんです？」

「先生にうかがわないと、私にはわかりません。が、病人に手荒いことをされては困ります」

養生所は貧乏人にとっては有り難いところだが、岡っ引きに対しては、どうもこんなふうにつっぱらかっているところが厄介だ。俺たちお上の御用をあずかる連中は、病に苦しむ貧乏人たちにとっては仇敵《きゅうてき》だと思いこまれているらしい、まあ、実際、そういう岡っ引きも多いんだがと思いながら、茂七は教えられた大部屋へ向かった。

猪助は薄い布団の上に起き上がっていた。養生所のお仕着せにつつまれた身体は痩《や》せこけて、肩のあたりなど骨が浮き出て見えるが、思ったよりもしっかりしている。ここの先生には、あと半月も辛抱すれば家に帰れると言われていると話した。

「お勢の男のことは知ってました」と、猪助はしゃがれた声で言った。「差配人さんがときどき見舞ってくれてましたからね。あたしとしちゃあ、お勢が騙されてないことを祈るしかなかったけど、まさかこんなことになるとはね。ひと月前に、ちらっと顔を見たきりになっちまいました」

がっくりと肩を落とし、充血した目をしばたたく。大部屋のほかの病人たちが、見ないふりをしながらも、ときどき、気の毒そうな視線を投げてきた。

「貧乏人は、働いて働いて、一生働くだけで生きていくんだ、特におめえはそのでっかい身体だから、まともな縁はありゃしねえ。自分で稼いでいい暮らしをするんだぞって、あっしはずっと言い聞かせてきたんですよ。それなのにね……」

「お勢だって女だよ」

「女でも、女みたいな夢見ちゃ生きていかれねえ女もいるんです」

これには、茂七もぐっとつまった。

「音次郎には腹は立たねえのかい？」

「怒ってもしょうがねえ」猪助は口の端をひん曲げて笑った。「お勢はね、あたしが音次郎さんと一緒になれば、おとっつぁんにも少しはいい暮らしをさせてあげられるようになるって言ってたんです。日銭で稼いでいくらの暮らしから抜け出せるってね。たしかに、音次郎ってひとはお店者《たなもの》だ。真面目《まじめ》に勤めてりゃ、その日暮らしのあたしらとは段違いの暮らしのできる人でしょう。お勢が分不相応の夢を見ちまったのも仕方ねえ。あっしはね親分さん、お勢が死ぬときまで、そういう楽しい夢を見ていられたなら、それはそれでいいと思います。ですから、そういうことじゃ、あいつが自分で水へ入ったんじゃなくて、いい夢見たまま殺されたってほうが、ずっと救われる。相手の男のことはどうでもいいんです。もともと、お勢が間違ったんだから」

あきらめきったような口調だった。

お勢の葬式の手配は、差配に任せてあるという。明後日《あさって》のことになりそうなので、その日は一日、ここを出してもらえそうだという。

「今夜は家に戻れねえのかい？」

「今さらそんなことして何になります？　今日帰ろうと明後日帰ろうと、お勢はもう生きかえらねえ」

養生所が帰宅を許さないというより、猪助本人が帰りたがらないのだろうと、茂七は思った。ひとり娘の死に顔を見るよりも、そこから目をそむけていたい。それほどに、猪助は弱っているのだ。

「お勢は稼いで小金《こがね》を貯めてた」と、茂七は言った。「今、それが見あたらねえ。あんたの今後のために、その金だけでも取り返してやるよ」

茂七の言葉にも、猪助は返事をしてくれなかった。ただ、頭をさげただけだった。

養生所を出て坂道を下りながら、茂七は考えた。もし、猪助が病にかからず、今もふたり一緒に元気で働いていたのなら、お勢もあんな無謀な恋に落ちこんだりはしなかったのではないか、と。父親に倒れられ、ひとり身の心細さ、日銭暮らしの先行きの危うさが急に身にしみた――そんな心の隙《すき》に、幸せの幻がすっと忍びこんできたのだ。お勢は音次郎に惚《ほ》れていたのだろうが、それと同じくらい、お店者の暮らしに憧《あこが》れていたのかもしれない。醬油を仕入れに行くたび、彼らを目の当《ま》たりに見てきたのだからなおさらだ。ああいうひとと一緒になれば、あたしだって毎日足を埃だらけにして歩きまわらなくても済むようになる。雨の日もずぶ濡《ぬ》れにならずに済む。担ぎ売りの男みたいな格好をせずに、手代さんの、いやじきに番頭さんのおかみさんと呼ばれるようになって、肩のてんびん棒の痕も消えるだろう――と。

（お店者の暮らしだって、そういいことばっかりじゃねえよ、お勢）

身体ひとつを頼りに働いて生き抜かねばならないことは、担ぎ売りの暮らしと同じだ。いや、岡っ引きとだって似たようなものだ。みんな同じだよ、お勢。

芯《しん》から身体が冷えこんだ。坂を下り切ったところに出ていた屋台のそば屋で夕飯を済ませると、とっぷりと日の暮れた道を茂七は足を早めて東へ向かった。もうそろそろ、川崎から音次郎が戻ってもいいころだ。

（もし、逃げたのではないのなら）

逃げたのではなかった。音次郎は野崎屋に帰ってきていた。

四

野崎屋では音次郎のために座敷をひとつ空け、主人が同席して、茂七の来るのを待っていた。一緒に待っていた糸吉はそれに不服そうな顔をしていたが、茂七はかまわないと思った。そもそも、若い手代が仕入れに出入りする担ぎ屋の女に手をつけたというのは、お店の不始末でもある。一緒に油をしぼってやりたいところだ。

音次郎は歳よりも若く見える。身体つきはがっちりして背も高く、お勢が自慢していたとおり、なかなか見栄《みば》えのする男だ。ただ、場合が場合とはいえ、始終きょときょとと動き回っている彼の目は、茂七にはどうにも気に食わないものに見えた。身体のわりに華奢《きゃしゃ》な白い手をしているところも、遊び人ふうな匂いをさせている。

「お勢さんとは、半年ほどの仲になります」

あっさりと、音次郎は認めた。

「ただ、これだけは言っておきたいんですが、誘いをかけたのは私のほうじゃありません。それに私は、最初《はな》からはっきり言っていました。あんたと所帯を持つようなことにはならないよ、とね」

「そのとき限りの仲ってわけかい？」

「そういうこともあるでしょう、男と女には」きっと顔をあげて、音次郎は言った。「そういう仲になったら、必ず所帯を持たなきゃならないなんて野暮《やぼ》なことは、親分さんだっておっしゃらないでしょう」

それだからこそ、自分はお勢の住まいに出入りしなかったのだ、会うときはいつも茶屋や船宿を使っていた、それも短い時間に——と主張する。

「あんたもお勢も、仕事の合間にぱっぱと逢《あ》いびきしてたってわけか」

「そうです」さすがに気がひけたのか、音次郎は主人を横目で盗み見た。「それでも、お店に迷惑をかけるようなことはしませんでした」

大きく吐息をついて、野崎屋の主人が口を開いた。「それは、音次郎の言うとおりです。これは仕入れのほうの係でして、表へ出なければ仕事になりませんからな。遠出もしますし、時には付き合いで金も使う。だが、手間や金をかけただけのことは必ずしてきました。うちで卸している品は、江戸じゅうでも一二《いちに》の折り紙つきの上物《じょうもの》です。それを、相場の七《なな》がけぐらいの値で仕入れている。これはみんな音次郎の手柄です」

主人の口上を聞き流して、茂七は音次郎に訊いた。「さいきん、お勢にはいつ会った」

「去年の暮れです。師走の半ばぐらいでした。勝手口のところで立ち話をしただけだったけれど」

「立ち話？」

音次郎は力をこめて言った。「私はお勢さんと別れようとしていましたからね。私は、お勢さんと深い仲になってすぐに、これは危ない女だと気づいたんですよ。あれだけ釘《くぎ》をさしておいたのに、所帯を持つ話ばっかり持ちかけてきて、何を言っても聞く耳持たない。これじゃあ別れるほかないって思いました。そのことはお勢さんにも話しました。もう会えないとね。だがあのひとはあきらめなかった。何度も私を訪ねてきたり呼び出したりしようとした。さすがに、お店で騒ぎを起こすことはしなかったけれど、あまりしつこいので私もほとほと閉口してたんです」

お勢と顔を合わせたくないので、彼女が仕入れにやってくる明け方には、目につくところにいないようにしていた、という。

「まあいい、じゃあ師走の半ばにお勢と会ったとき、あんた、藪入りにはおっかさんのところへ帰るから一緒に行こうなんてことを言わなかったかい？」

音次郎は冷笑した。「私がそんなことを言うわけがないでしょう」

長年の勘で、茂七は、音次郎の言っていることが嘘《うそ》ばかりであることを悟ったが、表には出さないでおいた。

「あんた、お勢のどこに惚れてた」

突然の問いに、音次郎がひるんだ。「え？」

「惚れたところがあったから深い仲になったんだろう？」

「ええ、そりゃあ」音次郎は言いにくそうに、主人や番頭たちの顔をちらちら見た。

「あのひとはあのとおり、大柄で気性もはっきりしていて、歳も私よりずっと上だし……なんだか、姉さんと一緒にいるような気分になれました。そこですかね、良かったのは。だから、あのひとからすがりつかれるなんて、私は考えてもみませんでした」

とんだ甘ったれ男だ。お勢には男を見る目がなかった。

「昨日一日、どういうふうに過ごしてた。できるだけ細かく話してくれ」

昨日は午後からずっと外へ出ていたと、音次郎は言った。「新年ですから、お得意のところへ顔を見せたり、両替屋へ寄ったり」

ひとつひとつ、場所と、そこにいた大体の時刻をあげてゆく。

「ただ、夕方――そう日の暮れるころですが、四半刻《しはんとき》（三十分）ばかり大川端をうろつきまわっていました」

「なんで」

「考えてたんですよ」と、音次郎は腹立たしげに言った。「お勢さんとのことをどうするか。明日は藪入りで、おふくろのとこへ元気な顔を見せに行かないとならない、心配をかけるわけにはいかないと思うと、余計に悩んでしまってね。あのままお勢さんにつきまとわれたら、私の将来はめちゃくちゃだ」

ずいぶんはっきり言うもんだと、茂七は驚いていた。普通、音次郎のような立場におかれたら、ちょっとでも疑いを抱かれないように、死んだ女に惚れていた自分が殺すはずはないというようなことを口にするものだ。

してみると、音次郎は本当にお勢を殺していないのか。それとも、女を殺したが、それについてはしらを切り通せる、突き止められたりしないと、よほどの自信を持っているのか。

「音次郎は、昨夜《ゆうべ》、六《む》ツ半《はん》（午後七時）にはここへ戻ってきておりました」と、主人が言った。「私のところに『ただいま戻りました』と挨拶《あいさつ》に来ましたから間違いありません」

「どうして六ツ半だとわかる」

「私の部屋には水時計があるのです。毎日、私がきちんと手入れして様子を見ていますから、けっして狂うことはありません。昨日、音次郎が戻ってきて、まもなくその時計が六ツ半をしらせました」

東永代町の源兵衛店にお勢が帰ってきたのが六ツ。そこから御船蔵前町のこの店まで、男の足で半刻足らずのあいだに帰りつくことができるか。

ただ行って帰ってくるだけなら、できる。が、音次郎が、源兵衛店でお勢を殺し、裸にむいた死体を掘割に沈めて、それから帰ってきたとなると話は別だ。仮に、彼女が帰ってくるのを待ち受けていてすぐに殺したとしても、あたりをはばかってしなければならないことだし、どれほど急いでも四半刻はかかったとみなければならない。死人から服を剝《は》ぐというのは、案外手間のかかることなのだ。

そうなると、音次郎は残り四半刻でここまで帰ってこなければならなかったということになる。とても無理だ。

茂七は細かいものを見るときのように目をすぼめた。「夜はどうです？」

「夜は、音次郎はずっと私どものところにいました」

主人の言葉に、音次郎もうなずく。

「今日の藪入り、休みの前です。帳簿の突き合わせだのなんだの、細かい仕事が山ほどありました。夜業《よなべ》仕事になるほどでした」

「帰ってきてすぐに皆と湯に行った。外に出たのはそれだけです。あとはずっと、お店のなかにいましたよ。誰にでもいい、訊いてみてください。確かめてくださいよ」

音次郎が言って、まっすぐに茂七を見つめた。

言われるまでもなく、それから夜更けまでかかって、お店じゅうの奉公人たちから話を訊き、茂七は、野崎屋の主人と音次郎の言っていることに間違いがないことを確かめた。

なるほどこれかと、茂七は思った。これだから、野郎はてめえに疑いがかかっても怖くねえんだ。

今日はここまでと、茂七が野崎屋を引き上げるとき、音次郎は勝手口まで送り、床に手をついて挨拶をしてよこした。頭をあげるとき、不愉快だったやりとりを思い出したのか、ちょっとどこかが痛んだかのように顔を歪めた。何が痛いのか知らないが、お勢の死に心が痛んでいるわけではないことだけは確かだと、茂七は思った。

その晩——
一度は家に帰ったものの、茂七はどうにも腹が煮えてしようがなかった。酒もうまくないし、気が立ってしまって眠気もさしてこない。音次郎の小生意気な顔が目の奥でちらちらする。

何か仕掛けがあるはずだと思う。お勢を殺《や》ったのは野郎だ。だが、それがばれる気遣いはねえと自信を持っている。だからこそのあの言いっぷりだ。

六ツから六ツ半。この時刻は絶対なのだろうか？

立ったり座ったりうろうろしても、何も浮かばない。かみさんは心得たもので、こういうときの茂七にはかまわないで放っておいてくれる。先に寝てしまっているはずだ。

知恵が出なくて腹が立つ。そうしているうちに腹がすいてきてしまった。

ふと、昼間の糸吉の話を思い出したのもそのせいだった。夜っぴて開いている稲荷寿司の屋台か。

出掛けてみるかと、履き物を足につっかけた。頭のなかを入れ替える足しにはならなくても、腹の足しにはなるってもんだ。

五

近くまで来てみると、たしかに、真っ暗な富岡橋のあたりに、明かりがぽつりと灯っていた。淡い紅色の明かりだ。稲荷寿司の色に合わせているのだろうか。

実際には、富岡橋のたもとではなかった。橋から北へちょっとあがって右に折れた横町のとっつきだ。それを見て、茂七は思い出した。

つい半年ほど前まで、ここにはよくじいさんの二八蕎麦《にはちそば》の屋台が出ていた。この屋台もかなり宵っぱりで、閉めるのはいつも、いちばん最後だった。真《ま》っ暗闇《くらやみ》のなかに明かりがひとつ灯って、蕎麦汁《そばつゆ》の匂いがする。そういうことが何度かあった。このごろ見かけないのは、河岸《かし》をかえたのかと思っていたのだが……。

（するてえと、この稲荷寿司屋、あのじいさんの身内だろうか？）

たいていの稲荷寿司売りは、屋台といっても屋根なしで、粗末な台の上に傘をかかげただけで商いをしているものだ。その場でつくって出すわけでもなく、つくり置きしたものを並べている。

だが、この屋台は違った。ちゃんと板ぶきの屋根つきで、長い腰掛けもふたつ並んでいる。台の下で煮炊《にた》きできるようになっているのか、茂七が近づいてゆくと、そのあたりから真っ白な湯気があがるのが見えた。

ほかに客はいなかった。茂七は、屋台の向こう側にいる、なるほど茂七よりもちょっと年下くらいの、口元がむっつりした親父に声をかけた。

「こんばんは」

親父はちらと目をあげてこちらを見た。右手に長い箸《はし》を持ち、鍋《なべ》のなかをつついている。熱い味噌《みそ》の匂いがたちのぼった。

「稲荷寿司を三つ四つ。それと——なんだね、ここじゃ汁ものも出すのかい？」

答えた親父の声は、茂七が思っていたよりもずっと張りがあり、どこか重厚な響きさえあった。「酒はございませんが、寒い夜ですので、蕪汁《かぶらじる》とすいとん汁がありますが」

すいとん汁は、葛粉《くずこ》を練ってこさえた団子をうどん汁で食べるもの。蕪汁は、旬《しゅん》の蕪を使った味噌汁だ。茂七のかみさんは、これに賽《さい》の目《め》に切った豆腐をいれる。

「蕪汁なら大好物だ。もらおうか」

へい、と低く返事をして、親父は脇からどんぶりを取り上げた。また鍋のふたを開ける。しばらくのあいだその手付きを見守ってから、茂七はゆっくりと言った。

「親父、このへんじゃ見かけない顔だね」

「店開きしたばかりでございますから」

「それにしちゃ遅くまでやってる」

親父は顔をあげ、湯気の向こうで薄い笑みを浮かべた。「私の住まいはこのすぐ近くです。どうせ帰っても独り者ですからすることがない。それなら、できるだけ遅くまで商いしようと」

「寒いだろうに。それに、商いになるかい？　客がいねえだろう」

「いますよ。今夜だって旦那が見えたじゃないですか」

「ひとりふたりじゃあがったりだ」

「昼間も出ておりますから」

へい、お待たせしましたと言いながら、おおぶりのどんぶりに箸をそえたものと、小ぶりの艶《つや》のいい稲荷寿司ののった皿が出てきた。

まず、蕪汁をひと口すすり、茂七は思わず「ほう」と声をあげた。「こいつはうめえ」

茂七が食べつけているものとは違い、ここの蕪汁は、小さい蕪を丸ごと使っていた。蕪の葉を少し散らしてあるだけで、ほかには具が入っていない。味噌は味も濃い色も濃い赤だしで、独特の、ちょっと焦《こ》げ臭いような風味があったが、淡泊な蕪の味に、それがよく合っていた。

「かかあがこさえるのとは違うな。こいつはあんたの故郷《くに》のやりかたかい？」

親父は微笑した。「見よう見まねで」

「そうかい、浜町《はまちょう》あたりの料亭でも、なかなかこれだけのものは食わせねえよ」

稲荷寿司も、下手な屋台で売っている醤油で煮しめた油揚げに冷や飯を包んだような代物《しろもの》ではなく、ほんのり甘みのある味付けに、固めに炊いた飯の酢がつんときいている。たちまち四つ平らげて、茂七はかわりを頼んだ。

「以前、ここにはじいさんの二八蕎麦屋が出ていた。あんた知ってるかい？」

「存じています」台の下の七輪《しちりん》から炭火をいくつか拾いだし別の火鉢に移しながら、親父が答えた。「私はあのそば屋からここの場所を譲ってもらったんでして」

「へえ」そうだったのか。「で、じいさんは」

「多少、身体がきかなくなったとかで、材木町《ざいもくちょう》のほうで隠居しているそうですよ」

「そんな優雅な暮らしができるのは、あんたがこの場所を高く買ってやったからかな」

親父はお愛想にほほえんだが、口は開かなかった。

「梶屋《かじや》の連中とはどう話をつけたね」

親父は動じなかった。「みなさんと同じように」

「ふっかけられたろう」

「そうでもございませんよ」

落ち着いた物腰、話しかた。この親父、もともと、末は屋台の親父になります、それであがりですというような生まれではないようだ。おかわりの稲荷寿司を口に放りこみながら、茂七は考えた。

この親父の、ほんの少し、右肩が上がり気味の姿勢。

（これは――）

つと目をやると、明かりに照らされた親父の頭の月代《さかやき》の、肌のきめが粗いことにも気がついた。

「親父、あんた、もとはお武家さんだね」

茂七がそう言ったとき、それまでなにがしかやることを見つけて手を動かしていた親父が、ぴたりと止まった。

「いや、いいんだ、詮索《せんさく》しようというわけじゃねえ」茂七は急いで、そして笑顔をつくって言った。

「なぜおわかりですか」

静かに、親父は問い返してきた。

「二本差しを差してたお侍さんは、どうしても右の肩が上がり気味になるんだよ。それとあんたの頭。その月代な。毛穴の痕が見える。素《す》っ町人《ちょうにん》なら、よほどの長患《ながわずら》いでもしたあとでないとそんなふうにはならねえ。ずっと剃《そ》ってるからな。だがあんたの頭は、しばらく月代を剃らずにいて、久しぶりに剃刀《かみそり》をあてててまだふた月ばかりですってなふうに見える。つまり、あんたは浪人なすってた。で、刀を捨てて町人になった。違うかい？」

親父は手を上げて月代をさすった。感心したような顔をしている。「おっしゃるとおりですよ、旦那」

「早くつるつるに戻したかったら、糠袋《ぬかぶくろ》でこするといい」

「やってみましょう」

ごくおとなしく、折り目正しい親父であった。だから茂七も、今夜はそれ以上突っこんで訊くことはやめた。

おいおい、この親父についてわかってくることも多いだろう。もとは侍で、梶屋の勝蔵が小便ちびりそうな顔をするような男。そんな男が、どうして稲荷寿司の屋台なぞ出しているのか。

（これは探り甲斐《がい》がありそうだ）

寒風をついて出てきてよかった。それに、実に旨《うま》い寿司と蕪汁だ。

「汁もののおかわりもほしいんだが」笑顔で、茂七は言った。「そっちのすいとんも旨そうだ。でも、蕪汁のこの味噌味はおつだねえ。どっちにしようかね」

「この味噌味がお好みなら、蕪の代わりにすいとんを落としてお出ししましょうか」

「そんなことができるのかい？　いいねえ」

親父はどんぶりに蕪汁の味噌汁だけすくい、そこにやわらかいすいとんをいくつか落とした。ついで、蕪汁のなかから蕪の葉だけつまみだし、飾りにのせる。

どんぶりを手に、茂七は嬉しくなった。

「こいつは旨い。俺はすいとんが好きでね。どうかすると、米の飯より好きなくらいだ」

熱い汁をすすり、はふはふ言いながらすいとんを口に運ぶ。

「しかし、こういうのも面白い。うどんだしじゃなくて、味噌仕立てのすいとんか。けど、ぱっと見た限りじゃ、これも蕪汁に見えるな」

「丸い白いものが浮いてるだけですからね」と、親父も言った。「味わってみないと、蕪に見えるかもしれません。たいていの人は、すいとんはうどんだしのなかに浮いているものと思っているから」

「そうだな。外見《そとみ》でそう決めちまうだろうな」

そう言ったとき、茂七の頭のなかで、何かがはじけた。

外見で決めてしまう。すいとんはうどんだし。味噌のなかに浮いているなら蕪だと。

茂七は、あんぐりと口を開けた。

朝いちばんで、茂七は権三と糸吉を連れ、野崎屋に走った。

「いいか、音次郎がはむかってきたら、押さえ付けてでもひんむいちまえ」

た。

朝の早い醤油問屋でも、起き抜けのこの訪問には驚いたらしい。主人が目をむいて出てきた。

「何事でございます、親分」

「ちょいと音次郎に会わせておくんな」

当の音次郎も、洗いたての顔をいぶかしげに歪めて、いかにも迷惑そうにやってきた。

「座敷にあがることはねえ。ここでいいんだ」勝手口のあがりかまちのところで、茂七は音次郎を手招きした。「これが済んだら、もうおめえには迷惑はかけないよ。ちょっとのことだ」

「なんです？」

「着物の襟をめくって、右肩を見せておくんな。昨日、おめえ、ここで俺を見送るとき、どこかが痛いような顔をしてたよな。あのときは気にならなかったんだが、昨夜《ゆうべ》稲荷寿司食ったら気になってきてな」

妙な申し出だと目をぱちくりしている主人のそばで、音次郎は目に見えて青ざめた。あとで糸吉が、「顔から血の気の引く音が聞こえたようでしたよ」と言ったくらいだ。

音次郎はためらった。言い抜けしようとしたのだろう。が、糸吉のほうが早かった。「ごめんよ」と言うが早いか音次郎の背中にまわり、着物の襟に手をかけた。

「合点《がってん》です」

それで音次郎の分別の糸が切れた。彼は泡を食って逃げ出そうとした。そうなれば牛の権三の出番だ。この男は、ただ鈍重だから牛と呼ばれているだけでなく、捕り物となったら下手人を押し潰《つぶ》してでも逃がさないだけの体重をもっているのである。

茂七は、音次郎の洒落《しゃれ》た縞《しま》の着物をひんむいた。右肩の白い肌の上に、細長く擦りむけたような赤い痣がくっきりと残っている。

「これをごらん、野崎屋さんよ」と、茂七は言った。「音次郎、ご苦労だったな。てんびん棒かつぎで、肩の皮がすりむけたか。てめえも、少しは力仕事に慣れておけば、ここぞってときにこんなことにはならなかったのにな」

茂七が考えた絵解きは、ごく単純なものだった。

「お勢はあの日の夕方、たぶん六ツよりは少し前に、音次郎にどこかの船宿に呼び出され、そこで殺されたんだ。大川へつながる掘割に面した、ひと目につかない船宿、金をつかませれば、多少の怪しいことには目をつぶってくれる船宿だ。音次郎が吐かなくても、探せば、そう手間もくわずに見つかるだろう」

お勢はそこで、背後から音次郎に腕で首を絞められて殺された。こういうやりかただと、絞めた痕が残らない。

そして、裸にむかれた。音次郎は、船宿の近くでお勢の裸の死体を川に捨て、それからお勢の着物を着、商い道具を担いで源兵衛店に行った――

「音次郎がお勢の格好をして？」

「そうさ。そのために裸にしたんだ」

「じゃ、向かいの師匠が六ツに見かけたのはお勢じゃなくて……」

「音次郎だったんだよ。お勢は大女だった。音次郎が彼女の格好をしても、遠目じゃあわかるまい。しかも、醬油売りは独特の格好をして、頭には頭巾《ずきん》までかぶる。男髷《おとこまげ》と女髷《おんなまげ》の違いを隠すことができる。見掛けたほうは『あ、醬油売りだ』と思うし、そういう醬油売りがお勢の部屋の戸口を開けて入ってゆくところを見たら、『ああお勢ちゃんが帰ってきた』と思っちまう」

たとえそれがすいとんであっても、味噌汁のなかに浮かんでいたら、食べずに見ているだけの者は、「ああ、蕪汁だな」と思いこんでしまう。それと同じだ。

「危ない橋だが、渡る甲斐はあった。もともと、お勢の貯《た》めた小金《こがね》を持ち出すためにはお勢の部屋をあさる必要があった。なにより、これがうまくいけば、音次郎は、羽根でも生えてねえ限り、自分には、お勢を殺して四半刻以内に野崎屋に帰ることはできないと言い張ることができる。お勢の商いのなりをしているとき、源兵衛店の誰かと、まともに顔を合わせないように気をつけていればいいんだ。そんなに難しいことじゃねえ。こんなふうに寒い時期だ。あっちこっちで戸口や窓が開いてるわけもねえ。かみさんたちも、さすがに寒くて井戸端の長話もしねえだろう」

そうして、ただひとり、いつもお勢と前後して六ツの鐘が鳴るころに源兵衛店に帰ってくる新内節の師匠だけに、お勢のいでたちを見せておきさえすればいい。

「音次郎にとっては、あの師匠に、醤油売りのいでたちを見せることが肝心だった。そして、それもうまくいった」

あとは素早く着替え、お勢の部屋をあさって金を奪い、野崎屋へと走るだけだ。着替えはあらかじめ、樽《たる》のなかへ隠して持っていったのだろう。

「え？　だけどそれじゃ、着替えが醤油で濡れちまうでしょうが」

糸吉は驚いた声を出したが、茂七は笑った。「あの野郎が、醤油でいっぱいの樽をしょって、殺しのあった船宿から源兵衛店までいけるわけがねえ。お勢の死体を捨てるときに、一緒に醤油も川へ流しちまったとさ」

権三が呆《あき》れた。「なんだ、じゃあ野郎は空の樽ふたつかついだだけで、肩に痣をこさえたんですか」

「まあ、お店者《たなもの》のなかにはそういうのもいるさ。力仕事には向いてねえのよ」

お調べに、音次郎は泣いて白状し、川崎の母親にだけはこのことを報せないでくれと頼んだという。

「私が一人前の商人《あきんど》になることだけが、おっかさんの楽しみなんですから」

お勢が仕立てた着物も、金と一緒に盗んだ。着物のほうは、川崎に帰ったとき、同じように藪入りで宿下がりしてきていた幼馴染《おさななじ》みの娘にくれてやったという。

今度のことを思いつくには、それほど頭は使わなかったという。お勢は、音次郎が何も訊かなくても勝手に自分の暮らしぶりのことをしゃべって喜んでいたので、新内節の師匠のことや、お勢の暮らしの大体の時間割については、以前から知っていたという。

「だけど、藪入りのとき私について私のおっかさんに会いにゆく、嫁として挨拶するんだなんて、お勢があんなことを言い出しさえしなければ、私もこんなことはしませんでした。おっかさんには、死んでもお勢を会わせるわけにはいかなかった。あんな女が私の嫁になるんだなんて、おっかさんの夢を壊してしまいます」

音次郎の話を聞いて、茂七はふと、古い句を思い出した。

――藪入りや母に言わねばならぬこと

お勢殺しが片付いたあと、茂七は、今度はかみさんを連れて、またあの屋台を訪ねた。最初のときよりは早い時刻だったのだが、驚いたことに長い腰掛けはふたつとも一杯だった。茂七とかみさんは、立ったまま稲荷寿司にかぶりつき、熱い蕪汁《かぶらじる》をすすった。蕪が旬《しゅん》のあいだは、椀物《わんもの》にはずっとこれを出すというから楽しみだ。

それにもうひとつ、この親父の正体を探るという楽しみもある。

（まあ、のんびりやるさ）蕪汁をすすりながら、茂七は心のなかで独りごちた。

慶長大食漢

山田風太郎

山田風太郎《やまだふうたろう》（一九二二〜二〇〇一）

大正十一年、兵庫県に生まれる。東京医大卒。昭和二十一年、探偵小説専門誌「宝石」の懸賞小説に投じた「達磨峠の事件」が入選。作家活動を開始した。『甲賀忍法帖』から始まる一連の長短篇は、《風太郎忍法帖》と呼ばれ、大ブームを巻き起こす。また、『警視庁草紙』『幻燈辻馬車』等の《明治物》や、『婆沙羅』『宝町お伽草紙』等の《室町物》と、常に未開拓の分野に挑戦して赫々たる成果を残した。昭和二十四年「眼中の悪魔」「虚像淫楽」で第二回日本探偵作家クラブ賞、平成九年に第四十五回菊池寛賞、十二年には第四回日本ミステリー文学大賞を受賞した。カルトな人気を誇り、作品を原作にした映画、コミック、アニメと、その世界は今も拡大を続けている。

「慶長大食漢」は「小説サンデー毎日」（昭46・6）に掲載された。

一

家康は人から叱られたことのない人間であった。

不羈《ふき》奔放の信長は老臣平手監物《けんもつ》から叱られた。天衣無縫の秀吉はその信長から叱られた。しかし若くして老成の風あり、その性格にほとんど弱点というものを持たない家康を、かつて叱りつけた者はない。

その家康を叱咤した者がある。しかも、大御所として六十五歳のときにである。

慶長十一年。——

このとし四月から伏見城にあった家康は、七月下旬京の二条城に入ったが、その二十七日、珍しいところを訪れた。京新町にある商人茶屋四郎次郎の屋敷である。

珍しいどころか、いかに訪問先が豪商とはいえ、大御所としては空前絶後のことといっていいが——。

そのわけをいうには、家康と茶屋の縁を説明しなければならない。

初代茶屋四郎次郎はもと徳川家の譜代の臣で、戦陣に出ること五十三回といわれた。それが途中で武士を捨て、京にあって呉服商を専らとするようになった。それは単なる個人的欲望からではなく、その後のいきさつから見て、徳川の資金源の一つとなるために家康と黙約の上の変身であったろうと思われる。

その証拠の一つとして、天正十年五月、家康が信長に招かれて京見物に上洛したとき、彼はこの茶屋四郎次郎の屋敷に十日ばかり滞在し、そのあと堺に向ったが、そこで六月二日の本能寺の変をきいた。これを急報したのは四郎次郎である。のみならず彼は、難を逃れて伊賀から伊勢へ落ちのびる家康と行を共にし、土民たちに銀をばらまいてその襲撃から家康を護ったといわれるが、これほどの忠実ぶりは、それ以前からなお徳川家とのつながりがなくては示せるものではない。

この初代四郎次郎は慶長元年七月二十七日この世を去り、その長子が二代目をついだが、これまた慶長八年に死んだ。子がなかったので、長崎奉行長谷川左兵衛藤広に養子にいっていたその弟がさらにあとをついだ。

現在茶屋家は、徳川家呉服御用達《ごようたし》であると同時に、京都の商人また御朱印船の総元締めという地位にある。

この慶長十一年、家康を招いたのは、三代目茶屋四郎次郎であった。そして家康が特別例外を以てこれを受け入れたのは、この七月二十七日が初代四郎次郎の命日にあたるからであった。

思い起せば、二十五年前。

眼前に迫る大危機も知らぬが仏の京見物、その宿としたのが、この屋敷であったと思えば、ひとしずくの女性的心情もない家康も、なみなみならぬ感慨を抱かざるを得ない。また、あの自分生涯の大難を、もし茶屋四郎次郎なかりせばおそらく逃げ得ず、従って現在の自分もあり得なかったろうと思えば、彼とて無量の念を以てその人を偲ばざるを得ない。

当時、この屋敷にあった者どもが次々にまかり出て、懐旧談をやる。そこへ、しばしば茶屋家の番頭にあたる老人が現われて、家康に願った。――食事のために別の座敷へ御動座をと。

家康はとり合わず、故老たちと話していた。むしろ彼の方から昔ばなしを促した。温顔に変りはなかったが、彼はいささか不機嫌になっていたのである。

第一は、この屋敷の変りようだ。ほとんど初代のころの原型をとどめないといっていい。いまその昔を懐しんだといったが、ほんとうのところは昔を偲ぶよすがもないほどなのである。あれから二十五年もたったのだから当然だといえる。きいてみると、ここ一、二年の様《さま》変《がわ》りだという。しかもその変りぶりが、異様な南蛮の臭気に充ち満ちていて家康の趣味と合わない。

第二は、この屋敷の主人の応対ぶりだ。むしろ最初現われて、家康をあちこちと案内したり、また話したりはしたのだが、そのうちどこかへ消えてしまって、あとは家人にまかせたきりである。むろん放り出しているわけではなく、それどころかどこかでみずから歓迎の支度に大童《おおわらわ》であるらしいことは雰囲気でわかるのだが、それにしてもこういうあしらいは家康にとって場ちがいの感を与える。だいいち支度なら自分の来るまえに整えておくべきではないか。考えてみれば、きょう自分を招いた三代目茶屋四郎次郎は、家康にとって何とも違和感を与える男ではあった。その男が三年前茶屋家をついでから、幾度かこの京や、あるいは江戸で挨拶にまかり出ているので、逢うのははじめてではないが、最初から異風な男という感じはしていた。

むしろ、初代の次男だし、かつまたその忠誠に疑いのあるはずはないし——それどころか、人間としては初代などよりもっと善良性をすら認める——さらに、自分が朱印を与える貿易船の総元締めとして幕府の重大な金主《きんしゅ》であることはまちがいないのだが、本音《ほんね》をいうと、家康があまり好きでないタイプである。きょうここへ訪れたのは、ただ家臣ながら自分のいのちの恩人でもある初代の回向のためにほかならない。

食事の知らせがあって、半刻《はんとき》。

三度目の督促の使いが来た。

「大御所さま」

と、侍臣の本多佐渡守がいった。彼も少々腹がへって来たのだ。

しかし、家康は、四郎次郎が姿を見せないのが気にいらなかった。きゃつ、気をもんでおることはたしかだが、何をしておるのだ？

もう一刻ちかく。——

家康も正直なところ空腹をおぼえていた。そのとき、どこからともなく強烈な匂いが流れて来た。何の匂いか、いまだかつて知らない匂いだが、恐ろしく食欲をそそる匂いであった。

「あれは何じゃ？」

ちょうど五度目の使いが来ていた。その男は鼻をぴくつかせ、困惑した表情になった。

「なるほど、匂いまするな。風向きのせいで、恐れいります。実は主人が、先刻溝へ捨てましたる料理や汁の匂いでございましょう」

「なに、四郎次郎が料理を捨てた？　何のために？」

「御食事の時遅れ、もはや役に立たずと。――」

「なんじゃと？」

家康の顔色が変った。

――いま述べた二十五年前の本能寺の変の直前、家康の接待役を急に免ぜられた光秀は、用意した料理をもはや無用のものになったと安土の濠に投げ込んだ。折悪《おりあ》しく南風が吹いて、それの腐った匂いが城へ流れ、信長を激怒させ、これも両者破綻の因となった。これはそんな悪臭ではなく、それどころかえもいわれぬ美味《うま》そうな匂いであったが、しかし家康の頭には、はからずも二十五年前のその事件が掠めたにちがいない。

事実、家康は怒った。

「四郎次郎め、わしにあてつけおるか」

それはいいとして、次に出たのは大御所さまにふさわしからぬせりふであった。

「では、わしに飯は食わせぬつもりか」

「いえ、いえ」

使いの者は手をふった。

「それはまた新しゅう作りなおしておりますれば、左様なおそれはござりませせぬ。実は、先刻から同じものを三度作りなおしておりますので」

「ほう？」

さすがの家康も毒気をぬかれた顔をした。それから、ウロウロと佐渡守をかえりみた。

「では、参ろうか」

で、やっと座を起《た》って、食事を用意してあるという座敷に赴いたのだが。——

長い長い回廊を歩きながら、家康はまた平静心を失って来た。——この屋敷の様相にである。むろん日本の建物に相違なく、とくに外観は京風にまぎれもないが、内部にはむっとするような異国の香がたちこめている。敷きつめてある真紅の絨毯《じゅうたん》、壁のいたるところにかかっている象牙や珊瑚やギヤマンの装飾品、南蛮製の時計、鏡、絵画——初代のころとは様相が一変しているというのはここのところだ。朱印船の総元締めだから或る程度は当然であり、かつ家康とておびただしい献上品は受納しているのだが、彼の眼からすれば、それにしてもこれは程度を過ぎている。それらの献上品を家康は大事にしまっておくのだが、ここはいかにも無造作に投げ出され、それどころか満ち溢れているという感じなのだ。それから——来たときから気づいていることだが、この屋敷には実に女が多い。しかもことごとく若く、美しく、それも主人の好みで統一してあるらしく、いずれも恐ろしく官能的で豊艶な美貌と姿態を持つ女ばかりであった。

この傍若無人な美とぜいたくさが、家康の頭を逆なでしていた。徳川の家風に合わぬ、と彼は感じていた。もっとも茶屋家は今は純然たる徳川の家臣ではないけれど、しかし、かくまで家康を無視しているとは。――

　それにもう一つ、彼の平静を失わせていることがある。それはいまきいた「四郎次郎が、二度か三度料理を捨てた」という事実であった。なんたる勿体ないことを！

　実にばかげたことだが、そのことが、この実質上の天下のあるじ、偉大なる大御所さまの心をかき乱していたのである。かつて家臣のうち若い者どもが江戸城の場内で相撲をとっているのを見て、「相撲をとるなら畳を裏返しにしてとれ」と叱りつけたこともある家康であった。

　――よし、この際、四郎次郎めをとっちめてくれよう。

　次第につのる立腹とともに、家康は決心した。

　――それが初代への回向じゃ。捨ておけば、この家とり潰す破目になるやも知れぬ。

　家康と側近たちはめざす座敷に案内されて、一歩入って、「あ！」と口の中でさけんで立ちすくんだ。

　そこは日本風の座敷ではなかった。並べられているのは漆塗りの膳ではなかった。真っ白な布を敷いた大きな卓であり、椅子であり、卓の上には花と白い陶器や銀の皿がかがやいていた。大半の皿の上には、何もなかった。

「大御所さま、おいで下されました！」

　一人が、その食堂の一端の扉をあけて、あわてて呼びにいった。数分おいて、真っ赤な顔で茶屋四郎次郎が現われた。それが白い合羽のようなものをからだに羽織り、ねじり鉢巻をし、片手に柄のついた鍋を持っている。彼のひたいからは文字通り湯気が立ちのぼっていた。

そして、唖然としている家康たちに——いや、たったいままで御機嫌なためであった大御所さまに、頭ごなしに怒鳴りつけたのである。

「馳走の時に遅れるは、戦場で合戦の時に間に合わぬよりも大罪でござるぞ！」

二

すぐに茶屋四郎次郎はわれに返って、水を浴びたような顔色になった。

「あ！　恐れいり、タ、タ、たてまつる。……私としたことが、厨《くりや》の熱さにのぼせあがり、大御所さまに、ナ、ナ、なんたることを。——」

家康はしばらく黙って立っていた。

ふしぎなことに、いまの叱咤に激怒することを忘れていた。依然、この部屋のありさまにあっけにとられていたせいもあるが、四郎次郎の逆上ぶりに圧倒されたせいもある。大御所さまは、近年自分に対してこれほど真っ向微塵に癇癪玉を落して来た人間を見たことがない。

茫然と立っているうちに、家康はこんどはほかの感覚にとらえられて来た。

それは、いまあけはなたれた扉の向うから流れて来る匂いであった。先刻と同じ、まだ嗅いだことはないが、たしかに食物の匂いだ。この屋敷はまことに変っていて、宏大なくせに、ものを食べる部屋のすぐ隣が厨房となっているらしい。が、なんと鼻腔にかおり、唾液を湧かし、胃袋をかきむしる匂いだろう。

「四郎次郎」

と、家康はいった。

「わしはどこに坐るのじゃ」

「あ！」

四郎次郎は、鍋を持ったまま飛んできた。

この、あ！　という声が、からだに似合わず女のようにかん高い奇声である。ふだんはむしろ普通の男性よりもふとめの、いかにも音楽的な声なのに、感動したときだけ彼はこんな鳥みたいな声を出す。

三代目茶屋四郎次郎は、背は常人なみだが、恐ろしくふとった男であった。その皮膚は白く、つやつやとしていた。眼は細いがキラキラとかがやき、鼻は団十鼻で、唇は厚くて、もう四十二、三になる男というのに、女みたいに赤かった。その口からむっちりしたあごにかけて、男が見ても変な気になるほど肉感的であった。そして筆でかいたような細い口髭を生《は》やしていて、決して美男とはいえず、どこか滑稽味があるのに、何となく異国的なしゃれた印象があった。

――どうして、こんなやつが、初代の子に生まれたか。

と、家康は、商人にはなったものの豪毅な武士の風貌を失わなかった初代を回想して、ふしぎに思う。兄であった二代目も、父の面影をとどめていた。こやつは、茶屋をつぐまで長崎にいて紅毛人とつき合っていたからこういう男に変ったのかも知れない。

彼は一同を席につかせると、また厨にひっこんだ。驚いたことに、彼は食事の支度を指揮しているのみならず、いまの鍋を見てもわかるように、みずから料理に手を下しているらしい。

あれほど督促し、また遅れたといってあれほど怒ったのに、こんどはその料理がすぐには出て来なかった。きいてみると、いま新しく作っているものがあるという。――扉をしめても、何やら肉を焼く匂いや、油や調味料の香りが濃くたちこめて来て、さしも我慢強い家康も、途中で、いくども、

「まだか？」

と、あえぐような声を投げたくらいであった。

やがて――その料理が、官能的な女たちによって次々に運ばれてきた。ギヤマンの瓶に入った赤い異国の酒とともに。

それは一同が見たことも、聞いたこともないような食物であり、料理法であった。南蛮料理ばかりではない。支那料理もまじり、むしろその方が大部分を占めていたかも知れない。

当時、人々はどんなものを食べていたか。

秀吉が関白となってはじめて参内したときの献立は、「塩引、焼鳥、ふくめ煮、からすみ、たこ、くらげ、かまぼこ、すし、鯛汁」などで、すしといっても、むろん後代の江戸前のすしではなかろう。こう文字として並べるといろいろあるようだが、関白殿下一世一代の晴れの参内の御馳走としてはあまりに貧弱で、江戸時代になってからこの献立を見た人の評に、

「豊太閤は壮観をよろこび給い、美麗を好まれしときくに、これを見れば飲食に心を用いられざりけるや」とあるくらいだが、べつに秀吉が食い物に無関心だったせいではなく、これが当時最高の膳部であったのだ。

また、これよりちょっとあとになるが、寛永のころに生まれた兵学者大道寺友山の『駿河土産』によると、秀吉の世に備前少将池田光政がはじめて江戸城に上ったときの食事が、「蕪《かぶ》汁におろし大根の鱠《なます》、あらめの煮物、干魚の焼物にてこれあり候」とあり、さらに同著者の『落穂集』に「われら若きころまでは、町方において犬と申すものは稀にて見当り申さざることに候。武家町家ともに、しもじもの食物には犬にまさりたるものはこれなしとて、見合い次第打殺し、賞翫いたすについての儀なり」とある。この物語の慶長よりもさらに後年にして、なお犬を大御馳走として食ったというくらいだから、ましてや戦国の風のいまだ終熄《しゅうそく》したとはいえないこの時代の一般の食生活は察するに足る。

さて、ここに現われた料理は、材料は肉、魚、野菜などであったにちがいないが、これを油であげたり、卵をかけたり、葛《くず》のようなものをまぶしたりしてあったので、何の肉、何の魚、何の野菜であるかわからない。いや、そんなことをたしかめるいとまもないほど、それは美味《うま》かった。だいいち、きいても一同にはわからなかったろう。たとえばその野菜の中に、南瓜《かぼちゃ》や玉蜀黍《とうもろこし》があったが、それすら当時の日本の自然にはないものであったからである。巧みにきかせてあった唐辛子《とうがらし》さえ、その名が物語るごとく、そのころ外から渡来したものであったからである。

もっとも、みな空腹でもあった。彼らは、がつがつとむさぼり、のみ下し、皿に残る汁までしゃぶった。口の中からからだじゅうに濃厚な活力がしみこみ、拡がってゆく感じであった。

……はじめに箸をおいたのは家康である。

満腹したせいではない。彼は壮者に劣らぬ健啖家であった。むしろ彼は、あまりに美味過ぎて、それに気がついてみずから手綱をかけたのである。

見ると、小食家の本多佐渡守まで夢中になって皿に顔をつっ込んでいる。

「佐渡」

家康は苦笑した。

「珍しいの」

「は」

老獪苛烈の策士たる本多佐渡守はわれに返り、それこそいまだかつて彼が他人に見せたこともない、照れくさげな表情を作った。

「この味が、ようおまえの口に合うものじゃ」

「いえいえ」

遠くから声がかかった。

「それは私が精根こめて日本風に味つけしたものでござりますれば、たとえ禅僧なりともその口に合う自信がござりまする」

いつのまにか茶屋四郎次郎が卓の末席に――正面の家康と向かい合う位置に坐っていた。その前にも同じ珍味が並べられ、彼自身美味そうに口に運んでいる。

「これは何というものじゃ」

と、佐渡守は一椀を指さした。

「どこやらおぼえのある味のようで、しかも日本にはないが」

「それは飛龍子《ひりょうず》と申し、牛蒡《ごぼう》やきくらげを豆腐と山芋で包んで揚げたもので――実はイスパニア料理でござる。あちらの言葉でフイロスとか申しまする。――」

「ほほう！」

すなわち後年、関東では雁《がん》もどきと呼ぶ食物を、このときはじめて大御所さまはイスパニア料理として食ったわけである。

「四郎次郎」

と、家康は呼んだ。

「どうやら、おまえみずからこれらの物を調製したらしいが、武士たる者が――いや、おまえは武士ではないが、孟子も君子《くんし》は庖厨《ほうちゅう》に遠ざかると申しておる。朱印船の総大将たる茶屋のあるじが庖丁をとるとは、少し道楽が過ぎるではないか」

「いえ、これぞまったく将に将たる者の道楽であると存じまする」

「なにゆえじゃ？」

佐渡守がとがめるような声を出した。それは四郎次郎の言葉の意味がわからないというより、大御所さまに対して言い返すとは、さりとは不遜な、という感情のためであった。

「いえ、これはあるポルトガルの船長の申したことでござりまするが、肉を食わず、米や野菜ばかりを常食とする国民は勇気を失い、だれの命令にも犬のようにおとなしく従うようになる。すなわち、文字通り他国に食われてしまう。一国の興亡は、その民の食物の如何《いかん》によるーーと。私はまことに至言と存じまするが」

「犬のように従順な民、まことに結構ではないか」

と、家康はいった。

「かくてこそ、天下の静謐《せいひつ》は保たれる。それがかえって民の安穏のもととなる」

「それは一国の内だけのことで、他国とつき合い、時によっては争わねばならぬ場合は、ーー」

「日本は海に囲まれておる。その海を介しての交わりを断てば大事ない」

家康は、うっかりと容易ならぬことをいった。つまり彼の脳中にきざしかけている未来の国策をヒョイと漏らしてしまったのだが、それもこの四郎次郎の思いがけない抗議にちょっと狼狽したせいであった。

鎖国ーーそれは茶屋四郎次郎にとって重大以上の大変事のはずだが、ふしぎなことにこのとき彼は、それがよくわからなかったらしい。それより、ほかの観念にとらわれていたようだ。いや、かねてから抱懐している意見を、この際大御所さまに披瀝したいという欲望でいっぱいだったようである。

「静謐、安穏――大御所さま、しかし民は静謐で安穏で、さて何をするのでございましょうか」

「それ以上、何を望むことがあるのか」

四郎次郎はまるで南蛮人のように両手をひろげた。

「民の望むことは、要するに美味いものをたらふく食い、美しい女を心ゆくまで愛することで。――」

「ばかめ」

とんでもないことをいうやつだ、というような声で佐渡守がいった。

「いえ、それを叶えられずして何の静謐、安穏ぞや。この民の欲を能うかぎり叶えさせてやることこそが、天下人の夢であらねばなりますまい」

四郎次郎は笑った。

「私なぞは、美味いものを食うためには大金を投じても惜しいとは思いませぬ。これぞと思う女と交合して、交合しつくして、たとえ死んでもいのちが惜しいとは思いませぬ」

大御所と本多佐渡守の前で、実に大胆不敵なせりふである。

特筆すべきは、茶屋四郎次郎は、こんなことをしゃべりつつ、決してかみついている調子ではなく、あくまでにこやかで、かつ眼前の料理を食べつづけているのである。しゃべりながら食い、食いつつしゃべる、という紅毛人の食卓作法は知らなかったが、しかし家康にも佐渡守にも、四郎次郎がこちらをからかっているとは決して見えなかった。彼がおのれの持論の開陳に熱中していることはあきらかであった。

「私はみずから庖丁をとります。油や酢や塩の分量をいろいろと工夫いたします。そして、何か美味《うま》い料理法はないかと日夜腐心しております。私の意見を以てすれば、新しい料理法の発見は、御朱印船の新しい航路の発見にも匹敵すると思われるほどで。——」

このあいだにも、美しい女たちは、次々と——こんどは菓子類を運んでくる。

「これは胡麻餅、それは胡麻牛皮《ぎゅうひ》と申しまする」

四郎次郎は解説する。そして、みずから食う。ちっとも急がず、悠々としてしゃべり、かつ笑いながら、片っぱしからたいらげ、それが涎《よだれ》だらけの唇の中に吸いこまれてゆくのが、いかにも美味そうで、もう満腹のほかの家来たちも——ひとたびは大御所さまと四郎次郎の問答を、手に汗にぎってきいていたのに——つい吊りこまれてその手を出し、絶佳の風味に胃袋も裂けよと食いつづけずにはいられない。

「次なるはカステイラと申す南蛮菓子で」

たっぷりとした砂糖の甘味《かんみ》は、一同の腸《はらわた》をとろかした。砂糖は貴重な輸入品で、家康などは献上されたものを、だれにも舐めさせずにみんな蔵にしまいこんでいるくらいである。

「女も食い物も、あまりに美味いのは危険じゃ」

それを見つつ、家康はうわごとみたいにいった。彼が、おのれを制するのにこれほど動揺を感じたのは珍しい。——

「かつて、織田内府にな、こんな話がある」

と、彼はいい出した。

「内府が天下をとられたのち、滅んだ三好家で名人と聞えた庖丁人坪内なにがしに料理させられたことがある。ところが出された料理が、あまり水くさいので、内府は立腹なされて、その料理人はわれを愚弄いたしおるか、ただちに首刎ねよと申された。しかるに、いまいちど料理させてたまわれ、それにてお心に叶わずば腹切らんという坪内に、再度の膳を許されたところ、このたびは甚だ美味にして、坪内には禄を与えられたほどであった。あとで坪内めがひそかにいったという。最初のものこそ公方衆の第一等の料理なり。お気に召したる次なる料理は、第三番、四番、野鄙《やひ》なる田舎料理の味なりと。——人、語って、その料理人はみごとに信長公に恥かかせたりと膝を叩いたというが、わしの思うところでは、信長公はさすがじゃ、公方家の料理こそまずいと断じ、あくまで田舎料理をよしとせられたる根性こそ、信長公が公方や三好らを倒して天下をとられたゆえん。——」

　このせっかくの大御所好みの教訓的逸話も、陪食者たちの喚声にかき消された。そこへ大きく半月形に切られた西瓜が銀盆にのせられて運び出されてきたからだ。西瓜というものも、このころまだ日本に渡ってまもなく、少くともこれほどみごとな西瓜を見た者はこの座にいなかった。

　眼前に置かれたみずみずしい真っ赤な果肉に、反射的に瞳孔が散大するのをおぼえつつ、家康はいった。

「わしは信長公にあやかろうと念じておる。そもそも食物など、何でもよい。空腹こそ最大の美味というべきじゃ」

「満腹しておっても、なおかつ食いとうなる美味いものを作り出す。これこそ文明というものでございまする。腹のへったときにまずいものなし、というのは文化の終りでございまする」

そういってのけると、茶屋四郎次郎は盛大に西瓜にかぶりついた。繰返していうようだが、彼の様子には、大御所さまに異を唱えて快とするといった大それた調子は全然なく、強《し》いていえば、この持論だけはだれにも譲らぬといった風に見えるが、何より目下の口腹の愉楽にみずから陶酔し、おしゃべりはその伴奏としている感があった。

……やがて、美酒に悪酔いしたような顔つきと足どりで、一同は茶屋を立ち出《い》でた。おびただしいお土産《みやげ》の絹織物、緞子《どんす》、伽羅《きやら》、砂糖などの輿《こし》に囲まれながら、乗物にゆられていた家康は、

「佐渡よ」

と、呼んだ。

そばを歩いていた本多佐渡守が寄った。

「茶屋も、長くはないの」

と、家康はいった。狸の中《ちゆう》ッ腹《ぱら》といった面相であった。

三

改めていうのも可笑《おか》しいようだが、家康のような英雄は、古今東西に珍しい。疾風迅雷の信長型、天空海闊の秀吉型のような英雄はほかに例がある。近代でいえばヒトラーは前者であり、ルーズヴェルトは後者だ。が、家康みたいな徹底したしぶちんにして、かつ大英雄であることにまちがいはないタイプは、ちょっと頭に浮かばない。強いていえば粘強《ねんきよう》無比のチャーチルだろうが、チャーチルはしぶいけれど、決してしぶちんではない。

女に対しても。——

そもそも家康に、女に興味を持つ心があったことさえふしぎに思われるが、これだけは別と見えて、七十五年の生涯に、名のわかっているだけでも二妻十五妾がある。もっとも身分が身分であるから、妾を持つことに現代のわれわれのような経済上の個人的努力は要らないわけだが、それにしてなおかつ、彼はしぶちんである。数の問題ではなく、その女に対する態度において。

彼は秀吉のように貴顕の息女を決して妾にはしなかった。そのほとんどすべては、身分低い家臣ないし牢人《ろうにん》の娘であった。とくに世帯を持った経験のある後家が好きであった。家来に向っても、「女房には木綿《もめん》を織る女を迎えよ」といった。働く能力のある女を妻とせよといったのである。彼にとって女は、ただ性欲を満足させる対象にしか過ぎず、その用を果したあとの女には、労働と節倹を要求した。彼は妾たちに金貸しを勧めたほどである。

そして彼は、性欲すらもみずから統御した。

彼の唯一の趣味といえば、ただ鷹狩りという、しかも後代の将軍のような大がかりなセレ

モニーではなく——まったく個人的なスポーツであったが、それについてさえ、

「およそ鷹狩りは遊娯のためにあらず、朝疾《と》く起き出でれば宿食《しゆくじき》を消化して朝飯の味もひとしお心よく覚え、夜中ともなれば終日の疲れにより快寝するゆえ、閨房にもおのずから遠ざかるなり。これぞ第一の摂生にして、なまなまの持薬を用いたらんよりははるかにまされり」

という近代の医者でもいいそうな訓言を残している。

ただし、食物に対しては——さすがにいまのような栄養学には通じていない。駿府城の漬物が辛《から》過ぎるという妾たちの悲鳴をきいて、台所役人に、女たちが何をいおうと改める必要はないぞと注意しているほどである。

もっとも医者が、当時の知識で、何が悪い、かにが悪いというと、その食物は、いかに好んでも、これを廃した。まだ若いころ、信玄から時季はずれの桃を贈られたが、珍しいものよの、と鑑賞しただけで手にとろうともしなかった話は有名である。そして大いなる克己心を以て、有害と思われる食物を廃した分だけ、量は健啖に食った。

これほどしぶちん、よくいえば克己心を以て、女と食物に対した家康である。

この両者に対して、八方破れの人間に好意の持てるはずがない。本能的にも理性的にも反感を禁じ得ないのは自然のなりゆきである。いわんや、それが家来筋の、しかも町人であるにおいておや。さらにその人間が、「美味いものを食うためには大金を投じても惜しからず、これぞと思う女とならば交合のあげく死んでもよい」など、たわけたことを広言するにおいて

おや。

今や、大御所は言った。

「茶屋も、長くはないの」

と。――

たんに腹心本多佐渡守にもらしたつぶやきに過ぎないが、口にした人が人である。聞いた者が者である。茶屋四郎次郎の運命はここに極まったものと宣言されたにひとしかった。

しかるに――それがなかなかそうはゆかなかった。

四

それには理由がある。

一つには、その人物、その人生観、その生活がいかに徳川の家風とは正反対とはいえ、べつに眼の上の瘤というほど大きな邪魔物ではなく、それどころかもっと気にかかる、徳川の運命に直接かかわる大坂城という存在を控え、その大坂に対する戦争のための軍資金の捻出源の一つとして、この茶屋四郎次郎がまだまだ家康にとって必要であったからだが――。

しかし、それよりも大きな理由は、そのうちこの茶屋四郎次郎が、

「おや？」

と、家康が眼をしばたたくようなことをやってのけたからであった。

慶長十三年春。――

茶屋四郎次郎は駿府に伺候した。朱印船その他上方《かみがた》の経済状勢の報告のために彼が江戸や駿府に往来するのは恒例となっている。

四郎次郎は、家康の心など全然知らぬが仏であった。彼はいつも、女さえも混えた一団を率いて、柳営や大御所はもとより幕府の大官、諸大名に気前よく進物を配ってまわり、思いがけないところまで顔を出して、にぎやかな笑い声をひびきわたらせていた。

そして、この春、たまたま駿府に来ていた柳生又右衛門が憂色につつまれているのを見た。ついで四郎次郎は、山田浮月斎なる剣客が、柳生に決闘を申し込んでいることを知った。

山田浮月斎とは何者か。

柳生又右衛門は、いうまでもなく剣聖上泉伊勢守に師礼をとった柳生石舟斎の子であるが、やはり伊勢守の高弟に疋田《ひき た》小伯《しようはく》という名剣士があった。かつて家康が彼を見て、「疋田の剣はあまりに荒くしてかつ一騎打ちの剣なり、将に将たる者の師にあらず」と斥けて、ために小伯は関白秀次の剣士となったという。山田浮月斎はこの小伯の弟子であった。

「柳生では、このごろ高慢にも祖師上泉どのを無視して、その剣を柳生新陰流とか唱えられておるときく。それにならって、当方も疋田《ひき た》陰《かげ》流《りゆう》を天下に拡めたいと念じておる。同じく伊勢守どのの道統をひく剣法、いずれがまされりや、孫弟子同士で試合をいたしてみたい」

と、彼は、つれてきた七人の弟子たちをかえりみて言ったという。

「ただし、柳生はもはや将軍家の御師範、そのような試合はせぬとお拒みなさるなら——いや、又右衛門どののことゆえ、必ず左様な遁辞を設けられるであろう——又右衛門どのと拙者が立合わずともよろしい。そちらも七人、弟子をお出しなされ、こちらの弟子と試合いたさせよう。むろん又右衛門どのお望みならば、浮月斎よろこんでお相手つかまつる」

謹直な又右衛門は、試合の許可を大御所に願い出た。

「おまえはそれに応じてはならぬ」

と、家康は制した。

「向うの願い通り、弟子にやらせい。本来ならばそれも好ましゅうないが、上方《かみがた》におるわが服部の手の者の調べによれば、山田浮月斎なるものの背後には大坂がある」

「——や？」

「うまくゆけばお前を討ち果たし、そうは事が運ばず柳生の弟子どもを破ったとしても、徳川の士気をおしひしぐ。少くとも徳川の剣法の手並みの吟味はできる道理じゃ。むろん、きゃつはそのあとで大坂城に入るつもりでおる」

家康はちょっと意地悪い笑顔でいった。

「そのほうの弟子を以て、きゃつらの望みを打ち砕いて見せよ」

で、帰って来て、浮かぬ顔をしている柳生又右衛門のところへ四郎次郎が来合わせて、右の次第を知ったというわけであった。

「御心配か、柳生どの。あなたさま、お勝てになれそうもありませぬかな」

と、彼は又右衛門を盗み見た。

「なんの。——大御所さまは御不安のようじゃが、わしが浮月斎と立合うなら勝てる。が、弟子ども同士となれば喃《のう》。つれてきた浮月斎の弟子ども、ちらっと見たが、みな瘦せこけて山犬のようなつらをしおって、いずれもただものではない。——」

「いけませぬか、全然」

「いや、六分四分であろうが。——向うが六分じゃ」

「試合をやるなら、いつのことでござりまする？」

「浮月斎の申し込みは十日以内じゃ」

四郎次郎はしばらく思案していたが、やがていった。

「その件、私にお委《まか》せ願えませぬかな」

「なに、おぬしが？」

又右衛門は驚いた顔をし、すぐに苦笑した。

「いかにもおぬしの父御《てておや》は豪傑であった。が、おぬしはいまは町人ではないか」

「それが、ちと長崎で切支丹伴天連の妖術を習いましたので」

「なんじゃと？」

「いや、これは冗談。ただし、その試合、私がお助け申したいということは冗談ではござらぬ。徳川家のおんためでござる」

——柳生又右衛門が山田浮月斎に弟子七人ずつを以ての試合を了承したと返事をしたのは、その翌日のことであった。ただし、条件があった。

「七人、一人ずつの試合はだらだらと長びいて煩わしい。かつ剣法は実戦的であることをむねとする。しかれば、七人、同時に乱れたたかい、敵の最後の一人まで仕止めるかたちでよければ承知いたす。面倒をふせぐために真剣の方が望ましい。場所は安倍《あべ》川の河原約千坪を以て果し合いの場とする」

という恐るべきものであった。

山田浮月斎方は暫時協議ののち、この真剣による集団戦を諾した。

さて、その日がきた。安倍川の河原に、たしかに千坪ばかりを区切って竹矢来がめぐらされ、その外に見物人が雲集した。約束の刻限至って、双方の剣士合わせて十四人がその中に入った。

そして、まるで古代羅馬《ローマ》の剣奴《けんど》の試合のごとき壮絶な死闘が開始されたのだが——はじめ、見物人は事の意外に眼をまるくした。

出場した柳生方の剣士七人はいずれもまるまると肥った体格のいい連中ばかりであった。これが敵に向わず、それぞれ一目散に逃げ出したのだ。見物人のみならず、山田浮月斎の方の剣士も唖然として——やがて、猛然とこれを追い出した。

「卑怯っ、卑怯、敵にうしろを見せるか、柳生っ」

「教えてやる。これがすなわち戦場の駈引じゃ。——」

そのへらず口の通りに、柳生方は竹矢来の外には出なかった。その内部を駈けめぐるのだが、何しろ一千坪の広さである。右から来れば左へ、南から来れば北へ、自由自在に逃げまわった。たんに逃げるばかりではない。敵が立ちどまっていると、尻を叩き、あかんべえをし、はてはすぐ近くまでやって来て大袈裟に挑戦する。見物人がどっと笑い、そして山田方の剣士は憤然としてまた駈け出した。

なんと、追いも追ったり、逃げも逃げたり、これが約一刻――二時間近くかかったのである。

山田方はついにくたびれて、みな坐りこんだ。柳生方はそれを遠巻きにして、――

「なんじゃ、もう弱りおったのか」

「ばかばかしくなったのだ」

「では、試合放棄か。負けたといえ」

「どっちが負けたか、見物人が見ておるわい」

「見物人のための勝負ではない。――戦場の勝負はこれじゃ」

たちまち柳生の七人は猛然と疾駆して斬り込んできた。

山田方はあわてて起《た》って、改めて格闘が起った。と見るや、柳生方はまた逃げ散る。これを追ってばらばらになった山田方七人のうち一人が斬られ、また一人がつんのめった。

形勢は逆転した。これからあとは、疲れ果て、足もよろめき、喘息病みのような喘ぎをあげて逃げまわる浮月斎方の剣士たちを、なお躍々たる精気を残す柳生方が、まるで猫の鼠を追いつめるがごとくみな殺しにしてしまったのである。

――この経過をきいた家康が、又右衛門にきいた。

「どうしたのじゃ、あれは？」

「茶屋四郎次郎の入れ智恵でござりまする」

又右衛門は苦笑していた。

「逃げまわって相手を疲れさせることがか」

「されば、その兵法もござるが、それまでの――食法」

「食法？」

「試合までの十日間ばかり、四郎次郎め、私方の七人を預《あず》かって、あれの料理人に腕をふるわせ、大御馳走を食わせつづけたとのことで――実に油濃き料理にて、その点ではいささか辟易したと申しておりましたが、私が見てもみな別人かと思われるばかりにあぶらぎり、一里走っても、三里走ってもなお、一里三里は走れるという精力を蓄えたことこそ不思議」

「ほほう。……」

「一方、向こうは痩せた野良犬のごとき男ばかりでござります。短時間の勝負なら知らず、一刻も駈けまわると、もはや腰もぬけて這いずりまわるほどのていたらく」

柳生宗矩《むねのり》は苦笑を消し、首をかたむけていった。

「拙者、武士たるもの粗食に耐えることこそ本領とは存じておりましたが、きょうのことを見ると、ちと考えねばならぬと虚をつかれた思いでござりまする。……」

家康は宙を見ていた。彼はいつか茶屋四郎次郎のいった言葉を思い出そうとしていたのである。

――一国の興亡は、その民の食物の如何による。

五

——とはいえ、これで家康の栄養観が改まったという徴候はない。七十年ちかい風雪を粗食でしのいで来て、現在のおのれの堅忍力と徳川家の強固さはむしろこの克己にあると信じている人物が、そう簡単に変るわけがない。

ただ作者が思うのに、この家康の食生活に対する信念がいかに徳川三百年を規制し、さらに日本の近代にまで影響を及ぼし、いかに日本人に災害をもたらしたかを考えると、痛恨に耐えないものがある。

——「甲子《かっし》夜話」にこんな話がある。

駿河にあった大御所が鷹狩りの帰途ふだん碁《ご》の相手に呼んでいる滝善右衛門という一町人の家の前を通ったとき、ふとその一家がそろって白い飯を食っているのを見て不機嫌になった。のちの或る日、その町人が来たとき、家康はいやみをいった。

「汝は後々家の相続おぼつかなし。汝らが身分にて白米の飯を喫する心得にては中々相続すべきものにあらず」

善右衛門は驚愕して、

「あれは白米ではございませぬ。豆腐粕の飯でございます」

といい逃れた。

が、その後彼は恐怖して、一家必ず飯におからを混ぜて食ったという。

「甲子夜話」は文化文政のころの大名松浦静山《まつらせいざん》の随筆だが、こういう話が一大教訓として書かれているところが、家康が徳川時代を規制していたというあらわれである。

依然として茶屋四郎次郎は、家康にとって目障りな男であり、気にくわない存在であった。その後も彼がいよいよ肥満し、京の寺などに詣《まい》るときちょっとした石段でもあると、うしろからあと押ししてもらわなければ上れないなどという話をきいて、

「又右衛門」

と、たまたまそばにいた宗矩をかえりみていった。

「本尊がそのざまでは美食もやはり考えものじゃぞ」

そのふとっちょが、近来また四、五人もの京の美女を新しく妾とし、五日に一度は豪商たちと珍しい料理を食べる、愚留満講《ぐるまんこう》という――何の意味やら余人にはわからぬ――会を催し、そこへ、京に滞在する大名――徳川方も大坂方さえも――ときどき招いているという話をきいて、彼は不機嫌なときの癖の爪をかんだ。これは甚だ天下人らしくない貧乏たらしい家康の癖であった。

どうやら四郎次郎は、食道楽ならたとえ悪魔でも歓迎するらしかった。が、これで四郎次郎に鉄槌を下すきっかけはようやくつかめたわけであったが。――

慶長十五年秋。――

上方にあった服部組の首領服部半蔵が、徳川にとって手に汗を握るような諜報をもたらした。大坂の淀君から加賀百万石の前田中納言利長へ秘状がつかわされたというのだ。実に、

どうしてつかんだか、その文面さえも判明した。

「……太閤の御厚恩、さだめて忘れ申されまじく候。一度お頼みあるべきの間左様に相心得らるべく候。……」

すなわち、前田家に豊臣への忠誠登録を請求したものだ。

ところでこの時点において、なお徳川か豊臣か旗幟《きし》鮮明でない大名がまだ多数あった。加藤とか福島とかいう荒大名たちも、関ヶ原で東軍についたのも真の眼目は豊臣家安泰のためにあると言い張っているくらいで、さしもの家康が大坂に手を出せない理由の最大のものとなっている。その太閤恩顧の大名中の領袖《りょうしゅう》はいうまでもなく前田家であった。

先代前田大納言利家が太閤亡きあと秀頼を抱いて悠然と立つ姿には、家康すら圧倒されるものがあった。その子、中納言利長、これまた深沈茫洋として、その心中容易に外よりうかがい知れないものがある。彼の去就が明らかになれば、首鼠両端の諸大名もそれになびかざるを得ない。

伏見屋敷にあったその利長が、ときあたかも何くわぬ顔をして、なんと京の茶屋四郎次郎の愚留満講へ出るときいて、指令が服部半蔵に飛んだ。

半蔵はひそかに四郎次郎を訪れた。

「……かかる次第でござる。その会を利して、なんぞ中納言さまの御心底探るてだてがあるまいか？」

半蔵の顔を、いまは象のように細くなった眼で見た四郎次郎はいった。

「中納言さまをこちらの虜にすればよいのでござろうが」

「虜に？　そんなことが出来ますするか」

「あのお方ならば……ひょっとすると」

その日、前田中納言利長は茶屋家にやってきた。

利長このとし四十九歳、若いころは利家に従って転戦し、父の名を恥ずかしめぬ驍将《ぎょうしょう》といわれた人だが、いまは力士のごとく重げにふとっている。彼は大食家あるいは美食家で聞えていた。それで京へ来ると、しばしば四郎次郎を屋敷へ呼んで食道楽のはなしを交わすことを愉しみとし、あげくのはては、この会へ出向いてくる次第とはなったのだ。

精根こめた四郎次郎の和漢洋混合の料理の美味と珍しさに、利長はいうまでもなく大悦びした。そして、その日出席した食通町人らの三倍はたいらげて、一同を驚かせた。

「あああ、わしはいつまでも京におって、毎日茶屋の料理が食いたいものよの」

と、彼は涎をふいて長嘆した。

「しかし、わしは近くまた、加賀へ帰らねばならぬ。——」

「中納言さま、お望みならば」

と、四郎次郎はささやいた。

「私の料理人どもを献上いたしましょうか？」

「なに、この料理を作った者どもをか？」

「左様。ただし、いずれも徳川家に縁のある者どもでござりますれば、江戸のお許しを乞わねばなりませぬが」

逆にいえば、徳川家につながる連中を、たとえ料理人とはいえ、いまの時点で前田家に抱え入れることは相当に覚悟の要ることであった。

しかし、利長はあえてそれを受け入れた。むしろ望外の獲物に狂喜したようであった。

利長が淀君からの秘状の内容を駿府に通報したのは、それからまもなくであった。相対立する勢力の一方の秘密を他方に打ち明けることは、彼の或る決定を物語る。それどころか。


――


彼は茶屋から贈られた料理人一同をつれて加賀へ帰ると、あとは十七歳の若い弟利常に譲って、自分は能登に隠居してしまった。

「ど、どうしたのでござる?」

と、服部半蔵はきいた。茶屋四郎次郎にである。

「中納言さまは、もう修羅の浮世に煩わされるのがいやになられて、ただひたすら美味い料理を食って長生きせられとうなったのでござるよ」

と、四郎次郎は笑った。

「まさか? と思われるか。大御所さまもお信じ下さるまい。しかし、私だけは、あの中納言さまならあり得る。必ずこうなるはずじゃと信じておりましたわさ。いや、わしの料理人は、切支丹伴天連以上。――わははははは」

そして、四郎次郎こそ切支丹伴天連以上の妖術使いであった。彼は自分の料理人の全部を前田家に譲ったわけではなかった。というより、茶屋家に抱えられている料理人が豊富過ぎたのである。そして、その残りの料理人を以て、またも——ひょっとしたら、歴史を左右したかも知れぬと思われるほどの出来事に加わらせたのである。

慶長十六年春。——

家康は、秀頼と二条城において会見することを強制した。それは大坂城の奥ふかく成長して今や十九歳になった秀頼を、彼自身の眼で偵察したいという願望にとりつかれたためであった。が、徳川の異心についてそれ以上に気をまわして万一のことを恐れ、淀君は猛烈に反対した。

この応接のあいだ——二条城に交渉に来た大坂方の大蔵卿の局《つぼね》をはじめとする女官たちは、出された食事のただならぬ美味さに驚倒した。口のおごった女官たちで、しかも大坂城の命運にかかわるという大事な談判のさなかに、彼女たちの夜ばなしはこれに終始したといっても過言ではないほどのありさまであった。

料理人はだれか。——茶屋四郎次郎の料理人ときいて、

「ああ、あの音に聞えた——」

と、二、三人がさけんだのは、かねてからの噂を耳にしていたものであろう。

このことをきいて、四郎次郎は改めて昼餐《ちゅうさん》の一席を申し出た。彼女たちは一議もなくこれに応じた。例によっての和漢洋の珍味に彼女たちは陶然とした。

四郎次郎は微笑していった。

「秀頼さまは京へおいでになりますのか」

「それはわからぬ」

「若《も》し、御上洛相成りまするときは、茶屋四郎次郎、一世一代の御料理を作って進ぜましょうぞ」

「これよりも、もっとおいしい？」

「十倍も美味い！」

「――おう、それならば！」

と、女官の一人がさけんで、

「ま、はしたない。――」

と、大蔵卿の局にたしなめられたが、そうたしなめた大蔵卿の局も、それから四郎次郎が音楽的な声でしゃべりはじめたかずかずの美味い料理や、珍しい料理法の話をきいているうちに、次第にうっとりと夢みるような表情になってゆくのを禁じ得ない風であった。

女たちは大坂へ帰った。ゆきなやんでいた秀頼上洛のことが一挙に解決したのはその直後である。

三月二十八日、家康と秀頼は二条城で会見した。

両者の会見そのものは、実にあっけないものであった。ちょうど昼にかかり、「膳部かれこれ美麗に出来けれども、かえって隔心あるべきかとて、ただ吸物までなり」とある。すなわち秀頼は吸物だけのんで、その日の午後にはもう大坂へ帰ってしまったのである。

この膳部は、茶屋四郎次郎の作ったものではなかった。彼はそれを申し出たのだが、家康がとり合わなかったのである。

「……ああ残念な。もし私に大午餐会をお委せ願えたならば、これぞ徳川豊臣和楽の未曾有の宴《うたげ》となったものを」

だいぶあとになってから、四郎次郎がそう嗟嘆したということを家康はきいて苦笑した。

しかし、それを報告した服部半蔵は、また大坂城の女たちがそのことについて甚だしく残念がり、また空《から》約束で徳川にはかられたと恨んでいたことも事実であると告げ、

「いつぞやの前田中納言さまのこともござりまする。大坂城のおんな衆が茶屋の料理にひかれて秀頼さまの御上洛をすすめたということも、あながち荒唐無稽のことでもないのではござりますまいか？」

と、首をかしげていった。

家康は苦笑を消した。彼はいちど食べただけなのに、なお舌に残るあの絶佳の味がよみがえるのを感じたのである。

もし、そういうことがあるならば、茶屋四郎次郎の料理は天下の運命にすらかかわりを持ったことになる。——たとえ、会見当日には出なかったとはいえ、その会見を実現するのにあずかって力があったものと見なければならないからだ。そして自分はその会見で、秀頼の人物打診という目的は達成したからだ。

——ばかなことを。

しかし、ふたたび家康は肩をゆすった。

現実的な家康は、「——まさか、食い物が天下のことを」と笑殺したけれど、やがて彼は冗談ではなくそんなことがあり得るのではないか、と認めなければならない事態を見ることになる。

慶長十九年夏。——

果然、大仏鐘銘事件が勃発した。果然、というのは家康から見れば、大坂を始末するきっかけを狙っていたその機会がついに到来したということで、すなわち豊臣家が鋳た方広寺大仏殿の鐘の銘の中に、

「国家安康、君臣豊楽」

という八字があったのに対し、これは家康を調伏する不吉な文字だと難癖をつけたのだ。

この銘文を作ったのは、当代切っての名文家清韓という学僧であって、彼になんら意図のないことは家康もちゃんと知っていた。しかし、どうあってもこの際これを手品のたねにして、大坂城に難題を持ちかけねばならぬ必要に迫られたのだ。従って、その難題を、世にはいかにももっともらしい屁理屈で鎧《よろ》わなければならなかった。

京都に密行した本多佐渡守は、服部半蔵に命じた。

「服部、五山衆とひそかに逢いたいが、なんぞよい機会と場所があるまいか」

半蔵は思案して、うなずいていった。

「左様、茶屋四郎次郎のところがよろしゅうござりましょう」

それは徳川の大策士と五山の長老たちが京で非公式に逢う場所として——と、ただ場所という見地だけから思いついたことであったかも知れない。

しかし、これははからざる別の効果を現わす場所となった。

本多佐渡守と五山の長老は、茶屋で三度ばかり会見し、その結果。——君臣豊楽とは、豊臣を君として楽しむと読む下心である」

「国家安康と、家康のおん名を二つに切ったのは不都合である。

などと、理屈にもならぬ理屈に、仰々しい和漢の古例をならべた弾劾案を出し、「曲学阿世」の醜名を千歳《せんざい》に流すことになったのだが。——

服部半蔵の見るところでは、彼らも充分そのことは承知のこの会合に、彼らが三度も出てきたのは茶屋の料理ではなかったかと思われるふしがあった。

はじめ、出された料理をみて、

「や？」

僧たちは、これはしたり、といった表情をした。四郎次郎は手をもんでいった。

「御安心下さりませ。お召し上りになればわかりまするが、肉も魚も一切使用してはござりませせぬ。まこと精進《しょうじん》料理でござりまする」

食べて見て。——

「うむう。……」

みな、うなった。四郎次郎がいちいち説明した。

「麻腐」と称する胡麻豆腐、山芋やゆりねや筍や蕗などを煮た「笋羹」、それらの野菜を葛《くず》でかためた「雲万《うんぺん》」、銀杏《ぎんなん》や蓮根や餅などの揚げ物。——それらすべてに昆布だしと、いい油が絶妙に使われていた。朱塗りの雅な容器を見てもわかるように、これは支那伝来の精進料理に、四郎次郎が長崎でおぼえた「しっぽく」料理の手法を加え、後年普茶料理ともてはやされたものがこれであった。

坊主はまずいものを食うのをむねとする。五山の長老といえどもこれは避けられない。そこにあくまで精進の淡白を持ちながら濃厚の油を加えたこの料理は、これらもったいぶった老僧たちの心腸をとろかした。食い終ったとき、彼らがまるで美女と心ゆくまで交合したあとの飽満感に似た顔つきになっているのを、陪席していた半蔵は認めた。

「こりゃ、この会合に来いといったら、この坊主ども百度でも来るかも知れぬて。……」

駿府へいったとき、半蔵がふとこの見解を座興に述べたら、家康は恐ろしく不機嫌な顔をした。

「半蔵、坊主の悪口をいうと、三代くらい祟るぞ」

さすがの家康も、おのれの強引な策謀の中に、食い物に魂を売った坊主たちを加えるのは甚だ不愉快であったと見える。

しかし、この坊主どもの協力によって宣戦布告の口実をつかんだ家康は、その翌年慶長二十年五月、大坂城を火と煙の中に滅ぼし去った。

六

元和二年一月二十一日、駿府にあった大御所家康は近郊に鷹狩りに出かけた。そして、快く疲れて帰城して見ると、茶屋四郎次郎が挨拶に来ていた。

家康は、大坂城を始末して駿府に凱旋してから、ちょうど半年目であった。が、大坂城攻囲のため上方《かみがた》にあったあいだ、兵馬倥偬《こうそう》、さすがにこの茶屋四郎次郎に逢う機を得なかった。それで、御戦勝のお祝いに京から参りました、と四郎次郎はいった。むろん、おびただしい進物を持参してである。

帰城したとき上機嫌であった家康は、また難しい顔になっていた。依然として四郎次郎が気にくわぬ上に、この男が両側に二人の美女を従えているのを見たからである。

「その女は何者じゃ」

と、彼はきいた。

「これは、私めの介添《かいぞ》えでござりまして」

と、四郎次郎はべそかいたようにいった。

「何しろ、起居、何をいたすについても、わたしのからだを動かしてくれる者がありませぬでは勤まらぬ始末と相成りました。もしや転びでもして——転んだら、もう一人では起き上れませぬ——醜態をさらしましてはかえって御無礼と存じ、かようなものを付けておりまする段、ひらにお許しを」

最初見たときから、実は家康は驚いていたのである。まるでそこに小山が鎮座しているかと思われた。もともと肥満している四郎次郎であったが、さてこの男を最後に見てから何年になるだろう、それほどの時はたっていないはずだが、今や首は胴にめりこまんばかり、眼鼻口は顔に埋没せんばかり——坐っている腿《もも》など、常人の胴くらいあるのではないかと思われる。

「あまりに喰《くら》うからじゃ」

と、家康は呆れ返って苦笑した。

四郎次郎が哀れに笑うと、からだじゅうの筋肉がだぶだぶと波動して、駿府城までが震動を起しそうだ。

左様、こやつをとっちめてくれようと考えたこともあった、と家康は思い出した。それが、ひょんなことで知らず知らず長生きさせてしまったが、今見れば、いつぞやわしに向って桁はずれの議論を吹っかけた気迫などどこへやら、十日浮かんでおる春の日の土左衛門のごときていたらく。——いや、こやつ、これ以上長生きするであろうか。とうていそうは思われない。もう長くはないな、と見ないわけにはゆかない。捨てておいても、あと二、三年ではないか。食い物を食い過ぎて命を失うとは、いおうようなき大たわけ。これは摂生したわしの方がはるかに長生きするぞ。

——家康は少し機嫌がよくなった。

そこへ、榊原《さかきばら》内記という家臣が登場して、大鯛五本、甘鯛七本を献上した。

——と、きいた茶屋四郎次郎の目がかがやき出した。

「あ！」

例の女みたいな奇声を発して、

「それ、それそれ」

「なんじゃ」

「このごろ南蛮人よりききましたる新しい料理法でござります。これをよい油であげて、大蒜《おおびる》で食う。——二、三度試みましたるなれど、えもいわれぬ美味でござる。いかが、お召し上りになりまするか。大御所さまきこしめすとあらば、私、久々にてみずから庖丁をふるってみとう存じまするが」

「おまえ、からだは動くのか」

「それが、食う物の料理となれば、奇態に動くのでござりまする」

家康は笑った。相変らずだ、といつぞやのことを思い出した。あのとき京の茶屋家で食べた味の濃美さが舌にとろりとよみがえった。鷹狩りのあとで、彼は健康的な空腹をおぼえていた。

「では、やってみい」

——数刻ののち、夕食に、見事に調理されたその鯛が出た。特別料理というので、たまたま駿府に来ていた本多佐渡守も、榊原内記も相伴《しょうばん》した。これを料理した茶屋四郎次郎はもちろんのことである。

油で揚げられた新鮮な鯛、それに、擦ったにんにくがかけられた。その美味さに、家康はわれを忘れた。口の中でまじり合った油とにんにくと唾液が、溶けて、溢れて、全身の精気となる感じであった。

大鯛五本、甘鯛七本というのは、しかし相当な量である。

「大御所さま、お食が過ぎましては。……」

と、からくもわれに返った佐渡守が注意した。

家康も、こんなに食ったのはここ何十年ぶりだろう、と苦笑した。顔をあげると、向うで茶屋四郎次郎も食っている。それが可笑しい。箸で鯛の身を挟んだものの、自分の腕が自由に曲がらず、左右の女二人に、自分の腕を一々折り曲げてもらって食っているのである。それでもこの席で、あかん坊みたいに口をあけて食わせてもらうことは憚《はばか》っているのであろうが。――珍しく、家康は腹をかかえて笑った。哄笑すると、まだ胃袋に入る余地が生まれたような気がした。

「きゃつめ、食うわ、食うわ。……」

実に、そんな食い方をしているくせに、四郎次郎の前の大皿の鯛は、魔法のように消えてゆく。それを食う音が、何ぴとも猛烈な食欲を誘われずにはいられない音であった。

家康はまた食い出した。

「よいわ。……大坂も片づいたことじゃ」

と、彼はいった。

家康にしては、はしたないせりふであったが、実は彼は、もっとはしたないことを考えて、それをごまかすために危《あやう》くこの述懐に変えたのである。ほんとうは、彼は、片っぱしから四郎次郎にたいらげられてゆく大鯛が惜しくなったのであった。

本多佐渡守は口をとじた。左様、大坂は滅んだ。思えば七十五年、万世の太平をひらくためにひたすらおのれを制しておいでなされた大御所さま、せめてこの一夜くらい、たらふく美味いものをお召しあがりになって、なんで天道に背《そむ》こう。――佐渡守はしゃべる口はとじたが、すぐに彼も熱心に、油揚げの鯛のために口をひらきはじめた。……

大御所家康は、その夜二時ごろから凄じい腹痛と嘔吐と下痢に襲われた。本多佐渡守もまた同時刻腹中の異変を覚えたが、それを除いては他のだれも、大御所の十倍も食った茶屋四郎次郎にも何の異常も起らなかったのに、あの大食は七十五歳の家康には意外なほどの害をもたらしたのである。

「私も食ってござる！　私も食ってござる！」

茶屋四郎次郎は動顚して、かん高い声をあげつづけた。おそらくそれは、自分の罪ではないという必死の弁解であったのであろう。が、そのうち彼は、悲嘆のあまり狂乱状態となって、

「……私が悪い！　私の罪じゃ！　煮るなり、焼くなり、この四郎次郎をどうにでも料理して下され！」

と、さけび出した。その悲鳴に家康の嘔吐と下痢の音が混った。死床《ししょう》をめぐる医者や家臣

たちの颶風《ぐふう》の圏外に——部屋の隅で号泣する茶屋四郎次郎の両腕を、二人の介添えの美女は機械的に眼に運んでやっていた。……

鳥のような声はつづいていた。

「私が食ったのでござる。……私が食ったのでござる！　……大御所さまを、私が食ってしまったのでござる！」

長い串

山本一力

山本《やまもと》　一力《いちりき》（一九四八〜）

昭和二十三年、高知県に生まれる。十四歳のときに父を亡くし上京。住み込みで新聞配達をしながら都立世田谷工業高校電子科を卒業した。旅行代理店、広告制作会社、コピーライターなど、さまざまな職業を経て、平成九年「蒼龍」で第七十七回オール讀物新人賞を受賞。諸般の事情で膨大な借金を背負い、その返却のために作家を志したというのは、すでに有名なエピソードである。平成十四年に『あかね空』で、第百二十六回直木賞を受賞。家族四人で自転車に乗って受賞会見に向かい、大きな話題となった。家族と暮らす深川に深い愛着を寄せ、多くの作品が深川を舞台にしている。人間を見つめる、厳しくも温かい視線が読者の支持を受け、たちまち人気作家になった。

「長い串」は「オール讀物」（平13・12）に掲載された。

一

文化二（一八〇五）年は乙丑《きのとうし》である。土佐藩の参府は子寅辰午申戌《ねとらたつうまさるいぬ》で、その翌年に御暇《おいとま》をいただく。今年は丑で帰国の年だった。

「天気に恵まれてなによりだ」

土佐藩江戸留守居役森勘左衛門《かんざえもん》に話しかけられて、道中奉行吉岡徹之介《てつのすけ》が長い顔でうなずいた。

六尺一寸（百八十五センチ）の吉岡は背丈、顔の長さともに藩随一である。大男で馬面の吉岡は所作がゆるやかだ。知らない者には愚図に見えたりするようだが、藩の者は違った。

昨年の夏、上屋敷の松に立て続けに落雷があった。それに加えて地震が起きた。稲光と轟音に揺れまでが重なり、屋敷内は大騒ぎとなった。

その騒動のなかで、ひとり庭を見据えて動じなかったのが吉岡である。雨があがり屋敷が静かになったあと、下士《かし》のみならず重臣までもが吉岡の沈着を称えた。

森勘左衛門は五十一歳、吉岡徹之介は三十九歳で、歳がひと回りも違う。五尺四寸（百六十三センチ）の勘左衛門とは背丈も七寸の差があった。立ち並ぶと徹之介が年長の勘左衛門を見下ろすような形になるが、戌年生まれのふたりはうまが合っていた。

昨年十一月に、道中奉行が江戸の水に当って寝込んだ。江戸詰家老の諮問を受けた勘左衛門は、徒歩組組頭《かちぐみくみがしら》だった吉岡を推した。

「若過ぎやせんかのう」

「道中の長丁場を乗り切るには、若さも入り用ではござりますまいか。吉岡ならば船が揺れても、へこたれる気遣いはないと存じます」

床から起きられないままの前任奉行に思い至ったのか、家老はこの帰国に限っての奉行に就けた。加増ではなく、役職格を満たすために五十俵を足高《たしだか》した。

公儀は武家諸法度《ぶけしよはつと》で二十万石以上百万石までの大名は、二十騎以下の行列と定めていた。しかし見栄を競う大名に法度を守る家はなく、加賀藩にいたっては四千名の大行列を構えていた。

土佐藩二十四万二千石の藩主山内土佐守豊策《とよかず》は、道中の長さを考慮して百七十三名の行列とした。同じ家格の他藩に比べれば小人数だが、それでも道中警護と供揃えの費え双方には途方もない備えがいる。

徹之介は一月早々に帰国準備を始めた。最初に手をつけたのが先乗り隊の増強である。勘左衛門の助言あってのことだった。

留守居役は大名諸家用人や幕閣要人と日々談合し、藩の立場を優位に保つことが任務である。留守居役の目配り判断がまずくて、藩が窮地に立たされた例は数知れない。

おのれが推した新任奉行がしくじらぬよう、勘左衛門は他藩の帰国日程を聞き取っていた。

「今年は西国諸藩の御暇が、四月初旬に重なりそうだ。本陣手配を早めた方がよいな」

徹之介は素早く応じた。藩士若手のなかから馬乗りに長けた者を十人選り抜き、先乗り手《て》配《くば》りを命じた。

江戸から大坂までは陸路百三十三里。大坂湊から土佐甲《かん》ノ浦《うら》湊までが海路七十里で、さらに甲ノ浦から土佐城下まで陸路三十二里だ。土佐までは海陸二百三十五里（九百四十キロ）の長旅である。

先遣隊が江戸を発ったときには、まだ雪が残っていた。上屋敷の敷地内では、晴雨を問わずに行列の稽古を続けた。

「おんしゃらあ、そんなこんまい（ちいさな）声しか出せざって髭奴《ひげやっこ》のつもりかよ。もっと気張って肚の底から怒鳴れ」

行列の先頭を担う髭奴に、土佐弁の叱声が飛んだ。徹之介の怒声を聞いたことのなかった勘左衛門は、その気迫に驚いた。

三月中旬には上屋敷の桜三十本が咲きそろった。満開を過ぎ花吹雪のころには総稽古が繰り返された。見事に呼吸《いき》のそろった行列が花びらの舞う庭を進むさまを見て、推挙が正しかったと胸のうちでうなずいた。

藩主出駕《しゅつが》の四月七日は晴天で明けた。

六ツ（午前六時）の刻《とき》を知らせる鐘が鳴り始めた。勘左衛門と向き合った徹之介の顔には、とどこおりなく旅立ちの朝を迎えられた安堵の色が浮かんでいた。

「ではご機嫌よろしゅうに」

「それはまだ早い。わしも高輪まで付いてゆくぞ」

「ならば、そのときに」

軽い辞儀を残して勘左衛門から離れた徹之介が儀仗《ぎじょう》を振り上げた。すかさず行列先頭の髭奴が出立の触れを発した。藩主正服を納めた金紋先箱《きんもんさきばこ》が奴に続き、槍持ちが黒らしゃの槍印を持ち上げた。槍の柄には土佐特産の青貝が象嵌《ぞうがん》されている。

槍印がひと振りされて分厚い門扉が開かれた。総勢百七十三人の行列は、先頭からしんがりまで一町半（約百六十メートル）にも及ぶ。勘左衛門は藩主乗物わきを固める馬廻《うままわり》、六尺徒歩組のうしろに付いた。

六ツに鍛冶橋を出た行列は芝口橋で御堀を渡った。大路の左には京都所司代上屋敷、仙台藩伊達陸奥守《むつのかみ》六十二万石の上屋敷が連なっている。髭奴がひときわ大きな声を発し、仙台藩門番が六尺棒を打ち鳴らして応えた。

さいわいにも先を行く行列はない。徹之介が儀仗を高く持ち上げて円を描くと、槍持ちが歩みを速めた。

芝大門を通り過ぎ金杉橋を渡れば、高輪大木戸への一本道である。左には品川の海が広がっており、潮の香りが強くなった。

四月の柔らかな朝日が、海と空との境目から昇り始めている。勘左衛門には、朝日を浴びた槍印の黒らしゃと柄の青貝とが艶々と光っているのが見えた。

槍のあとには纏《まとい》、幟《のぼり》、船印《ふなじるし》がそれぞれ掲げ持たれている。見事にそろった行列の足並みが、装具の色味の鮮やかさを引き立てた。

列のなかほどを歩く勘左衛門がうしろを振り返った。すぐあとに草履取りと傘持がいた。さらには騎士、槍持ち、合羽駕籠などの従者が長々と続いている。

髭奴が札ノ辻高札場に差しかかった。ここから高輪大木戸まであと七町だが、ときはまだ六ツ半（午前七時）まえである。土佐藩の気風そのものの速い歩みだった。

ところが大木戸の石垣が見え始めたところで行列が止った。辻に立つ土佐藩先導役の制止もきかずに進んできた、他藩の先頭と鉢合わせをしそうになったからだ。

船印の定紋剣梅鉢《けんうめばち》から、行列は肥後球磨《ひごくま》郡人吉《ひとよし》藩だと分かった。

四月七日に人吉藩が帰国するとは勘左衛門の耳には入っていなかった。土佐藩同様の外様《とざま》格だが、禄高ははるかに少ない二万二千石である。しかし辻に出てきた行列は土佐に肩を並べる長さがあった。

人吉藩から、血相を変えた武家が儀仗を手にして駆けてきた。徹之介が応対に進み出た。背丈では五寸も勝っている徹之介を見上げつつ、相手は甲高い声を発している。

勘左衛門にも武家の居丈高な物言いは聞こえた。徹之介が軽くあたまを下げたことで、武家は行列に駆け戻った。人吉藩が先に通り、土佐藩は相手のしんがりから二町の隔たりを保って進んだ。

大木戸の吟味を終えた人吉藩が番所さきで休息を取り始めたとき、徹之介は木戸の手前半町のところで行列を止めた。藩主乗物のなかに小声で伝えてから先頭に駆け戻った。

「休みは取らんと六郷まで行くぞ」

髭奴と槍持ちが、得たりと短く応えた。他の面々も同じ様子だ。吟味が始まったところで徹之介が勘左衛門のところに近寄ってきた。

「札ノ辻は譲りましたが、六郷はうちが先に渡ります」

「人吉藩は大坂湊からの船路《ふなじ》のはずだ。このさきしばらくは東海道を一緒に上ることになるだろうが、揉め事は起こすな」

「肝に銘じます。では先を急ぎますので、どうぞお達者で」

徹之介が長身を深々と折った。勘左衛門は大木戸の手前から、休息場を素通りし終えるまで行列を見送った。

二

四月七日夜の土佐藩上屋敷は、広間で酒宴が催された。二月初めからこの夜まで、藩邸のだれもが気を張り続けてきた。藩主がつつがなく出立できたことをねぎらう、家老主催の宴であった。

酒肴づくりには、上屋敷に暮す上士妻女も加わった。江戸で雇い入れた下女では、土佐の味が出せないからである。

藩からの時献上は蜜柑《みかん》に和紙、それに鰹節《かつおぶし》だ。なかでも土佐の鰹節は将軍家にも大いに喜ばれており、正月、六月、八月、寒中と、年に四度も貢いでいた。

この夜は家老の許しを得て、二十節もの鰹節でダシ汁を造った。それを椀や煮物、和え物、酢の物に用いた。まぎれもない土佐の味が楽しめたことで、座が大いに盛り上がった。

おでんがもっとも受けた。

材料のとうふ、こんにゃく、たけのこ、魚の練物《ねりもの》は江戸で調えたものだ。しかし長い竹串に刺したおでん、とりわけ三角形のこんにゃくは、鰹節のダシで煮込んだ味付けとともに、土佐ならではのものに仕上がっている。

藩士の多くは一年で国許に帰ることができたが、それでも久しく国の味に飢えていた。

「これが食いとうてたまらざった」

「なんぼ江戸のが旨い言うたち、土佐には勝てんぜよ」

「これで鯨があったら、言うにおよばんけんど、そこまで無理は言えんきにのう」

お国訛《なま》りが飛び交う座を離れた勘左衛門は庭に出た。築山には松の老木が群れになって植えられており、空には上弦の月があった。

松と月とが土佐の桂浜《かつらはま》を思い出させた。

久しく国に帰ってない……。

勘左衛門から吐息が漏れた。

江戸詰任期は家老でも三年だが、留守居役に限っては上屋敷永住が藩の定めである。過去に手痛い思いをさせられたことで講じた措置だった。

土佐藩初代山内一豊《かずとよ》が掛川から移封《いほう》されたのは、慶長五（一六〇〇）年十一月である。関ヶ原合戦の軍功を認められて、掛川六万石から土佐二十万二千石（のちに二十四万二千石）へと大躍進を遂げた。

しかし外様《とざま》格土佐藩の蓄財を恐れた幕府は、慶長年間に立て続けの課役《かえき》を発した。

一豊が慶長十年に没するのを待っていたかのごとく、翌十一年に江戸城普請《ふしん》、十二年には駿府城普請助役、十三年に材木献上を申渡した。

課役はさらに続き、十四年篠山《ささやま》城と十五年名古屋城それぞれの普請、十七年には江戸城と駿府城の再普請、十八年には材木献上、十九年に三度目の江戸城普請助役である。まさに藩は狙い撃ちの目に遭った。

それに加えて慶長十九年十月の大坂冬の陣、翌年五月の夏の陣にも召集した。さらに元和《げんな》五（一六一九）年六月には福島正則改易による広島への派兵、六年には石材献上と大坂城普請助役を命じた。

十五年にわたる続け様《ざま》の課役で、土佐藩財政は破綻した。その立直しに、藩は厳しい元和の改革を断行せざるを得なかった。幕府との渉外役である江戸留守居役の重要さも、過ぎた十五年のなかで骨身に沁みていた。

「談判に長けた者が当らぬことには、藩が潰されるわ」

有能な江戸留守居役の起用なくして藩の安泰はないと、城代家老は断じた。

「江戸留守居役に限っては、上屋敷に留め置いて世襲としてはどうかの」

「まことに妙案……さすれば、幕閣要所に知己《ちき》を得ることもかないましょう」

評定で江戸留守居役世襲が決議され、元和七年に森勘左衛門が登用された。

当時船奉行であった初代勘左衛門は、船頭から船大工まで二百人を超える町人、職人を束ねていた。海の国土佐で、船にかかわる職人は気が荒い。たとえ奉行相手であっても、気にくわない指図には臆せず歯向かった。

勘左衛門は職人に対し、剛柔ふたつの顔を使い分けた。仕事の手抜きは一切許さぬが、適宜酒宴を催してねぎらった。職人の慶弔ごとには欠かさず顔を出し、情のこもったあいさつをした。

城下の真ん中を流れる、鏡川《かがみがわ》べりの掛川町に役宅があった。屋敷は門構えのある五百坪の堂々としたものだが、藩の俸給が大きく減じられているのは職人たちにも伝わっている。

「森さんは祝儀に自腹を切りゆうぜよ」

苦しいなかで、身銭《みぜに》で付き合う勘左衛門を部下も職人も篤く信頼した。藩は奉行の人徳を評価して江戸留守居役に就けた。

森家当主は勘左衛門を襲名する。文化二年のいまは七代目、勘左衛門弘衛《ひろえ》である。

二代目以降、森家の男子は誕生後一年を過ぎると土佐に戻された。そして長子は元服後の五年間は国許で城勤めを果し、二十歳から江戸藩邸で見習いを始める。長子のほかの男子は、国許に留め置かれた。

弘衛も他の森家長子同様、二歳から二十歳までを国許で暮した。屋敷は掛川町の船奉行役宅のままだが、広さは半減していた。

元和の改革以降も財政窮乏に喘《あえ》いだ藩は、大坂の豪商から借金した。それと同時に組屋敷の切売りも始めた。

弘衛は掛川町だが、他の上士屋敷は周囲を城の外堀で囲まれた郭中《かくちゅう》に集まっていた。野《の》分《わき》（台風）の通り道である土佐には、高い堤防が欠かせない。一間三尺（三メートル弱）のいかつい石垣が堀を囲んでいるが、堤の柳が眺めを和ませた。

家老には二千坪、御馬廻でも五百坪の屋敷が与えられている。鍵道《かぎみち》（L字路）や袋小路のない四角い町造りは、生一本な土佐の気風そのものに見えた。

どの屋敷も庭木は杉である。壁の白に本瓦の漆黒、杉の深緑が連なる家並《やなみ》は、南国の強い日差しと見事に溶け合っていた。

郭中の東西大路は筋と呼ばれ、城門から東に延びる追手筋《おうてすじ》は藩の儀礼上の表通りである。参勤交代行列も通る十六間幅の筋は楠《くすのき》の並木で、五月を過ぎると樟脳《しょうのう》のような香りが追手筋に漂った。

南北の道は通りと呼ばれた。もっとも大きな中《なか》ノ橋通《はしどお》りを南に下ると、高さ三丈（約九メートル）の石垣造りの高台、掛川町にぶつかる。鏡川河畔を一望にできるこの一帯は、売りに出された屋敷地のなかでも人気があった。

初代森勘左衛門が土佐を離れて二十年後の寛永十八（一六四一）年に、藩は船奉行役宅の半分を城下の大店、播磨屋に買い取らせた。夏には屋根船が鏡川を飾るが、掛川町の石畳坂を下りたところが船着場である。

弘衛が育った屋敷は播磨屋本宅と塀を接していた。半分に削られたといっても敷地二百五十坪、庭も築山も残っていた。

土佐の夏は猛暑である。藩校では毎日昼過ぎからは鏡川で水練の稽古をした。その折りは弘衛の屋敷が着替え場所となった。

赤ふんどしの子弟たちを目当てに、物売りが坂下に集まった。水練に疲れたあとの一杯四文の冷《ひや》しあめや、ひと串二文のこんにゃくおでんが弘衛には楽しみだった。

藁《わら》で編んだ畚《ふご》のなかに、井戸水で薄めた芋飴汁の入った器が納まっている。七輪の鍋からは、何本もの串がはみ出していた。

「毎日買《こ》うてくれゆうきに、こぼれるばあ入れちょいた」

あふれるほど湯呑みに注いだ親爺が、生姜《しょうが》の絞り汁をひとたらしした。透き通った薄茶色の冷しあめは、ひと口含むと抑えた甘みが口いっぱいに広がった。

元服を翌年に控えた十四歳の夏も、弘衛は変わらず冷しあめを楽しんだ。が、ときたま播磨屋の娘が石畳を通りかかると、他の子弟のうしろに隠れた。

「おんしゃあ、播磨屋の子に気があるがやろうが。おれがあの子に言うちゃろかや」

弘衛はむきになって打ち消したが、坂上を娘が曲がるまで目で追っていた。

弘衛の元服儀式は在国の叔父の手で執り行なわれた。藩校仲間四人も同じ年に元服した。

「ちゃんと飛び込めざったら竹刀《しない》でしばきあげるきに、覚悟しちょけよ」

夏が近づくと、藩校出身の年長者が毎日脅しを口にし始めた。

追手筋と大橋通りが交わる辻を南に下ると、鏡川に架かる真如寺橋《しんによじ》に出る。藩祖墓参のために架けられた長さ十六間、幅二間の橋まで、藩校からは七町の道のりだ。鏡川は浦戸《うらど》湾に注ぐ大川だが、城から下流にはこの橋しか架けられていなかった。

橋の真ん中から川面までおよそ四丈（約十二メートル）で、橋杭の廻りは深さが五尋《ひろ》（約九メートル）もある。夏、真如寺橋の中央から鏡川に飛び込むことが、元服を迎えた藩校生に課せられる通過儀礼だ。

万一のときには小舟が助け上げるゆえ、これまで過ちは起きていない。しかし尻込みした者や舟に拾い上げられた者は、以後、男としては扱ってもらえなかった。

飛び込みは毎年六月二十五日の天神祭当日、参詣客で埋まったなかで行なわれる。見物人が多いほど藩校生は気を昂ぶらせた。はしゃぎ好きな土佐の風土に、開けっぴろげな校風が加わってのことだ。

くじ引きで、弘衛が真っ先に飛び込むことになった。

「顔が真っ青になっちゅうぞ」

「ほんまや」

二番手で飛び込む勘定奉行の長男が、ふんどしを締め直しながら寄ってきた。

「おんしゃあ、怖いがやろうが」

「あほう言うな」

青い顔のまま弘衛が気色ばんだ。

「ほいたら、へんしも（すぐに）やれや。こじゃんと（たくさんの）ひとが見ちゅうし、播磨屋の娘もきちゅうぞ」

水練に引けは取らなかったが、弘衛は高いところが苦手だった。それでも気合を込めて橋の欄干《らんかん》をまたいだ。うしろに回した手で欄干をつかんだまま、川を見た。

下げ潮が速く、橋杭にぶつかった流れが渦を巻いている。

おれは留守居役の息子だ、みっともない真似はできない……。

気力を集めて飛び込もうとした。が、余りの高さに手が離れない。

「なにぐずぐずしちゅうがぜよ。飛び込めざったら、あとの子に代わっちゃれや」

見物人の野次を聞いて弘衛が手を離した。両手を大きく上げたまま、足から飛び込んだ。水が鼻孔を刺し、脳天に激痛が走った。気を失いかけた弘衛は、渦に身体を巻き込まれた。

しかし、これが幸いした。身体をぐるぐる回されて正気に戻った。

流れに逆らわず、五間ほど川下に流されてから水面に顔を出した。

橋に安堵の歓声が上がった。

もともと泳ぎが得手の弘衛は、橋に向かって手を振った。近寄ってきた舟を断り、速い流れを横切った。橋の真中に戻ると、年長者たちが半べそ顔で弘衛を迎えた。

「今日は流れがいな《（つよい）》きに、ここまでにしちょいちゃらあ」

「おんしゃあ、よう飛び込んだにゃあ」

弘衛は年長者を押しのけて、播磨屋の娘すずよをさがした。人垣のうしろで、すずよは朝顔の描かれた友禅を着て弘衛を見ていた。

十六歳の正月、弘衛の叔父が隣家の播磨屋をたずねた。江戸の勘左衛門から許しを得たうえでの、見合いの申し入れである。

森家長男に嫁いだ娘は、ほとんど江戸暮らしになることを播磨屋は分かっていた。それでも、すずよは次女であることと、跡取息子もいたことで受諾した。

祝言には江戸から父親も帰郷し、弘衛十九歳の秋に播磨屋本宅の広間で催された。なにかと藩の財政に合力《ごうりょく》する、播磨屋の顔を立てての計らいだった。

祝言は挙げたものの、見習身分の弘衛はすずよを江戸に伴うことはできない。呼び寄せられるのは出府から五年先、江戸内用役を拝命できたあとである。

藩の重臣は、江戸への出立は四月の参勤出府同行でよいとの沙汰を伝えた。ひとたび江戸に出れば帰国のむずかしい森家への温情である。その代り父親勘左衛門は、祝言の五日後には江戸へと戻った。

参勤出発を十日先に控えた甲午《きのえうま》安永三（一七七四）年四月八日に、二日の休みが下された。弘衛はすずよを伴い、三里を歩いて桂浜に遊んだ。

竜頭岬《りゅうずみさき》と竜王岬《りゅうおう》とに挟まれた桂浜は、五色の小石が波打ち際まで続く景勝地である。浜の右手が竜王岬で、竜王宮が祭られた懸崖には数本の老松《おいまつ》が茂っていた。

真如寺橋から飛び込んで森家の面目を保った夏、叔父は褒美《ほうび》に泊りがけの遠出を許してくれた。弘衛は迷わず桂浜を選んだ。おとなたちが桂浜の名月を口にするのを何度も聞いていたからだ。その年に元服を迎えた残る四人も、親の許しを得て同行した。

浜に遊んだ八月十一日の夜空には、見事な満月があった。弘衛たちは五色石のうえで焚き火をし、干物を焙《あぶ》り酒を呑んだ。

月が空を移り懸崖の松にかかった。松の枝に蒼いひかりが降り注ぎ、海を照り返らせている。浜にはひとの姿はなく、聞こえるのは潮騒と焚き火の爆《は》ぜる音だけだ。

弘衛はこの夜初めて酒を呑んだ。ほかの四人も同じだった。おとなへの入口で見た月と松と銀波に、五人は言葉を失って見とれた。

あの夏から五年が過ぎていた。

「江戸に出たら、おまんもいつ戻れるか分からんぜよ。ここの月が好きやったら、忘れんようにきっちり見ちょけ」

「そんな……旅立ちがすぐやきに、縁起でもないことを言うたらいかんちや」

すずよにたしなめられたが、このさき、いつまた見られるやも知れぬ桂浜の月である。弘衛はあたまのなかに焼き付けた。

築山伝いに役宅へと戻った勘左衛門は、庭に回り盆栽棚のまえに立った。数十鉢の松が、上弦の月の薄明かりを浴びている。懸崖松を手にすると、持つ高さを加減して月を松のうえに置いた。

竜王宮の松の眺めが手許にあった。

三

四月十四日の夕暮れまえに、吉岡徹之介から島田宿十三日発の書状が届いた。

「前日来の雨で大井川が増水し、川留《かわどめ》やむなしの次第。殿にはいささか御不興の御様子なれど、侍医入交《いりまじりうじ》氏薬剤調合よろしく大事には至らず。雨いまだ降りやむ模様なし。数日は川越《かわごし》首尾能《あた》わぬ見込み」

川留は難儀だろうに文面は簡潔だった。

島田は雨続きだというが江戸は二日前にあがり、昨日、今日と晴れである。いまも満月と星が見えた。

翌十五日もきれいに晴れて、深川富岡八幡宮には朝から縁日の賑わいがあった。参道の両側には盆栽売りの屋台が並んでいる。四月と十月の縁日には境内に盆栽の競《せ》り市が立ち、江戸中の好事家《こうずか》が集まった。

勘左衛門はこの市に出かけるために手前の数日で庶務を片付け、十五日を非番とした。公儀からは格別の沙汰もなく、川留とはいえ帰国道中に変事も生じていない。発駕の朝高輪大木戸で鉢合わせをした人吉藩とのその後にも、徹之介はなにも触れていなかった。

勘左衛門は紺無地の紬に羽織、脇差の略装で供も連れずに深川に向かった。永代橋に差しかかったときには、陽が川面を照らしていた。雨があがって二日経つが、大川にはまだ濁りが見える。

　橋のなかほどで立ち止まった勘左衛門は、水かさの増した大川を見て島田に思いを走らせた。永代橋は長さ百十間《けん》もある大橋だが、川留となっている大井川の川幅はこの比ではない。

　勘左衛門が土佐に帰ったのは寛政元（一七八九）年十月の、現藩主豊策襲《しゅうほう》封式のときである。以来すでに十六年、大井川の川越がどれほど難儀かを忘れかけていた。

　呑気に盆栽市に出かけていいのか……。

　橋から濁り水を見つつ、おのれに問うた。胸のうちを見透かしたかのように、強い流れが橋杭にぶつかった。潮に乗った猪牙舟《ちょきぶね》が、凄まじい速さで橋をくぐり抜ける。

　意を決めた勘左衛門は、橋を戻り始めた。が、今日は富岡八幡宮の縁日で、ひとの流れは深川に向かっている。逆らって橋を戻る武家に、町人は顔をしかめて身体を避《よ》けた。

　幾らも戻れぬうちに人波に嫌気がさして、勘左衛門は欄干ぎわに身を寄せた。

「今日は極上の松が何鉢も出てるそうだ」

　大店のあるじ風の男が、連れと話しながら通り過ぎた。やり過ごしたあと、大きく息を吸い込んだ勘左衛門が動いた。足はもう一度深川に向いているが、歩みに迷いはなかった。

　八幡宮境内には、松と皐月《さつき》の盆栽棚が数多く拵《こしら》えられていた。鉢のまえに布袋が吊り下げられており、棚の端には薄い木札と矢立が置いてある。木札に指値を書き込み、布袋に投ずれば競りに加わることができた。

　懸崖松に限って吟味する勘左衛門が、伊万里焼染付け鉢のまえで足を止めた。高さ七寸ほどの崖から乗り出した松の枝先が、鉢の上端よりもさらに低く垂れている。鉢の金襴手《きんらんで》も美しく、木洩れ日を浴びた金泥《こんでい》が松の深緑と対を見せていた。

勘左衛門はしばらく考えてから、十両の指値で札を入れた。下男三人分の俸給を超える金高だが、なんとしても欲しかった。

盆栽ひと鉢に十両と聞けば、寿々代（江戸ですずよを改めた）が眉をしかめるのは分かっていた。しかし二百五十石取りの勘左衛門には、出せない額ではない。

札が開かれるまでの間、勘左衛門は弾んだ心持で境内をめぐった。永代寺が打つ九ツ（正午）の鐘で、それぞれの棚の札が一斉に開けられた。

袋の具合で分かっていたことだが、懸崖松には多くの客が集まった。勘左衛門は人垣のうしろに立った。

「日本橋小春軒どの、三両」

競り人が最初の札を三両と読み上げたことで、人込みから歓声があがった。周りの棚は二分、三分の指値で始まっていた。

三両一分、三両三分、三両三分二朱、四両二分、五両、五両三分……指値が上るに連れて、ざわめきが次第に静まった。競り人の札も残り少なくなっている。

「仲町伊勢屋どの、七両」

七両の声で、静まっていた場に歓声が戻った。呼ばれた伊勢屋がまえに出ようとしたが、競り人が押し留めた。

「浜町吉野屋どの、八両三分」

一気に一両三分も高値になった。伊勢屋はばつがわるそうに顔を伏せた。

「森勘左衛門様、十両」

脇差を差した勘左衛門にひとの目が集まった。競り人の手には札がまだ一枚残っている。さらなる高値がいると分かり、勘左衛門はこころの乱れを抑え込もうと努めた。

「両国折り鶴どの、三十両。これにて打ち止めと相成りました」

人込みを割って、黒紋付の男が半纏姿の若い衆ふたりを従えて進み出た。

勘左衛門はきびすを返して棚から離れた。ひとときでも早く境内から出たくて、急ぎ足になっている。大鳥居をくぐり、永代橋の方に曲がったところで早足を止めた。

やはり屋敷に帰るべきだったか……。

深い息を繰り返して気を鎮めようとしたが治まらない。幕閣要人との談合がうまくいかなかったときでも、勘左衛門は努めて表情を変えずにきた。いまは顔が赤い。ないことだが、履物で地べたをぐりぐりと踏みつけた。

「卒爾《そつじ》ながら、森勘左衛門殿ではござらぬか」

年恰好、身なりともに勘左衛門に似た武家が問いかけてきた。

まだ気が鎮まり切っていなかった。そこに見知らぬ男から名を呼びかけられて、勘左衛門は答えなかった。

「申し遅れましたが、掛川藩江戸留守居役、甲賀伊織《こうがいおり》でござる。森殿には未だ御面識を戴いてはおりませぬが、てまえはよく存じあげておりまする」

伊織の声には、知己にめぐり会ったときのようなぬくもりが含まれていた。勘左衛門は羽織の紐を締め直して相手に向き直った。

「いささか考え事をしていたゆえ、受け答えがおろそかになり申した。いかにもてまえは森勘左衛門にござる」

「三十両などという埒外な値を指されて、森殿にはさぞ無念にござりましょうな」

ささくれ立っていた勘左衛門の心持を、やわらかく包み込むような話し方だった。たったこれだけのやり取りで、相手の人柄が深く伝わってきた。

あの場に居合わせたのかと問いもせず、勘左衛門は無言でうなずいた。

「お会いしたばかりでお誘いするのは礼に適《かな》いませぬが、昼でもご一緒させてはもらえませぬか」

「甲賀殿はよろしいのか」

同じ江戸留守居役ではあっても、掛川藩は五万余石だ。互いの年齢は分からなかったが、二十四万石の勘左衛門が年長者の話しぶりとなっている。

「てまえはこの辺りは不案内での。甲賀殿に存じよりのところがあれば、そちらに」

「うけたまわりました。少しさきの江戸屋であれば離れもござる」

伊織がさきに立って歩き始めた。四月の陽が、空のなかほどに移っていた。

四

大川の濁り水を見て勘左衛門は案じていたが、四月十五日の島田宿の雨は五ツ（午前八時）には小止《こや》みになった。しかし空はまだ重たく、川留も解けない。

「殿には御不興が募られるばかりです。なにかこころ弾むお知らせはありませんか」

徹之介のもとに顔を出した入交清純《せいじゅん》の声に張りはなかった。徹之介より二歳年下の清純は、若さと五尺八寸の偉丈夫を買われての侍医起用である。

島田までの清純は朝夕どんぶり三杯の飯を平らげたうえ、夜食に味噌塗りの握り飯を口にした大食いである。

「先生がこじゃんと食うきに、腹八分目言うたち、だれも聞かんき困っちゃうがね」

「あほういうな。これがわしの八分目よ」

飯炊きの文句を撥ね返していた清純が、昨夜はどんぶり一杯の飯を残したそうだ。いまも目の下には隈をこしらえている。

「物見番《ものみばん》を川の上手四里まで走らせました。分かり次第、入交氏にお聞かせします」

相手が年下ではあっても、藩主侍医への話し方はていねいだ。

「奉行のお見立のほどは？」

「空見《そらみ》役の門田《かどた》が申すには、雲の走り方がいいようです。昨日よりは大分に雲が高くなっていますから、昼過ぎには晴れるでしょう」

「それなら川明けも近そうですね」

「それを判ずるために物見を出しました」

清純が明るい顔で辞去したのと入れ替わりに、物見が戻ってきた。四半刻（三十分）で山道なら二里、平地だと二里半を駆ける矢野十四郎である。行き帰り八里を走ってきたのに、息に大きな乱れはなかった。

「水かさは川のなかほどで五尺二寸、雨はあがっていました」

「門田は昼から晴れると申している」

「ならば明日の川明けは間違いありません」

大井川は水かさ二尺五寸を尋常として、一尺の増水なら人馬ともに渡らせた。一尺以上二尺までは、馬は留めるがひとは通す。さらに増えて川底から四尺五寸を超えると、ひとも川留となる。

渡し場から四里川上が五尺二寸の水かさであれば、明日の川明けはかないそうだった。

「殿にお伝え申し上げる」

本陣をおとずれた徹之介は、侍医をともなって藩主に伺候した。聞き終えた豊策はねぎらいを口にした。

「つきましては川越人足との相撲を、なにとぞ御許しくださりますように」

「相撲とは……仔細に申してみよ」

豊策の顔が動いた。

「人吉藩は、未だ川明け近しに気付いてはおらぬものと存じます」

いまの間に札場と掛合えば、先んじて川越がかなうかも知れない。が、人足がしらの傳吉《でんきち》は武家を畏れていない。厳しい選り抜きを経たという矜持《きょうじ》があるからだ。

川越人足は川会所の小頭《こがしら》が島田在の十二歳のこどものなかから、目利きをして三年間の見習いに採る。十五歳になると、見込みのある者を会所の年行司に推挙した。

七十人の見習いから人足になれるのは、毎年わずか五、六人。ひとの命を預かる人足には、宿場のだれもが一目を置いた。

島田の人足は一番組から十番組まであり、五人から十人でひと組だ。人足の手を借りなければ大井川を渡れない。ゆえに武家といえども畏れはしなかった。傳吉は十組を束ねるかしらである。

「川越役人の指図といえども、かしらが首を振れば人足は動きませぬ」

徹之介は日に三度は札場に顔を出した。その都度さきに居合わせた人吉藩道中奉行は、部下を引き連れて居丈高に掛合っていた。

強い訛り言葉で迫っても、傳吉は相手にしない。さらに声を張り上げると、肩口までしかない奉行を鼻であしらっていた。

武家の川越を手伝うのは、さらに選り抜かれた侍川越《さむらいかわごし》である。傳吉は連中をも束ねるかしらだ。小藩の道中奉行が役目を笠に着て威張っても、顔色ひとつ動かさなかった。

藩主の川越は駕籠を蓮台《れんだい》に結びつけ、十六人で担ぐ。それに加えて水切り役の侍川越が前後に八人、都合二十四人の大仕事である。何度掛合っても首尾を果せない人吉藩の奉行は、いつも徹之介を睨みつけて札場を出た。

徹之介も傳吉には奉行の威厳を物言いで示したが、部下は連れずにひとりで掛合った。傳吉が江戸の相撲取りだったと聞き及んだあとでは、折りに触れて相撲の話をした。土佐は相撲の盛んな国であり、幾人もの相撲自慢が行列に加わっている。

川明けのあと、土佐藩行列を真っ先に通せと徹之介は掛合う気である。定《きま》りの人足賃に上乗せしたうえで、相撲勝負を持ちかければ傳吉は気を動かすと読んでいた。

「まことに人足は勝負を受けるのか」

豊策はこれだけを問うた。

「そのように談判いたします」

「ならば首尾よくまとめて、余《よ》の前で勝負いたせ」

藩主は御前試合を下命した。

案の定、傳吉との談判は一筋縄では運ばなかった。

「まだ水がひいてもいねえのに、おたくさんらを真っ先になんざ請け合えねえやね」

歯切れのよい江戸弁でにべもなく断わった。

「今朝方、四里川上の水かさを測ったところ五尺二寸まで減っていた」

「吉岡さんは、川上にひとを出しなすったんですかい」

「天気も昼過ぎには持ち直すと、うちの空見は判じている」

傳吉や人足たちの顔つきが変った。

「土佐藩の備えがてえしたもんだとはよく分かりやしたが、それと真っ先の渡しとは話が別ですぜ」

「それも道理だ」

あっさり引かれて、傳吉が戸惑い顔になった。徹之介が長いあごに手をあてた。

「おまさんらあとうちのもんとで、相撲を取らんかよ」

「なんだって？」

いきなりの土佐弁を聞かされて、傳吉が身体を寄せた。

「おまさんところの三人とうちの三人で、三番勝負といこぜよ。おまさんらあが勝ったら、明日の渡しは好きにせえ」

「さむれえと人足との相撲を思いつくなんざ、川留つづきで気でも違ったんですかい」

傳吉はまともに取り合おうとしなかった。徹之介が一歩を詰めた。

「臆したか」

傳吉の顔に血の気が集まり朱になった。人足たちも顔色を変えて寄ってきた。

「それでもしも……おれたちが負けると、どうなさいますんで」

挑むような目付きは、すでに勝負を受けているかに見えた。

「そのときは倍の手間賃と引き替えに、我が藩を真っ先に渡してくれ」

話が呑み込めるように、徹之介は穏やかに、ゆっくりと話した。

「かしら、やっちまおう。手加減なしでさむらい投げられりゃあ、ゼニはいらねえって」

人足たちが息巻いた。両手をあげて大きな伸びをした傳吉が徹之介に目を合わせた。

「怪我しても、文句は言いっこなしですぜ」

「それは互いだ」

行司が軍配を返したなら、そのまま立会いを始めそうだ。徹之介が先に目を外して相手を立てた。

「土俵をこしらえる場所はそちらで決めろ」

「本寸法の土俵なんざ間に合いっこねえ。原っぱに輪を描いた土俵で勝負だが、構わねえでしょうね」

「殿が御覧になられる。広々とした見晴らしのよい場所にしてくれ」

「だったら立場《たてば》がお誂えだ。宿場の外れを三町ばかり藤枝に戻ったところに、小山があったのを覚えてますかい」

「あそこであれば異存はない」

徹之介もはっきり覚えていた。四月十二日は江尻宿を朝立ちして、八ツ半（午後三時）には島田に入った。その日は夕方まで晴れており、立場からは富士を望めた。

「すぐさま支度に取りかかる。いまは四ツ（午前十時）の見当だが、立場に九ツ半（午後一時）でよろしいか」

「それなら、稽古もたっぷりつけられやす」

「ならば、のちほど」

戻りかけた徹之介を傳吉が引き止めた。

「まわしはどうなさるんで。秋の奉納相撲で締めるのが幾つかありやすから、なけりゃあ貸しやすぜ」

「こころざしはありがたいが、備えはある」

啞然とした顔の人足たちに軽い一礼を残して、徹之介は本陣に戻った。間をおかず分宿の藩士に触れが回った。

明日は川明けと知った喜びに御前試合の昂ぶりが重なり、宿が大騒ぎになった。

料理番七人に中間《ちゅうげん》十五人が、料理道具に食材を抱えて立場に先乗りした。陣所づくりの用度役があとに続いた。降って湧いた野宴段取りにだれもが慌てふためいたが、どの顔も弾んでいた。

ひとり渋面をこしらえたのが近習《きんじゅう》目付の深尾丹波《ふかおたんば》である。格下の徹之介が藩主とじかに話をまとめた不快を、深尾は隠さなかった。

「殿の御前で負けたりしよったら、おんしはどうする気ぞ」

怒りゆえか、深尾の口から国の言葉が吐かれた。

「まあ待て、深尾。吉岡は藩を思うてしたことよ。殿にも相撲は御愉快らしいと入交も安堵しておる」

側用役《そばようやく》の五藤内蔵助《ごとうくらのすけ》が、いきどおる深尾を抑えた。

「ですが五藤様、くどいようですが負けたとなれば藩の恥辱にございます」

「吉岡にも胸算用があろうし、わしらにはしばてんがついておる」

しばてんとは土佐に住むと言い伝えられる河童《かっぱ》に似た妖怪である。ひとを見ると相撲を挑むというが見た者はいない。

笑い顔の五藤にしばてんまで引き出されて、深尾も苦笑いで矛《ほこ》を納めた。

五

十三日から三日続けての川留で、島田宿の旅人はだれもがくさくさしていた。そんな宿場を相撲勝負のうわさが駆け抜けた。

東木戸から西木戸まで十八町（約二キロ）もあり、本陣三軒に旅籠四十八軒、さらに千四百軒もの家並を抱える天領宿場である。

札場からこぼれ出た相撲勝負の話は、二軒となりの馬具屋に入った。聞いた馬子は宿場の連中がたむろする蓑笠屋《みのかさや》で少し大げさに話した。うわさは小間物屋、八百屋、乾物屋、提灯屋と伝い歩き西木戸の髪結い床に届いた。

「傳吉さんと土佐の侍が、命懸けの相撲を取るんだと」

「なんでまた侍と……」

「川明けを凄まれた傳吉さんが追い返そうとしたら、相手が長いのを抜いた」

「そりゃ大ごとだ。だれか斬られたのけえ」

「会所の役人が間に入ったらしいが、侍はききゃあしない。刀を収める代りに、相撲でケリをつけさせろとなったとよ」

「侍がそんなこと言ったのけえ？」

「なんでも土佐には、しばてんという相撲の生き神様がいるんだと。あんたも知っての通り、傳吉さんは江戸に出て相撲取りになった男だ。どっちも面子《めんつ》がかかってるけえ、命のやり取りになる」

「どこまでほんとの話だよ」

「土佐の殿様まで出張ってくるんだ、嘘なもんけえ」

提灯屋のあるじが床屋の職人に請け合った。

四ツ半過ぎには宿場の空から雲が薄くなり、明日は川明けらしいとの新たな話が重なって流れた。

相撲に加えて川明け間近の風評を聞いて、宿場の気配が大きく弾《はじ》けた。四十八軒の旅籠に泊る町人がおそよ二千人。客のほとんどが、相撲見物に立場へと向かった。

宿場と宿場の間に設けられた、旅人の休み所が立場である。島田の立場は見晴らしのよい小山の峠に構えられていた。雑草の原っぱが広がっているが、休み場所は古い二軒の茶店だけだ。

四ツ半過ぎから陣幕が張られ始めたことで、茶店の老婆は目を丸くした。幾らも間をおかず、町人が群れになって峠道を登ってきた。客から御前勝負の話を聞かされて、商いを思ったのか老婆の腰がしゃきっと伸びた。

正午になると、鍬《くわ》と空《から》の米俵《こめだわら》を手にした百姓と川越人足が立場に着いた。見物の人垣を割って入ると、原っぱの真ん中に差し渡し十五尺の輪を描いた。人足たちが輪を鍬で掘り起こし、百姓がその土を俵に詰めて荒縄できつく縛ってゆく。

土詰めの俵が五十二個出来あがると、溝を俵で埋めて土俵を仕上げた。傳吉は地べたに描いただけの土俵だと言ったが、俵の拵えはしっかりしている。手慣れた仕事ぶりからも、いかに宿場の相撲が盛んであるかが分かった。

御用役から相撲の段取り一切を任された徹之介は、さきがけに馬廻組の竹内龍三《りゅうぞう》、二番手には普請方の須賀仁助《じんすけ》を配し、結びはおのれが取ると決めた。

竹内は五尺四寸の小兵ながら暴れ馬二頭を一度に抑えつけたことがあり、得意手は突き押しである。

須賀は五尺九寸の上背と、五寸の角材を三本まとめて担ぐ腕力が自慢だった。徹之介に次ぐ大柄ながら動きは俊敏で、右からの上手投げは藩一番だと認められている。

竹内、須賀とも藩を背負っての勝負に出られることを喜んだ。しかしまたしても近習目付の強い反対にあった。

「須賀、竹内はともかく、道中の責めを負うその方が、怪我をしたらなんとする。天領地で勝手に相撲を取ることだけでもはばかられるのに、このうえ殿の御前で貴様が負けたら、藩は宿場中のあざけりを受けるぞ」

深尾丹波はこめかみに青筋を浮かべていた。一切を任せると言った御用役も、徹之介が取ることには難色を示した。

「負ける気遣いは御無用に願います」

長いあごを引き締めての返答は短かった。徹之介も藩の相撲で最後まで勝ち残ったことがある。立会いに注文をつけず、真正面から受けとめる取口を思い出したのか、御用役はそのうえの苦言は口にしなかった。

土佐藩一行は、宿場に流れた九ツの鐘で本陣前を発った。藩主豊策は、乗物ではなく騎馬である。宿場の人波を慮《おもんぱか》ってのことだった。

馬上の豊策は笠をかぶらず、深紅の道中羽織を着ていた。襟《えり》と袖口は白絹の縁取りで紐も艶のある白絹の太紐、背には山内家の細丸に中柏紋が金糸で縫取りされている。威厳に充ちた豊策の騎馬姿を見て、人払いをせずとも宿場の面々はわきにどいて頭《こうべ》を垂れた。

傳吉はまわし姿に半纏をひっかけて、東木戸わきに立っていた。土佐藩一行の後尾を行く徹之介たち三人をやり過ごしてから、あとに続いた。竹内のほかの五人は、いずれも六尺の大男である。真ん中に挟まれた竹内は、臆することなく堂々と歩いていた。

藩主が立場に着くと、家臣に交じって川越会所役人と肝煎《きもいりしゅう》衆がひざまずいた。

「造作をかけた」

二十四万石の藩主にねぎらいを言われて、役人と肝煎は面持ちを紅潮させた。

東西はくじで決め、傳吉たちが東方、土佐藩が西方となった。奉納相撲でも軍配を持つ川庄屋、大田屋徳左衛門《とくざえもん》が行司である。装束に着替えた徳左衛門は、軍配を振って力士を土俵真ん中に招き寄せた。

「きまり手は投げ手、掛け手、反《そ》り手、捻《ひね》り手の四つとするが異存はござらんな」

この十年、毎年行司を務める徳左衛門の言うことに異を唱えるものはなかった。

「水入りは、行司の一存で決める。双方、きれいに立会って存分に勝負しなされ」

向き合って一礼を交した力士たちが、東西の塩に別れた。六人とも充分に稽古を済ませていたらしく、肌には火照《ほて》りが浮いている。勝負が始まりそうだと分かり、見物人が歓声をあげた。島田宿の肝煎衆は、呼び出しまで用意していた。

白い扇子を手にした呼び出しが、人足の源吉と土佐藩の竹内とを呼び上げた。

土佐は黒、人足は茄子紺のまわしだ。呼ばれたふたりが土俵に入ると、ひいきの掛け声が飛んだ。ほとんどが源吉の名を呼んでいた。

四度目の仕切りで呼吸《いき》が合った。

竹内の立ち上がりが早く、源吉の胸元に飛び込むと両まわしを握った。背丈で六寸（十八センチ）、目方で四貫（十五キロ）の差がある源吉を、竹内は一気に押した。

源吉はまわしを取れないまま押されたが、俵で踏ん張った。さらに竹内が押し、源吉の上体が反り返った。

あとひと押しで土俵を割る……だれもがそう思ったとき、竹内の右足が滑った。降り続いた雨が草に残っていたのだ。

素早く右まわしを握った源吉は、上手《うわて》捻りで竹内を転がした。土俵ぎわで見せた鮮やかな技に、見物人が沸き返った。

西のたまりに座る須賀の顔が引き締まった。二番手が負ければ人足の勝ちが決まる。呼び出しに名を呼ばれたとき、須賀は気合を入れるかのように両手で頰を張った。

須賀の相手は蓮台担ぎの貫九郎《かんくろう》である。右肩には担ぎこぶがあり、両のかいなは娘の股《もも》よりも太そうだ。仕切りで両手をつくと、力こぶが大きく盛り上がった。

一回目の仕切りを終えたふたりは、土俵の真ん中で睨み合った。背丈はほぼ同じで、胸板の厚味も同じに見える。

川越で毎日陽を浴びているのか、肌の色は貫九郎の方が黒い。日焼けして艶のある分だけ、素人目には貫九郎が強そうに見えた。

互いに目を逸らさないので睨み合いが終らず、見物人は大喜びである。行司が割って、ようやくふたりは東西に別れた。

二度目の蹲踞《そんきょ》で、すでに立ち会う呼吸になっている。行司の軍配が返った。

ふたりが胸をぶつけ合い、どすっと鈍い音が立った。がっぷり四つに組んだと見えた刹那、須賀の腰がぶりっと膨れて右からの上手投げを打った。その凄まじい速さに貫九郎の右足が砕けた。六尺男が土俵の真ん中で宙を舞って転がった。

瞬《まばた》きする間に勝負がついたことで、原っぱが静まり返った。ひと息おいて、地鳴りのような低い歓声が湧き上がった。

二番とも見事な勝負となった。

始まりでは人足びいきだった見物人たちも、勝った須賀に大きく手を叩いている。方々から須賀の掛け声が飛び交い、拍手がしばらく鳴り止まなかった。

頃合を見はからって呼び出しが土俵に入った。騒ぎ声が消えた。

「ひがあしい、でんきちい、でんきちいい。にいしい、よしおかあ、よしおかああ……」

呼び出しが終ると、見物人が溜めていた息を一気に吐き出した。傳吉、吉岡への掛け声はまったくの五分、背丈も目方もほとんど五分に見えた。

徹之介は着痩せする質《たち》である。まわしひとつになると、固く盛りあがった厚い胸板と、隆々たる太ももの肉置《ししお》きが見て取れた。

傳吉も勝負相手に見劣りのしない体付きである。十番の組と侍人足を束ねるかしらながらも蓮台を担ぐ上体は、釘でも弾き返しそうに引き締まっていた。

最初の蹲踞から気合充分であるのが、行司に伝わったようだ。ふたりは大きな息を吸い込むと、そのまま息を詰めて仕切りに入った。

行司が軍配を返した。

六尺の男があたまから突っ込み合い、ごつんと骨のぶつかる音がした。すかさず徹之介が右上手を取った。傳吉も右利きらしく、きれいな右四つの形ができた。

互いにまわしを引き合っているが、投げはでない。摑んだまわしを通して、相手の技倆を計っているようだ。見物人は息を殺して勝負に見入っている。行司だけが声を発した。

相手の肩にあたまを乗せ合い、勝負どころを探っている。徹之介がふっと息を吐いた。すかさず傳吉が仕掛けた。右のかいなを膨らませて投げを打った。

徹之介の右足がわずかにゆらいだが身体は崩れず、すぐに投げを打ち返した。隙をつかれて今度は傳吉の腰が揺れた。が、そのうえは砕けなかった。

投げの打ち合いで見物人が騒然となった。西のたまりでは竹内と須賀が勝負を見詰めている。陣幕を背にした豊策までが、身を乗り出していた。

上手投げを打ち合ったあとで動きが止まった。小刻みな動きは何度も生じたが、技を仕掛けるには至らない。それほどに、ふたりの力が拮抗《きっこう》していた。

握った回しをぐいっと引き、徹之介が寄りに出ようとした。それを見て歓声が弾けた。しかし傳吉の両足は浮かない。寄りを押しとどめたことで、客がさらに大きな声をあげた。

四つに組んだふたりが、土俵の真ん中で動かなくなった。荒い息がたまりにまで届いた。びくとも動かないのに、徹之介と傳吉の背中を汗が伝わり落ちている。

行司が水入りを告げた。

ふうっと大きな溜め息がそこここから漏れたが、不満を言うものはだれもいなかった。たまりに戻った傳吉に、豊策の小姓が盃を差し出した。陣幕に向かって一礼した傳吉は盃を受けた。終ると小姓は西に回り、徹之介にも盃を渡した。

「いいぞう、土佐藩……」

藩主が勝負相手から先に力水をつけたことに、見物人は大歓声で応えた。

ふたりの息が整ったのを確かめた行司は、土俵に入れて水入り前の形に組ませた。右四つの形が仕上がったのを見届けて、両まわしの結び目を叩いた。

うおう……。

雄叫《おたけ》びを発した傳吉が一気の寄りに出た。徹之介はももを膨れ上がらせて踏ん張ったが、押しが勝っていた。刈り残しの草で足が滑り、ぐいぐい押されて俵に詰った。

先鋒の竹内は、ここまで押して足を滑らせた。傳吉はそれをわきまえているのか、足元を確かめながら寄っている。

身体の反り返った徹之介が、顔を真っ赤にして右手に力を集めた。傳吉が肩を押しつけて、詰めの寄りを見せた。その一瞬を待っていたかのように、徹之介が右へのうっちゃりを仕掛けた。

が、傳吉の押しが強く徹之介が右肩から倒れた。それでもまわしは握ったままだ。傳吉も一緒に土俵外の草むらに倒れ込んだ。

「同体にて勝負なし」

もう一番見られる……。

行司軍配に見物人が沸き返った。その騒ぎのなかで、西のたまりで竹内と須賀が立ち上がった。控えの力士は検査役である。

藩主と徹之介に一礼してから、須賀が物言いをつけた。

「吉岡の手が先に着いちょりました」

「わしにも、そう見えました」

歓声に負けぬように竹内が大声で口を添えた。それが東たまりにも届いた。物言いを聞いて、源吉と貫九郎が行司に近寄った。

「かしらの肘《ひじ》が先に落ちた」

竹内に負けない大声で、貫九郎が東の物言いをつけた。源吉は黙ったままうなずいた。

東西の検査役が、互いにおのれの陣営の負けを口にしている。物言いの中身が土俵近くの見物人に届き、あっという間に広がった。

豊策にも届き、藩主が床几から立ち上がった。陣幕のまわりから静まり始めて、やがて物音が消えた。

立場を見回したあと、藩主の目が土俵に向けられた。

「みな、天晴れである」

豊策の声が原っぱに通り渡った。それを受けた行司が軍配の紐を垂らした。

「この勝負、取り直し無用で島田宿の預りといたしまする」

凄まじい歓声が沸き起こった。行司軍配に満足した喜びの声である。豊策もわずかなうなずきを見せた。

雲が切れて陽が差し始めたなかで、人吉藩の道中奉行が舌打をして立場を離れた。

六

四月二十六日の七ツ（午後四時）に、掛川藩の甲賀伊織が土佐藩上屋敷内《うち》の勘左衛門宅をおとずれた。四月十五日に深川で受けたもてなしの返礼として招かれたものだ。

この日はともに非番だった。掛川藩の留守居役は任期が三年で、妻女は国許に残してのひとり暮しである。伊織の口からそれを知ったことで、手料理での夕餉《ゆうげ》に招いた。

伊織は中間ふたりを引き連れていた。私的な訪問ではあっても、上屋敷をたずねるには相応の供は欠かせなかった。

迎えた勘左衛門は、伊織を庭に伴った。ともに盆栽好きである。陽の残っている間に見せたかったからだ。

土佐藩上士は、それぞれが戸建《こだ》ての住まいを構えていた。江戸詰が二年を超える役職の者は、妻子を伴うことも許されている。

江戸常駐の勘左衛門には、敷地七十坪で生垣囲いの平屋が与えられていた。庭には数十鉢の盆栽棚がある。なかの五鉢は、初代から百数十年に亘って育てられてきた松である。

「これは見事な松ですな」

伊織が百年物の鉢の前で立ち止まった。

森家当主は三年から五年おきに松を植え替えた。伸び過ぎた根を切り取り、土を替えて水の回り具合などを保つのだ。盆栽の手入れを習得するのも長子の務めだった。

初代から五代目までは、八方に根を張って幹の立ち上がりが力強い『直幹《ちょっかん》の松』を好んだ。年代物の五鉢を含め、十七鉢がこの盆栽である。

「懸崖鉢はいかがかの」

言われて伊織が近寄った。

幹が大きく垂れ下がった『懸崖』のひとつは先代が遺した松である。父親は口にしたことはなかったが、勘左衛門は懸崖の松鉢に桂浜竜王岬を重ね見ている。先代も同じ景色を思い描いて育てたはずだと、このごろは何度も思い返していた。

「これまた見事な垂れ方です。森殿のお手入れでござるのか」

「先代からの松でござる。鉢を回してご覧くだされ」

先代の臨終に居合わせた松である。沈み行く夕日が、垂れた枝に差している。勘左衛門は伊織のわきで、ふっと父親を思い出した。

先代は上屋敷で亡くなった。いまから二十四年前、勘左衛門の見習いが解けて寿々代を呼び寄せた翌年のことである。寿々代の江戸到着とときを同じくして、先代は病に臥せった。勘左衛門は二十六歳で役目を受け継いだ。

隠居後は国に戻るのが定めだが、父親の病は長旅に耐えられるほど軽くはなかった。藩は先代の働きを多とし、致仕《ちし》（辞任）したのちも扶持米《ふちまい》を支給した。

先代隠居の安永九（一七八〇）年の藩は、相変わらず財政に苦しんでいた。そのさなかの扶持米支給は破格の扱いであったが、だれからも不満の声はあがらなかった。

勘左衛門が留守居役に就いて二年目の春、安永十年三月七日に第九代藩主豊雍《とよちか》が参勤で出府した。上屋敷に入った翌日、豊雍はみずから病床の先代を見舞った。

四月二日に公儀は天明と改元した。その夜上屋敷において、藩主臨席の改元祝宴が催され、勘左衛門も参座した。

宴のなかばで座を立った豊雍は、勘左衛門を案内に立てて再び病床の父親を見舞った。上弦の月が空に浮いた夜のことである。

夜半近くになって先代の枕元に呼ばれた。

「月が見たい」

「夜風は身体に障ると思われますが」

「あやかしい（つまらない）ことを言うな。構わんきに見せてくれ」

久しく聞かなかった土佐弁が父親から出た。

「それと松の盆栽を、わしのねき（そば）に……」

勘左衛門は父親の指図に従った。身を起こした父親は、鉢を抱いて月を見た。藩主に二度も見舞われて思い遺すこともなかったのか、夜明け前に逝った。

「ご用意が調いました」

寿々代の声で勘左衛門は思い返しを閉じた。すでに薄暗くなっている。案内された伊織が履物を脱ぐと、寿々代がみずから揃え直した。

膳は庭を見渡せる十畳間に用意されていた。箱膳ではなく、差し渡し五尺の丸膳である。気の張らない来客用に誂えた膳で、樫の木目は夕暮れのなかでも美しかった。

「まずは一献」

盃を交したところに大皿が出た。屋敷の料理人について包丁使いを会得した寿々代は、かわはぎの薄造りまで拵える。

大皿は真鯛の昆布締めだった。

「これは美味……」

「ならば遠慮は無用に願おう」

続いて兜煮《かぶとに》が出された。あたまをふたつに割り、細ごぼうと一緒に甘がらく煮つけた一品である。

喜んだ伊織は作法を忘れて目玉までしゃぶった。鯛料理の仕上げは、骨のダシを利かせた潮汁《うしおじる》だ。

「無作法を承知でお願い申し上げるが、できればもう一杯」

伊織の食べっぷりを喜んだ寿々代は、椀の代りと、たけのこと昆布の合わせ煮を出した。

「これはまた格別の美味でござる。このようなたけのこ煮を食したことはござらん」

「鰹節のダシを用いました土佐煮でございます。お口にあえばおかわりを」

「いや、このうえはもう……」

寿々代に勧められた伊織が、真顔で断わりを口にした。

「ならば甲賀殿、無理強いはいたさぬが、あとひと品、土佐自慢の味を賞味くだされ」

勘左衛門の目配せで座を立った寿々代は、土鍋を手にして戻ってきた。膳の真ん中に載せられた鍋には蓋がしてあり、長い竹串がはみだしている。

伊織の目が串から離れなくなった。

「これが土佐自慢の料理だが、甲賀殿にはお分かりかの」

「もしや、おでんではござらぬか」

間髪をいれぬ答えを聞いて、今度は勘左衛門と寿々代が驚いた。

「いかにも左様だが、なぜ甲賀殿は……」

「てまえの方がおたずねしたいところです。なぜこれが土佐に？」

「なぜもなにも、昔から土佐に伝わるものだが、甲賀殿は食されたことがおありか」

「掛川では武家町人を問わず、おでんと申せばこれでござる。江戸で見られるとは、思いも寄りませなんだ」

鍋の蓋を開けもせず、おでん談義に夢中になった。

「思えば初代の山内一豊公は、遠江《とおとうみ》掛川からの移封でござる。てまえの役宅も掛川町……」

「それでござる、森殿。山内公に従われた家臣の方々が、掛川のおでんを土佐まで運ばれたに相違ござらん」

「ならば我等は、いわば身内も同然……」

おでんがふたりを一気に知己にした。

過日の深川では昼間のことゆえ、酒はやらなかった。酌み交わしてみて、ともに酒豪であることも分かった。歳は勘左衛門が六歳年長であるが、ふたりから隔たりが消えた。

新月の夜空にちりばめられた星が、尽きぬ歓談に蒼い彩《いろど》りを添えていた。

七

五月五日は端午の節供である。唐土《もろこし》では五月が午《うま》の月であり、五日も午の日という。これを重ねて、午の月初めての午の日を節会《せちえ》としたが、唐土に倣《なら》って公儀も祝った。

この日は尾張・紀伊・水戸の御三家、田安・一橋・清水の御三卿に加わり、老中以下在府の諸大名が将軍に拝賀する。

土佐は御暇中だが、掛川藩主太田備中守資順《びっちゅうのかみすけのぶ》は在府である。

晴れ渡った空を見て、勘左衛門は帰国途中の行列と、終日多忙をきわめるであろう甲賀伊織を思い描いた。それに呼応するかのように、この日昼下がりにふたつの報《しら》せが届けられた。

ひとつは徹之介からの五月朔日《ついたち》付の公用便で、姫路の本陣に到着したことが記されていた。翌二日には室津湊から讃岐国丸亀へ船で渡るとも書かれていた。

江戸発駕前に徹之介から聞かされた日程よりも六日遅れている。大きなわけが島田宿の川留だとは、すぐに察せられた。

宿場到着が遅れると、本陣などの手配りがやり直しとなる。徹之介は道中の差し障りに備えて、先乗りを補強していた。それゆえ案ずることはなかったが、伝えてきた短い数行に引っ掛かりを覚えた。

「島田宿にて川越人足との相撲御前勝負に及ぶなれども大事なし。川明けと共に殿には魁《さきがけ》にて渡河《とか》なされ、我が藩大いに面目を施すに至れり」

勘左衛門には次第が呑み込めなかった。首尾が上々であったのは分かったが、人足相手に天領地でなぜ相撲を、との疑問が解けない。

それでも道中の障りを訴える記述がなかったことで、そのうえを案ずるのは止めにした。

このたびの帰国は大坂からは海を渡らず、室津から瀬戸内の海越えで丸亀へ向かう道程だった。丸亀からも伊予川之江までは船路で、そののち山越えで土佐に入る。

川之江から笹ヶ峰峠を越えれば土佐立川《たじかわ》である。笹ヶ峰は最後の難所だが、峠さえ越えればご領内だ。

天気が穏やかでありますことを……。

西を向いた勘左衛門は、土佐神社に残る道中の安穏を祈願した。

公用便に続いて町飛脚が書状を届けてきた。山谷堀今戸町《さんやぼりいまど》の濱田屋潤兵衛《じゆんべえ》が、この日四ツ半（午前十一時）に飛脚問屋に託したものである。

潤兵衛の先祖は土佐手結《てい》湊《みなと》の網元だったが、いまから百五十年もまえの慶安四（一六五一）年に尾張熱田湊に出た。目的は熱田で鯨獲りの技を学ぶためであった。

土佐は鯨の国だが慶安時代の漁法は拙《つたな》いものだった。当時の土佐は野中兼山《けんざん》が藩政を担《にな》っており、兼山は財政改善のために様々な他国の技を持ち込ませた。

鯨獲りもそのひとつである。しかし尾張から招いた鯨漁師は、すべてを教えぬままに帰国した。その技を学び取りたくて、潤兵衛の祖先は総勢十五人で尾張に出向いた。

半年で技は修得できたが、濱田屋は帰らなかった。熱田の遊女かすみと深い仲になり、せがまれるままに江戸に出たのだ。独り身だった先祖は手結の濱田屋は実弟に譲り、かすみを娶《めと》り江戸今戸町で船宿を興した。

江戸に出る土佐の町人は濱田屋を頼った。濱田屋は長屋の世話から仕事の世話まで、多くの周旋をしており、いまでも毎年のように土佐からの出稼ぎを受け入れた。

多くの土佐人を雑多な仕事に就け、ときには武家奉公の口利きもした。これで江戸中から仔細が濱田屋の耳に入った。

濱田屋と留守居役とは、森家三代目以来の古い付合いである。

三代目が就任した年の元禄五（一六九二）年五月に、土佐藩下士三人が座頭から金公事《かねくじ》で訴えられそうになった。カネの貸し借りは当事者の相対済《あいたいすま》しが定めだが、座頭は別である。座頭貸しの元手は、公儀上納金の融通が建前であったからだ。

訴えがおおやけになれば藩の恥である。役に就いて日の浅い三代目勘左衛門は、濱田屋に相談を持ち掛けた。濱田屋の屋根船を二代目から使っていたし、耳の大きなこともわきまえていた。

濱田屋が動いて座頭は収まった。以来、濱田屋の耳をあてにして今日に至っている。

濱田屋からの飛脚便は、四月二十六日に甲賀伊織がぽろりとこぼしたことの答えだった。

おでんが端緒で、勘左衛門と伊織は互いに胸襟を開いた。酒が進み、串が残り少なくなったとき、伊織の顔がふっと曇った。

「藩の恥をさらすようでござるが、家臣のなかには江戸に浮かれるのがおりまする。今宵のように気の抜けることは滅多にござらん」

「それは互いでござろう。傾城《けいせい》に入れ揚げる者もおれば、危ういカネを借りる者もおる」

勘左衛門の答えを聞いて、伊織が身を乗り出した。

「まさにそのことでござる。うちにも座頭貸しに手を出していると取り沙汰されている者が、ざっと十人はおります。確たるものがあれば当人を詮議もできまするが、ことがことだけに迂闊《うかつ》な問い質しは禁物でござる」

欄間《らんま》に目を泳がせながら、伊織が大きな溜め息をついた。

「それは難儀なことでござるな」

「捨て置くと、遠からず大事に至りそうな気がしてなりませぬが、さりとて妙案もござらん。殿が御在府ゆえ、胃の腑が痛みまする」

江戸詰の藩士が賑わいに浮かれて不始末をおかすことは、どの藩でも頭痛の種である。勘左衛門は、伊織のあずかり知らぬところで濱田屋を動かした。

「掛川藩徒歩組前川幸之進、同藤田宇兵衛、同若林十郎、作事方大工掛佐竹弾造、同屋根葺掛長浜善人。以上五名はいずれも深川平野町座頭より五両を借り受けています。なかでも前川何某《なにがし》、佐竹何某の両名は三月《みつき》に亘り利払もとどこおっております。取り急ぎの調べゆえ、漏れあったときは別便にて」

潤兵衛からの返事である。

茶と粽《ちまき》とが勘左衛門に出されていた。巻紙を畳み直しつつ膝元の粽を目にして、国許で祝った端午の節供を思い出した。

五月になれば、土佐の海には鰹の群れが押し寄せた。五日の節供は、武家も町人も鰹が祝儀魚である。炭俵や米俵に火をつけ、三枚におろした鰹の皮を炎で焙《あぶ》る。

それを厚く切り、ぶしゅかんをひと絞りして食すのだ。よほどの不漁でない限り、端午の節供の鰹はだれでも買える値であった。

ところが江戸には節供に鰹を食べる慣わしはなく、土佐藩上屋敷にあっても食べない。わけを知って愕然とした。

五月の鰹を江戸では初鰹と呼び、一四一両などの途方もない高値がついた。国では高い年でも丸ごと一本で四十文止りである。土佐の百倍もの値と聞いて、出府早々の勘左衛門はげんなりした。

しかし土佐では知らなかった、季節の楽しみに触れることもできた。江戸詰を始めた翌年一月に、生まれて初めて積もった雪を見た。

土佐で過ごした二十年のなかで、雪が降り積もったことは一度もなかった。黒潮からの暖風が吹く城下にも、まれに粉雪の舞うことはある。

「今日はしょう（すごく）寒いきに、積もるかも分からんぜよ」

雪を見ると、おでんを肴に雪見酒だと大騒ぎした。それほどに雪はめずらしかった。

江戸で初めて松の枝に積もった雪を見た朝、勘左衛門はその美しさに見とれた。まだ年若かったこともあり、身分にこだわらず下士と一緒に、話でしか知らなかった雪合戦を楽しんだ。雪だるまも作った。

非番の日には浅草や両国広小路、深川などを巡り歩いた。まだ父親健在であったゆえ、遊郭遊びははばかられた。それでも色里には出向き、国では見たこともない夜の彩りに目を奪われたものだった。

江戸はどの国よりも賑やかである。遊ぶことでも食べるものでも、さらには博打も、ひとを虜《とりこ》にするもので溢れ返っていた。

江戸詰家臣のほとんどは独り身で、多くの藩が江戸赴任手当を支給する。よほどに気を引き締めていなければ、老若を問わず、呆気なく身を持ち崩すのだ。

甲賀伊織の悩みは、勘左衛門の悩みでもあった。しかもいまの伊織は、家臣を詮議しようにも手がかりがないのだ。

濱田屋からの返事を伝えれば、伊織はすぐさま手が打てるに相違ない。とりわけ前川、佐竹の両名には火急の措置が求められている。

勘左衛門は顚末を認《したた》めた文に濱田屋の返事を添えて、伊織のもとに使いを出した。

書状のなかに、一本の竹串を包み入れた。

八

五月十五日の勘左衛門は、気持ちを弾ませて出仕できた。

「鰹の値が下がってきたようです。二匁（百六十文）までで手に入るようでしたら、買っておきますから」

朝餉の膳で寿々代から聞かされて、勘左衛門は顔をほころばせた。

国許からまだ報せは届かないが、一行はすでに帰国したか、城下を目前にしているころである。

大した気掛りもない朝に、妻から鰹が手に入るかも知れないと聞かされた。天気もよく、盆栽に降り注ぐ朝の陽には、すでに初夏の色合いが感ぜられる。

四ツ（午前十時）に屋敷内留守居役部屋に顔を出したときも、胸のうちは穏やかなものだった。茶をすすり終わり、祐筆から届けられた昨日の日誌を開いた。

さしたる不祥事もなく、酔った藩士何某が長屋内で同輩数人を投げ飛ばしたことが目立つぐらいだ。

庭の日差しが強くなっている。のんびり座っていると眠気に襲われそうだ。座を立った勘左衛門は、緑の若葉が鮮やかな築山を見た。

そういえば……。

ふと、甲賀伊織を思った。

十日まえの書状についての、仔細が届いてこないのだ。あのとき出した使いの者は、伊織直筆の短い礼状を持ち帰ってきた。

五日が多忙と分かっていた勘左衛門は、相手に届いたことであの日は諒とした。あれからすでに十日が過ぎた。

付合いの日は浅いが、酒を酌み交わしたなかで感じ取った伊織の気性は、律儀な男だと思っている。

濱田屋に五両を払って、掛川藩士の顚末を探らせた。調べに金がかかっていることは、濱田屋の書状を一読すれば自明のはずだ。

それなのに音沙汰なしである。

他藩のことゆえ、名を挙げた家臣の沙汰がどうなったかを、逐一聞かせてくることもない。しかしあれだけの書状を受け取りながら、短い礼状一本のみというのは解せなかった。

いずれなにか伝えてくるだろう……。

そう思い直したものの、勘左衛門はざらりとした心持を抱いた。朝からの弾んだ気持ちに水を差された気がして、庭を見る目の端がわずかに歪んだ。

八ツ（午後二時）で執務は終る。

机を片付け始めた勘左衛門のもとに、表門警護の徒歩藩士が飛んできた。顔から血の気が引いている。

「大目付井上美濃守《みののかみ》様御用人、井出又蔵様が御用とのことです」

勘左衛門も顔色が変わった。

大目付用人が上屋敷に出向いてくることに吉報はない。しかも刻《とき》は八ツである。この刻限に江戸留守居役を名指して届けられるものは、藩にかかわりのある凶報しかなかった。

「明日八ツに、半蔵門隼町別宅まで出頭なされたい。これが大目付道中奉行よりの差し紙でござる」

敷台にひざまずいた勘左衛門に、口上を伝え終えた井出が一通の書状を差し出した。

「うけたまわりました」

井出はなにひとつ仔細を言わぬまま帰った。大目付は老中支配の役職で、諸大名監察が主たる役目である。いまの大目付四人のなかで、井上美濃守は道中奉行を兼ねている。

国許では藩主帰国に合わせて、二の丸改築を進めていた。さほどに大きな普請ではないことで、公儀に届け出はしなかった。

勘左衛門が最初に案じたのはこのことである。城修繕の監視は、大目付の大きな任務であるからだ。

建前で責められると、甍《いらか》一枚の城改築でも法度破りである。しかし道中奉行の差し紙なら、城修繕の詮議を案ずることはなさそうだ。江戸詰家老の同道も言われなかった。

やはり島田宿での相撲が、公儀の目に止まったのか……。

家老と明日の次第を詰めるなかで、思い至ったのはこれだった。

「なにゆえ天領地で相撲などを取ったのか」

家老に問われたが、勘左衛門にも委細は分かっていない。

「大事が及ばぬよう、ひたすら詫びて参れ」

家老の目元が険しかった。

「それにつけても、吉岡は若すぎたかの」

嫌味を聞き流すしかなかった。重い足で役宅に戻ると、下男が炭俵を重ねていた。どうやら鰹が手に入ったようだ。

わずかの間、勘左衛門の口許がゆるんだが、すぐさま固く引き締められた。

九

土佐藩家老柴田織部の指図で、隼町には乗物でおとずれることになった。

藩の存亡にかかわる重大な咎めを受けるときなら、家老が城中に召し出される。このたびは大目付別宅である。諸藩重臣を別宅に呼ぶのは、相手の体面を尊《たっと》ぶ折りの措置だ。

それゆえ柴田は、乗物でたずねて藩の威信を示せと指図した。上屋敷から隼町までは、御城の堀沿いでおよそ半里（二キロ）である。勘左衛門はゆとりを見て正午に発った。

桜田堀から半蔵門にかけては上り坂が続く。刻限までには充分な間があることで、舁《か》き手は一歩ずつ確かめるように坂道を進んだ。

勘左衛門は乗物が好きではない。引き戸を閉じて長く座っていると、牢に押し込められたような気になるからだ。とりわけ今日は大目付の召し出しである。思うまいと踏ん張っても、わるい先行きしか浮かばなかった。

息が詰りそうになり、引き戸をわずかに開いた。御堀に向けて落ち込む土手を、緑の芝草が隙間なく覆《おお》っていた。

陽を浴びた堀は目の置き方に応じて、御城の石垣や芝草、そして五月の青空を映し込んでいる。勘左衛門は戸を大きく開き、背筋を伸ばして御城と堀の景色を楽しんだ。

これで心持が大きく落ち着いた。

別宅に着くと勘左衛門警護役の徒歩藩士が、堂々とした声音で到着を告げた。すぐさま門が開かれ、大目付家臣が出てきた。

江戸留守居役への敬意に溢れた出迎えを受けて、勘左衛門は気持ちよく別宅に入れた。

座敷では、井上美濃守家老の河野宗太夫《かわのそうだゆう》がすでに着座していた。髪に白髪が混じっており、河野の方が年上に見える。しかし広いひたいは艶々としていて、年寄特有の枯れ方とは無縁に見えた。

勘左衛門が出された茶に口をつけると、河野はすぐさま用向きに入った。

「去る五月三日のことであるが、帰国途中の人吉藩藩主相良頼徳《さがらよりのり》様より我が殿にあてて、早馬での訴状が届けられ申した。森殿にもすでに存知よりのことであろうが、土佐藩が島田宿において相撲の御前勝負に及んだと、頼徳様は訴え出ておいでだ」

やはりそれか……。

勘左衛門が下腹に力をこめた。

「平時のいまゆえ、天領地ではあっても相撲勝負にめくじらを立てることはないと貴藩ではお考えかの」

「断じて、天領地を軽《かろ》んじたわけではござりませぬ」

「ならば、なにゆえ藩主御前で相撲を取られたのだ。森殿にも、申立てのあった人吉藩主の御気性は聞き及んでおられるであろうが」

「いささかに、でござりまする」

勘左衛門が小声で答えた。

人吉藩は代々相良家が藩主であるが、いまでもお家騒動が絶えなかった。現十二代相良頼徳は、先代長寛《ながひろ》からの久しぶりの父子継承である。しかし二万二千石の小藩ながら、藩主派、家老派に分かれての諍《いさか》いが絶えない。そんなむずかしい藩の舵取りをする頼徳は、鼻っ柱と誇りとが異常に強い藩主である。

頼徳は帰国途中の伏見宿から、早馬を仕立てて藩士に訴状を届けさせた。

「天領地において、藩主臨席の相撲試合を催すなどは、公儀をも畏れぬ所業である」

これが頼徳の訴えの建前である。しかし吟味するほどに、道中で常に土佐藩が先んじたことへの遺恨が訴状の起りであろうことを、大目付も察していた。

「訴えの始まりは、貴藩への意趣にあるやも知れぬ。さりとて森殿、人吉藩主みずからが訴え出られたことを捨て置くわけには参らぬ。土佐藩が天領地にて相撲を取ったのは、まぎれもないまことでござろう」

大目付の家老を務める河野の声音は、自在に変化する。話し始めたときの柔らかな物言いは消えて、一語ずつ斬り付けるような話し方だった。

「訴状を受け取ったあと、直ちに島田宿近隣諸藩には問いを発した。遠からずことの仔細は分かるであろうが、当の土佐藩が座して待っているのでは法に適わぬ」

「仰せの通りにござりまする」

河野から目を外さずにしっかりと答えた。

「ならば貴殿も藩士を島田に遣わして、川越札場役人と川庄屋、それに相撲を取った川越人足から聞き取りをされたい」

「うけたまわりました」

「聞き取った者すべてに自署させたうえで、一判を押印した顚末書が入り用でござる。島田行き帰りと聞き取りに費やす日を勘案して、期限は六月晦日でよろしいな」

「異存はござりませぬ」

勘左衛門が深々とあたまを下げた。

「三日ののちに公用手形をお渡し申す。この一件の蓋をしっかり閉じておかねば、このたび豊策様がなさられた御城改築にまで飛び火いたしかねぬ。御老中方のなかには、人吉藩主に肩入れしておいでの方もおられるでの」

やはり大目付様には、城改築をご存知であられた……。

固唾がたまりそうになった。が、続く河野の口ぶりから、承知のうえで勝手普請は不問に付すとの配慮を察することができた。

勘左衛門の肩がさがり、小さな安堵の吐息を漏らした。

それを見て河野の様子が変わった。

「人吉藩の体面護持なかりせば、本件落着はないものと心得られたい」

「体面護持と申されますと……」

家老の物腰の変りように戸惑った勘左衛門は、咄嗟の知恵が浮かばずに相手の言葉をなぞってしまった。河野が目つきを一段と険しくした。

「特段なる心証を得られるものを御老中方に差し出せぬ限り、貴藩の非云々のまえに、相応の詰腹は已《や》むなしということだ」

河野の厳しい言葉には、読み替えられそうな隙間がなかった。勘左衛門が息を呑み込んだ部屋に、ひばりの鳴き声が降ってきた。

十

戻る道々、いかにして徹之介を救うかを思い巡らせた。しかし思案するには狭すぎた。

これならば、と思い浮かびかけると、乗物の壁板が迫り来て押し潰してしまう。妙案を得られぬまま、勘左衛門は柴田と向き合うことになった。

「大目付殿が六月晦日まで待つと言われたならば、まずはその方の手で吉岡への問いを認《したた》めよ」

「うけたまわりました」

「ただし迂闊な問い質しは、殿の御下命を詮議することになる。こころしてかかれ」

言わずもがなの指図まで受けて、留守居役部屋に戻った。次の土佐への飛脚便は二十一日発で、まだ五日もある。熟慮に熟慮を重ねるためにも、取り掛かるのは翌朝と決めた。

行灯の明かりをいれぬまま、河野が口にした「特段なる心証を得られるものを御老中方に差し出せぬ限り……」の条件づけを、繰り返し思い起こした。

特段なる心証とは、なにを指しているのか。

河野とのやり取りを一言一句なぞり返し、人吉藩主が訴え出た「公儀をも畏れぬ所業である」との言い分に突き当たった。

御前勝負は公儀を軽んじた振舞ではない。このあかしが立てられるものを差し出せれば、咎めはなしと大目付様は伝えてくれている……勘左衛門はそう判じた。

しかしそのあかしを立てるには、島田宿に出向き、役人、庄屋、人足の面々から確かな聞き取りをしなければならない。

土佐人はおおむね掛合い下手《べた》である。しかも訛りがひどくて他国の者には分かりにくいし、普通に話しても乱暴な物言いに聞こえるらしい。江戸詰下士のほとんどは在府一年に満ちておらず、話し方は国許訛り丸だしだ。

不案内な宿場で、誇り高い川越人足との掛合いを首尾よく果せる者……思い浮かぶのは、組頭などの役職者ばかりである。

島田への行き帰りには早くても六日。聞き取る人数を思えば、首尾よく果たせたとしても三日はかかるだろう。都合、十日近くも組頭を留守にはさせられない。

勘左衛門は、できればおのれが出向きたいと思っている。が、留守居役がみずから聞き取りに出向くなど、役職の格から言っても論外だった。

思案が定まらぬままに床に就いた。

江戸留守居役の本分はなにか……分かり切ったことを、おのれに問いかけた。

山内家安泰を保つことが唯一無二の務めだ。そのためならば、相手が誰であれ、断固たる処断をためらってはならない。

分かってはいても分かりたくはなかった。

さりとて、みずから島田に出向くことは役目を投げ捨てるに等しい。柴田に島田行きを願い出ることが、すでに留守居役の本分から逸脱するのだ。

訴えの起こりは、人吉藩主の言いがかりだと勘左衛門は断じていた。大目付様にも分かっている。

しかし見た目の筋は通っていた。ゆえに下される沙汰も見えている。

藩の安泰と引替えであれば、徹之介は従容として仕置場に臨むだろう。

あれはそういう男だ……。分かっているだけに勘左衛門の胸中が乱れ、布団に身を起こした。

徹之介を道中奉行に推挙さえしなければ、こんなことには……何度も唇を噛んだ。そのあとで、すでに徹之介が腹を詰めるものと決めている自分に思い当たり、心底が冷えた。

朝を迎えても、勘左衛門は島田行きをだれにするかの思案は定まっていなかった。留守居役部屋に出仕し机に向かったが、一向に筆が進まない。

四ツ半（午前十一時）過ぎに、家老の柴田から呼び出しを受けた。

「なんらかのけじめを示さぬ限り、人吉藩主は治まらぬだろう」

「なにをもって、けじめだと仰せでございましょうか」

勘左衛門の口調に尖りが含まれている。柴田の眉根に深いしわが浮いた。

「自明のことをきくでない。未熟な道中奉行の落ち度であったと、当人に身をもって詫びさせることに決まっておろうが」

「御指図ではございまするが、島田宿での聞き取りが先でございましょう」

「そんなことは分かっておる」

柴田が荒い物言いで勘左衛門を封じた。

「人吉藩の言い分には筋が通っておるだけに、大目付殿も安直な沙汰は下せぬ。相手の体面を保ちつつ、我が殿に咎めを及ぼさぬためには、いざとなれば吉岡に責めを負わせるほかはない」

眠れぬほど悩んだ末に思い定めたことを、家老はためらうことなく言い放った。部屋に戻っても気が鎮まらない。荒《すさ》んだ気持ちを抱えたまま、徹之介の行く末を案じた。

筆を手にしないままにときが過ぎて行く。八ツ（午後二時）の鐘が流れたとき、さらに気の塞ぐ事態が勘左衛門に襲いかかった。

　大目付別宅警護役が、勘左衛門を召し出しにきたのだ。二十四万石大名の江戸留守居役を、二日続けて呼び出すのは尋常の沙汰ではない。しかも供揃えは無用で、勘左衛門ひとりに徒《かち》にて出向けという。

　いやな胸騒ぎがしたが、顔色には出さず召し出しに応じた。急を聞かされた家老は、敷台から勘左衛門を送り出した。

　空は昨日に勝る上天気だった。真っ青に晴れ渡った空のあちこちに雲が浮いているが、陽をさえぎってはいない。大目付の使者は早足で、しかも無口である。ついて歩くだけで汗が浮いた。

　半蔵門への坂道に差し掛かっても、使者の歩みは調子が落ちない。五十路を超えた勘左衛門は御堀の眺めを楽しむゆとりもなく、息を切らせて長い坂を上った。

　御堀端の道は、嫌味なほどに明るい日差しに溢れている。坂道が右に曲がり始め、勘左衛門の真正面に陽が移ってきた。

　眩しさを除《よ》けようとして、右手をひたいにかざしたら、手のひらが汗ばんでいた。昨夜から肚は決めたつもりでいたが、身体は勘左衛門の悩みと憂いを正直にあらわしている。

　歩みを止めずに大きく息を吸い込むと、右手の城を見た。森の松の深緑が日を浴びて照り返っている。堂々とした枝ぶりは、堀を隔てた坂道からも見て取れた。

　さぞかし根の手入れが行き届いているに違いない……見ることのできない松の根に思いを

走らせたとき、勘左衛門の顔色が変わった。

幹に害を及ぼすと断ずれば、たとえ将軍家と所縁《ゆかり》深い家柄といえども、公儀はためらうことなく根を断ち切ってきた。それあってこその、将軍家二百年もの護持ではないか……。

日を浴びる常磐《ときわ》の松に、いまさらながら江戸留守居役の本分を教えられた気がした。

二日続けの召出しを受けたいまとなっては、徹之介妻子の行く末無事に如何なる手を差し伸べられるかだ……。

勘左衛門はあらためて臍《ほぞ》を固めた。坂道を行く足がさらに重く感じられる決めだった。

案内されたのは前日と同じ部屋である。しかし家老が待ってはいなかった。座布団は勧められたが茶は出てこない。

堀端を登る道々で決断したはずなのに、気が滅入りそうになった。閉じられた障子戸のそとには五月の陽が溢れている。その陽が、障子紙をおもてから照らしていた。

一歩ずつ重々しく畳を踏む音が近寄り、河野が顔を出した。小紋柄の風呂敷を携えた家老は、正面ではなく、左に寄って座を取った。

「昨日に続いて御足労を掛け申した」

勘左衛門は身体を家老に向け直し、両手づきであたまを下げた。

「殿が御見えあるまで、暫時待たれよ」

「ははっ」

大目付様がお見えになるとは……ついた両手に力がこもった。

「おもてをあげて、楽になされ」

これだけ言って河野はあとの口を閉じた。目のやり場に困った勘左衛門は、純白の障子紙を見詰め続けた。

障子越しの陽の明るさが、勘左衛門の思いをさらに沈ませた。が、肚は定まった。

しばらくして座布団と脇息が運ばれてきた。河野と勘左衛門が座り直し、背筋を張った。

入ってきた大目付は背丈五尺八寸（約百七十五センチ）、黒々として艶のある髪に濃い眉をした偉丈夫である。勘左衛門が深く辞儀をした。

「我が殿、公儀大目付井上美濃守利泰《としやす》にござる。土佐藩江戸留守居役森勘左衛門殿、おもてをあげられたい」

顔をあげた真正面に利泰が座っていた。寛政十（一七九八）年の大目付就任から、すでに七年を務めている。ひかりを背に浴びて顔は陰になっているが、些事をも見逃さぬような両目の鋭さが感じ取れた。

「土佐藩はよろしき殿を得られて、なおかつ他藩とのよき交誼も結ばれておられる」

引き締った表情の利泰から前置きなしに誉められて、勘左衛門は返答に詰った。そのさまをおもしろがっているのか、利泰が大きな目をふっとゆるめた。河野が風呂敷から綴りを取りだし、利泰に差し出した。

勘左衛門にも綴りの上書きが読めた。

島田宿相撲顚末聞取控。

題字のわきには、掛川藩主太田備中守資順の名が書かれている。表情を変えぬ修練を怠らない勘左衛門だったが、このときばかりは驚きの余りに息を呑んだ。

「河野から話したと存ずるが、このたびの訴えについては去る五月六日、島田宿近隣の田中、掛川の両藩に問いを発しておいた」

「うけたまわってござります」

「この控えは今朝方、城中雁間《かりのま》に御呼びあった太田備中守様より御届け戴いた綴りである。貴藩にも手数《てかず》を掛けるところであったが、これ一冊ですべてが落着した」

綴りを何枚かめくったままで話を続けた。

「掛川藩江戸留守居役、甲賀伊織氏が島田に出向き、札場役人村野直四郎、同岡崎加平、川庄屋大田屋徳左衛門、川越人足頭傳吉、同人足貫九郎、同源吉の六名より詳細な聞き取りをされたようだ」

控えを閉じると勘左衛門を正面から見た。

「備中守様が仰せあるには、甲賀氏は主君を説き伏せられて、みずからが島田に赴《おもむ》かれたとのことだ。聞き取りには寸分の隙もなく、だれもが口を揃えて豊策様と、相撲で立ち会った土佐藩の面々を称えておる」

「ありがたきことに存じまする」

「人吉藩より訴えのあった公儀をも畏れぬ所業云々であるが、聞き取りによれば……」

利泰が顔を引き締めた。勘左衛門が息を詰めた。

「豊策様は宿場役人、庄屋、川越人足のいずれに対しても、充分なる威厳と礼節を持って相《あい》対《たい》なされたとのことだ。公儀を軽んじた振舞は微塵もなかったと、村野直四郎、傳吉の両名が意気込んだとある。許されるものなれば江戸に出向き、その旨を訴え出たいとまで申したそうだ。聞き取りは、さぞかし見物《みもの》であったろうの」

言葉が出てこない勘左衛門は、ただあたまをさげるのみだ。利泰が表情をあらためた。

「控えを一読なさられた御老中方にも、相良様の訴えを退けることに御異存はないとの御沙汰であった」

「御礼の言葉もござりませぬ」

「礼はわしにではなく、甲賀氏に伝えられるがよかろう」

大目付の顔つきが、伊織を称えているように見えた。

「藩の江戸留守居役みずからが、五十里も離れた島田まで聞き取りに……それも他藩のことで出向くなど、わしには覚えがない。いささか奇異に感じたゆえ、備中守様の御許しを得て、つい今し方まで別間で甲賀氏から次第をうかがっておったところだ」

「甲賀殿がこちらに？」

うなずいた利泰の両目が和んでいた。

「土佐藩とは格別の交誼があるゆえのこととしか、甲賀氏は口にせなんだ。そなたが来ると伝えたところ、これを渡して欲しいと預けて帰られた。ふところに忍ばせて常々持ち歩いていたとのことだが、わしにも河野にもわけが呑み込めぬ」

利泰が長い竹串を一本差し出した。勘左衛門は、両手で押し戴いた。

「そなたには分かるであろうな」

「しかと頂戴つかまつりまする」

利泰は、伊織と勘左衛門の間に割り込むような問いを発しなかった。

「いずこもが貴藩と掛川藩の如くであれば、御上にも祝着《しゅうちゃく》であられるがの」

利泰が満足げな笑みを浮かべて、大目付と留守居役との面談が終った。

御城が西日を浴びて輝いている。半蔵門警護役にあたまをさげた勘左衛門は、御堀の坂道を下り始めた。

ふところには竹串が納まっている。

伊織は家中の者を詮議する間も惜しんで、島田宿に出向いてくれた。

胸のうちで咎めた詫びと、島田まで出向いてくれた礼とを伝えたい。その日の待ち遠しさに駆られたのか、五十路を過ぎた男が坂道を弾む足取りで駆け出した。

解説

細谷正充

衣・食・住。あらためていうまでもないだろうが、どれも私たちの生活に欠かせないものである。そして、この中でもっとも重要なものが〝食〟だ。なにしろ人間食べなければ、生きていけないのだから。おまけに、美味《おい》しいものを食べたいという欲望は、ほとんどの人が持ち合わせている本能でもある。だからなのだろう。テレビを見れば、全国各地の美味いものを紹介したグルメ番組や料理番組が林立し、書店には食べ物関係の本が溢《あふ》れている。食べ物に対する関心は、とても深いのである。

本書『江戸の満腹力』は、このような人間にとって永遠の関心事である食べ物が、物語の中で何らかの役割を果たす作品を集めた、時代小説アンソロジーだ。蕎麦《そば》・初鰹《はつがつお》・蕪汁《かぶらじる》・蜜柑《みかん》・おでん……。出てくる食べ物とストーリー、どちらも極上の作品を並べたつもりである。お好きなところから、味読熟読していただきたい。さあ、どうぞ。

「金太郎蕎麦」池波正太郎

自分の作品に食事や料理のシーンをよく出し、食に関するエッセイも多数執筆した作者は、食べることの悦《よろこ》びを熟知した人物であった。といっても、その態度は食通ではなく、喰《く》い道楽である。市井の、ごく普通の店で味わえる、庶民の美味を愛していたのだ。作者のエッセイを読んだ人はご存知だろうが、この喰い道楽作法が、とにかく格好いい。池波流ダンディズムは、食事でも遺憾なく発揮されていたのである。

そんな作者の手になる本作は、曲折を経て蕎麦屋を始めたヒロイン・お竹の覚悟を描いた作品だ。開店はしたものの、営業不振に悩むお竹が考えた、必死の一計とは何か。彼女のひたむきな情熱に、読んでいるこちらも、つい肩入れしたくなる。お竹に協力する蕎麦屋「無極庵」の主人の口を借りて語られる、

「客が来て、味をおぼえて、また来てくれる。それが食べものやの本道だ。店の中も口に入れるものも、小ぎれいで、おいしくて、その上に、店をやるものの親切が、つまりまごころてえものが食べるものにも、もてなしにも、こもっていなくちゃあ、客は来ないよ」

という食べ物屋の心得も、傾聴すべき言葉だ。どうせ食事をするなら、このような店で食べたいものである。

また、冒頭に登場するお竹の恩人が、ラストで意外な正体を現す構成も優れている。本当に美味い蕎麦のように、歯ごたえがあり、なおかつ咽喉《のど》ごしのさっぱりした物語だ。

「小田原鰹」乙川優三郎

江戸っ子は、とかく初物が好きだが、特に熱中したのが〝初鰹〟である。江戸中期の俳

人・山口素堂が「目には青葉山ほととぎす初鰹」と詠んだ初鰹は、出まわり始めの頃は四両ほどしたというから、今の金額で二、三十万であろうか。とてもではないが、庶民の口に入るものではない。それでも見栄っ張りな江戸っ子は、無理をしてでも初鰹を手に入れたようである。まあ、現代でも赤ワインの新酒、ボジョレー・ヌーボーをありがたがる人は多いのだから、江戸っ子を笑うわけにもいくまい。

本作の主人公は鹿蔵という、心がねじくれた中年男だ。妻や息子に逃げられ、そうとは知らずに犯罪の片棒を担ぎ、自分以外のすべてを呪《のろ》いながら、長屋で小さくなって暮らしている。そんな鹿蔵が変わるきっかけになるのが、見知らぬ女性から贈られてきた初鰹だ。欲も得もなくなり、長屋のみんなに初鰹を分けたところ、鹿蔵に対する周囲の目が変わり、それに併せて彼の心も変化していく。だが、心の平穏を得たのも束の間、思いもかけない運命が鹿蔵を待ち構えていた。

初鰹という時代小説ならではの小道具を使い、鹿蔵の心境の変化を活写したのは、作者の巧みな着想である。ただ、そうした小説作法に注目しすぎると、この作品の本質を見失ってしまうだろう。これは他人の心が分からない男の、性格悲劇であり、魂の遍歴と救済のドラマなのだから。重厚なストーリーを、じっくりと賞味してほしい。

「宇田川小三郎」小泉武夫

下戸《げこ》の人には申し訳ないが、酒を傾けながらの食事は、なかなか乙なもの。うまい酒は、一段と料理の味を引き立てる。というわけで、日本酒に関する作品も、ひとつ収録することにした。

仕事が終わった後、豆腐を肴《さかな》に、酒を呑《の》むことだけを生きがいにしている宇田川小三郎。自分の酔う速度から、アルコール含有度数にあたりを付けていた彼は、その実力を幕府に見込まれ、不正に水増しされた酒を摘発することになった。水で割った酒は、その増量分の税金が取れない。幕府の狙《ねら》いは、脱税行為を食い止めることにある。かくして小三郎の、どこか可笑《おか》しな活躍が始まった。

なんとも愉快な話である。ただただ酒を愛するが故に、日本唯一の「人間アルコール測定器」になった主人公の、善良なる呑兵衛《のんべえ》ぶりが楽しい。自分の役割が終わったと見るや、さっさと元の生活に戻る、出処進退も鮮やか。酒呑みたるもの、かくありたいものだ。ちなみに、本作が収録された『蟒之記《うわばみのき》』は、酒を愛する人々の事蹟を集めた時代短篇集である。呑兵衛、必読だ。

「蜜柑庄屋・金十郎」澤田ふじ子

現在、知多半島の南は蜜柑の栽培地として有名である。しかし、この地に最初から蜜柑があったわけではない。ひとりの庄屋の、血のにじむような努力があったればこそ、蜜柑栽培は根付いたのだ。本作は、その蜜柑庄屋・金十郎の苦闘の軌跡を綴《つづ》ったものである。

南知多の利屋村。庄屋の大岩金十郎は、困窮した村を救うため、蜜柑栽培に目を付ける。

しかし目先の生活しか頭にない村人は、五年、十年先を見て土地や肥料を使う金十郎に、冷ややかな目を向けた。庄屋の地位を追われ、村八分になりながら、それでも蜜柑栽培を止めない金十郎に、さらなる苦難が押し寄せる……。

本作で描かれているのは、未来を信じる者と、目先の現実しか見えぬ者の相克。そして、その中から立ち昇る人間の醜貌《しゅうぼう》だ。主人公が真に絶望を感じるのが、成功を確信したときに浮かんだ未来図だというのは、あまりに無情である。だが、それこそが人間の姿なのだろう。甘い蜜柑の裏にあった、苦い現実を掘り起こした労作だ。

「千姫と乳酪《バター》」竹田真砂子

徳川千姫。二代将軍徳川秀忠の娘に生まれながら、政略結婚で豊臣秀頼に嫁ぎ、結局は大坂の陣で、祖父の家康に夫を殺されてしまう。その後、本多平八郎忠刻と再婚するが、十年で夫に先立たれ、落飾。牛込御門近くにあった「吉田御殿」で暮らすようになった。この吉田御殿時代に、男を弄《もてあそ》んでは殺すという御乱行の噂《うわさ》が立ったが、しょせんは俗説である。

数奇な前半生から悲劇の女性と思われがちな千姫だが、作者は冒頭でそのような千姫像を一蹴《いっしゅう》。運命に逆らえないのなら、どうにもならないことを悩むことなく、気随気儘《きずいきまま》に生きる陽気な女性としているのだ。自分の人生を他人まかせにするしかない女性の、一抹《いちまつ》の悲しみと皮肉を秘めながら、明るく生きる千姫が魅力的である。

この千姫像だけでも愉快なのだが、それに輪をかけるのが、吉田御殿御乱行の真相だ。なんと千姫がやっていたのは、乳酪の製造だったのである。どうしてそれが怖ろしい噂になったのかは、読んでのお楽しみ。飄々《ひょうひょう》とした千姫の魅力に、ついこちらもニッコリとしてしまうのだ。

「お勢殺し」宮部みゆき

本所回向院に居を構える岡っ引き、「回向院の旦那」こと茂七を主人公にした捕物シリーズの第一作。溺死体《できしたい》で発見された担ぎの醤油売りの大女・お勢の一件を殺しと睨《にら》んだ茂七は、彼女と関係していた男を犯人と睨む。しかし男にはアリバイがあった。

本作に登場する食べ物は、味噌味の蕪汁である。深川富岡橋のたもとに屋台を出している、謎《なぞ》の稲荷寿司屋が作ってくれる、美味しい汁物だ。味噌味だからと洒落《しゃれ》るわけではないが、この蕪汁が、アリバイ破りの手掛かりとなるのが、作品のミソだろう。トリックそのものは目新しくないが、江戸時代の風景の中で活かしきったところに、作者の手練を感じる。

そうそう、もうひとつ大切な読みどころがあった。元は武士らしい稲荷寿司屋の親父《おやじ》もレギュラーであり、その正体の興味で、読者を引っ張っているのだ。シリーズ開幕の重責を見事に果たした佳品である。

「慶長大食漢」山田風太郎

徳川家康の死因に関しては、さまざまな説があるが、その中でも有名なのが、鯛の天麩羅《てんぷら》の食べすぎである。どこまで本当かは分からないが、天下人の死因としては、すこぶるユニークなものといえるだろう。本作は、この家康の死因を題材に、慶長のグルマン（愚留満《ぐるまん》）を描いた異色作だ。もちろんグルマンは、倹約家の家康ではない。三代目茶屋四郎次郎である。茶屋四郎次郎については本文に譲るが、歴史に詳しい人ならニヤリとしてしまう人物設定になっている。

物語は四郎次郎が繰り出す美食が、いかにして歴史を動かしたかを、豊臣秀頼の上洛や方広寺の大仏鐘銘事件など、実在の事件を絡めて語られていく。最終的に家康の命まで奪うのだから、美食の力おそるべしだ。さらに主人公が披露する、美食哲学も蘊蓄《うんちく》に富んでいる。「民の望むことは、要するに美味いものをたらふく食い、美しい女を心ゆくまで愛することで。――」

などは、ひとつの真理といってもいいだろう。それにしても、よくもまあ、こんな話を考えるものである。山田風太郎の奇想。舌鼓を打たずにいられない。

「長い串」山本一力

土佐藩江戸留守居役の森勘左衛門は、ふとしたことから、掛川藩江戸留守居役の甲賀伊織と知り合う。土佐名物のおでんで、ふたりは意気投合。そのとき、勘左衛門は伊織の仕事の苦労を聞き、これを密かに助ける。だが伊織の態度は、なぜかおざなりなものだった。

一方、勘左衛門の推挙で、新たに道中奉行になった吉岡徹之介は、江戸からの主君帰参の途次、川留に遭遇する。川越人足との相撲勝負という奇策で、見事、川明け一番乗りを果たした土佐藩。しかし道中、常に土佐藩に先んじられた人吉藩は、これを怨《うら》み、幕閣に相撲のことを告げ口する。天領での相撲に落ち度がなかったことを証明しなければ、徹之介が腹を切らなければならない。苦慮する勘左衛門だが、救いの手は、意外なところから差し出された。

学生の頃とは違い、大人になると、なかなか互いの胸襟《きようきん》を開くような親友は作れないものである。それだけに、おでんが取り持った武士の交誼《こうぎ》は、なんとも味わい深く、胸に沁みる。また、土佐藩士と川越人足の相撲場面も爽快《そうかい》だ。背筋をシャンと伸ばした大人たちの、清々《すがすが》しい物語。ラストを飾るに相応しい一篇である。

美味しい食事の後に、言葉は不要だ。しかしながら、八人の名料理人に、これだけはいっておきたい。甘い話、苦い話。さっぱり系に、こってり系。それぞれ違いはあれど、すべて素晴らしい味でした。満腹満足、ごちそうさまです。

底本一覧

「金太郎蕎麦」（『にっぽん怪盗伝』所収　角川文庫　昭47・12刊）
「小田原鰹」（『五年の梅』所収　新潮文庫　平15・10刊）
「宇田川小三郎」（『蟒之記』所収　講談社　平13・11刊）
「蜜柑庄屋・金十郎」（『蜜柑庄屋・金十郎』所収　集英社文庫　昭60・6刊）
「千姫と乳酪《バター》」（『牛込御門余時』所収　集英社　平8・2刊）
「お勢殺し」（『初ものがたり』所収　PHP研究所　平7・7刊）
「慶長大食漢」（『怪異二挺根銃』所収　実業之日本社　昭48・7刊）
「長い串」（『蒼龍』所収　文春文庫　平17・4刊）

集英社文庫

江戸の老人力

時代小説傑作選

細谷正充 編

老いて愉しい人生もある。
人生の年輪が輝く男女を主人公にした
時代小説の名品12編を収録。

◆収録作品

「夢の茶屋」池波正太郎
「石臼の目切」海野 弘
「あとの桜」澤田ふじ子
「月と老人」白石一郎
「じじばばの記」杉本苑子
「妖尼」新田次郎
「泥棒が笑った」平岩弓枝
「ボロ家老は五十五歳」穂積 驚
「五十八歳の童女」村上元三
「剣菓」森村誠一
「後家の春」山手樹一郎
「いさましい話」山本周五郎

集英社文庫

新選組傑作選

誠の旗がゆく

細谷正充 編

貫く士道に迷いなし！
幕末期を疾風のごとく駆け抜けた集団、
「新選組」を描いた名品14編を収録。

◆収録作品

「ごろんぼ佐之助」池波正太郎
「豪剣ありき」宇能鴻一郎
「近藤勇の最期」長部日出雄
「武士の妻」北原亞以子
「影男」神坂次郎
「隊中美男五人衆」子母澤寛
「密偵」津本 陽
「墨染」東郷 隆
「巨体倒るとも」中村彰彦
「総司の眸」羽山信樹
「祇園の女」火坂雅志
「夕焼けの中に消えた」藤本義一
「雨夜の暗殺　新選組の落日」船山 馨
「さらば新選組——土方歳三」三好 徹

集英社文庫

時代小説傑作選

江戸の爆笑力

細谷正充 編

笑う門には福来る。
落とし話から艶笑譚まで、
「笑い」をテーマに10編の傑作を収録。

◆収録作品

「大黒漬」泡坂妻夫
「嘲斎坊とは誰ぞ」小田武雄
「花咲ける武士道」神坂次郎
「蚤とり侍」小松重男
「大江戸花見侍」清水義範
「反古庵と女たち」杉本苑子
「妻を怖れる剣士」南條範夫
「黒船懐胎」山岡荘八
「伊賀の聴恋器」山田風太郎
「わたくしです物語」山本周五郎

集英社文庫　目録（日本文学）

福本清三／小田豊二　どこかで誰かが見ていてくれる　日本一の斬られ役 福本清三
藤木稟　スクリーミング・ブルー
藤沢周　愛人
藤田宜永　鼓動を盗む女
藤田宜永　はなかげ
藤本ひとみ　快楽の伏流
藤本ひとみ　ノストラダムスと王妃(上)(下)
藤本ひとみ　離婚まで
冨士本由紀　包帯をまいたイブ
藤原新也　全東洋街道(上)(下)
藤原新也　アメリカ
藤原新也　ディングルの入江
藤原新也　風のフリュート
船戸与一　猛《たけ》き箱舟(上)(下)
船戸与一　炎　流れる彼方
船戸与一　虹の谷の五月(上)(下)

船戸与一　かくも短き眠り
古川日出男　サウンドトラック(上)(下)
ピーター・フランクル　世界青春放浪記
ピーター・フランクル　僕が日本を選んだ理由《わけ》　世界青春放浪記2
保坂展人　いじめの光景
保坂展人　続・いじめの光景
星野智幸　ファンタジスタ
細川布久子　部屋いっぱいのワイン
細谷正充・編　時代小説傑作選　江戸の老人力
細谷正充・編　新選組傑作選　誠の旗がゆく
細谷正充・編　時代小説傑作選　江戸の爆笑力
細谷正充　宮本武蔵の『五輪書』が面白いほどわかる本
細谷正充・編　時代小説傑作選　江戸の満腹力
堀田善衛　若き日の詩人たちの肖像（上・下）
堀田善衛　めぐりあいし人びと
堀田善衛　ミシェル城館の人　第一部　争乱の時代

堀田善衛　ミシェル城館の人　第二部　自然 理性 運命
堀田善衛　ミシェル城館の人　第三部　精神の祝祭
堀田善衛　ラ・ロシュフーコー公爵傳説
堀辰雄　風立ちぬ
堀越勇　くすりの裏側　これを飲んで大丈夫？
堀越千秋　スペイン七千夜一夜
本多孝好　MOMENT
牧野修　忌まわしい匣《はこ》
槇村さとる　イマジン・ノート
槇村さとる／キム・ミョンガン　あなた、今、幸せ？
枡野浩一　ショートソング
松井今朝子　非道、行ずべからず
フレディ松川　少しだけ長生きをしたい人のために
フレディ松川　死に方の上手な人　下手な人
フレディ松川　老後の大盲点
フレディ松川　ここまでわかった　ボケる人ボケない人